이것은
누구나의
사랑

在最好的時候, 遇見你
作者 : 艾莉

이것은
누구나의
사랑

:

미치도록
/
깊이
/
진심으로

아이리 지음 · 이자수 옮김

프롬북스
frombooks

인생 최고의 순간은 언제일까?

—아이리

새 책의 제목《인생 최고의 순간 그대를 만나다》를 듣고
많은 친구들이 내게 이렇게 물었다.
"도대체 인생 최고의 순간이 언제야?"
"너를 만난 그때가 바로 최고의 순간이지!"
또 다른 친구가 우스갯소리로 이렇게 대답했다.
"너를 만난 그때가 바로 최고의 순간이다."
이 말의 의미는 여러 가지로 해석될 수 있다.
길고 긴 인생 여정에서 언제나 좋은 순간만 있을 수는 없다.
하지만 아무리 좋은 순간에도 가장 나쁜 사람을 만날 수 있고,
가장 힘든 순간에도 가장 좋은 사람을 만날 수 있는 법이다.
그리고 우리는 이 모든 것을 예측할 수 없다.
만약 "너를 만나서 나는 인생 최고의 순간을 만나게 됐어."라고
말하면 상대방의 부담이 얼마나 커지겠는가?
그리고 자신의 행복을 처음 만난 누군가에게 맡긴다는 것은
얼마나 바보 같은 일인가?

그를 만나기 전의 인생은 아무것도 아니었단 말인가?

만약 평생 그 사람을 만나지 못한다면,

그 사람이 길을 잃고 헤매느라 자신의 곁으로 오지 못한다면,

그렇다면 자신의 최고의 순간을 누릴 수 없게 되는 것일까?

사실 가장 힘든 시기에 고개를 들어 먹구름을 바라보며

태양이 저 먹구름을 뚫고 내게 밝은 빛을 비춰 줄 거라 믿을 수

있는 이유는 자신의 최고의 모습과 대면할 수 있었기 때문이다.

만약 자신의 내면이 충분히 강하다면 아무리 힘든 시기를 맞아도

웃으며 대면할 수 있을 것이다.

이것은 내게 바라는 희망 사항이기도 하다. 만약 그렇게 될 수만

있다면 우리는 더 이상 누군가를 만나거나 혹은 만나지 못해서 두

려워하지 않을 수 있을 것이다. 만약 그렇게 될 수만 있다면 내게

는 언제나 최고의 순간일 것이다.

이것은 누구나의 사랑

| 차례 |

서문

CHAPTER 1

괜찮아 내가 당신을 기억하니까

내 옆에 그이조차 마치 공기처럼 느껴질 때가 있다.
너무나 익숙해져 아무렇지도 않은 듯
가슴 펄떡이는 자극이 그립기도 하지만
언제나처럼 앞으로도 함께 있을 것을
당연하게 여기면서.

하지만 이별은 예고 없이 나를 찾아왔다.
그리고

오랜 사랑에 마침표가 찍혔다.

1

도리스와 라오장은 오랫동안 함께한 연인이다. 나는 원래 라오
장과 친구였는데 어쩌다 보니 이제는 도리스와 더 가까운 사이
가 되었다. 그런데 겉으로는 전혀 문제가 없어 보이던 두 사람이
지난주에 이별했다.

"네가 라오장한테 가서 진짜 이유가 뭔지 좀 물어봐 줘. 너한테
는 사실대로 얘기할지 모르잖아."
전화기 건너편에서 그녀는 다 쉬어 들어간 목소리로 말했다. 벌
써 며칠째 하루 종일 울기만 했는지 원래도 허스키한 목소리가
이제 섹시하게 들리기까지 했다.
진짜 이유는 이별을 통보한 사람만이 아는 것이다.
"왜 그랬어?"
나는 라오장에게 단도직입적으로 물었다.
라오장은 도리스와 헤어진 후 함께 살던 집에서 나왔고, 요즘
은 매일 이 작은 술집에 들러 새벽 늦게까지 술을 마셨다. 천천
히 와인을 한 모금 마신 그는 치즈를 입에 넣으며 얘기를 시작
했다.

오랜 사랑에 마침표가 찍혔다

"너 죽다 살아나 본 적 있어?"

"응, 두 번 정도 있었던 것 같아."

"그 순간 무슨 생각이 들었어?"

3초 정도 생각하다 나는 대답 대신 내 기억 끄트머리에 있는 그 날을 생각했다. 워낙 짧은 순간이라 특별한 게 떠오른 건 아닌데 그냥 '내가 이렇게 죽는 건가'라는 생각이 들었던 것 같다.

"얼마 전에 난생처음으로 '내가 이대로 죽는구나'라는 생각이 드는 거야."

라오장은 자신의 마음속에 있는 이야기를 천천히 풀어 놓았다. 며칠 전 그들은 몇몇 친구들과 함께 이른 아침 가까운 바다로 스노쿨링을 하러 갔다. 그곳은 라오장에게 너무나 익숙한 장소였고 같이 간 친구들도 최소 10번은 와 본 곳이었다. 라오장은 그곳에서 자신이 발을 헛디며 바다에 빠질 거라고는 꿈에도 생각하지 못했다. 그는 바다에서 빠져나오려고 두 발을 쉴 새 없이 움직였지만 갑작스러운 사고에 긴장한 탓인지 바닷물만 엄청 들이켰다.

생사의 갈림길에 서 있던 그 순간, 라오장은 해변에 서서 위아래로 자신을 훑어보는 도리스의 표정을 보았다. 그녀의 얼굴은 너무나 태평해 보였다. 다급함이라고는 눈곱만큼도 찾아볼 수 없을 만큼.

라오장이 말했다.

"그 이후로 갑자기 이런 생각을 하게 됐어. 내 인생 마지막 순간에 옆에 있어 줄 사람이 과연 그녀일까?"

그때부터 그들의 평온한 관계에 금이 가기 시작했다. 라오장은 도리스와의 관계를 돌이켜 보았다.

도리스는 하루 종일 그릇을 쌓아 놓고는 늦은 밤이 되어서야 설거지를 하곤 했고 라오장이 샤워를 하지 않고 침대에 눕는 것을 끔찍하게 생각했다. 반면 라오장은 자기 전에 대문이 잠겼는지 몇 번이나 확인하고 자는데 도리스는 번번이 집 열쇠를 잃어버렸다.

하지만 그 둘은 이런 문제로 단 한 번도 다툰 적이 없다. 원래 연인 사이의 싸움도 서로에게 관심과 애정이 있어야 일어나는 법이다. 두 사람이 싸우지 않은 이유는 상대의 단점을 이해하고 인내했기 때문이 아니라 서로에게 무관심했기 때문이었다.

"그동안 우리가 아무 문제없이 잘 지내 왔던 것도 상대를 각자의 미래에 전혀 고려하지 않았기 때문이라는 생각이 들었어."

라오장의 얘기에 나도 모르게 설득당할 뻔했다.

"'유브 갓 메일You've Got Mail'이라는 영화 본 적 있어?"

"물론이지."

"영화에서 톰 행크스가 여자 친구와 관리인이랑 엘리베이터 안

오랜 사랑에 마침표가 찍혔다

너의 미래는 나와 상관없기 때문에
너의 미래에 나라는 존재가 없기 때문에
서로의 단점들이 눈에 거슬리기는 하지만
제발 고쳐달라고 말하지 않았고 당연히 싸움도 없었다.

사랑의 시작은 언제나 둘이다.
그러나 이별이 깃든 순간은 오롯이 혼자만의 선택이 된다.
안타까운 것은 사랑할 때조차 각자 지닐 수 있는
사랑의 농도가 다르다는 것이다.
어쩌면 둘 사이, 사랑의 온도 차이가 존재한다는 건
이미 예견된 이별을 끌어안고 있었다는 의미일지 모른다.

에 갇히는 장면이 있지. 멈춰 버린 엘리베이터 안에서 무슨 일이 일어날지 몰라 불안해하던 관리인은 지갑 속에서 여자 친구의 사진을 꺼내 이렇게 말했어. '이곳에서 살아서 나갈 수만 있다면 오늘 당장 청혼할 거야. 당신을 진심으로 사랑해.' 관리인의 말에 감동을 받은 톰 행크스도 이곳에서 벗어나면 꼭 하고 싶은 일을 말하려고 했어. 그런데 그 순간 여자 친구가 끼어들었지. '이곳에서 살아서 나갈 수만 있다면 반드시 성형 수술을 하고 말 거야.' 그리고는 거울을 꺼내 자신의 얼굴을 살펴보았어. 톰 행크스가 어처구니없는 얼굴로 쳐다보자 그녀는 이렇게 쏘아붙였어. '왜, 무슨 문제라도 있어?' 그리고 고개를 돌려버렸지."

내가 기억하기로 이 커플은 오랫동안 서로에게 맞는 짝이라고 생각하며 사귀어 왔지만 끝내 헤어졌다.

"톰 행크스도 그 순간 깨달은 게 아닐까? 이 사람은 나의 미래를 함께할 사람이 아니라는 걸 말이야."
"뭐? 그건 또 무슨 소리야?"

라오장의 얘기를 전해 들은 도리스는 믿을 수 없다는 표정을 지었다.
"그는 한 번도 쉬지 않고 1,500미터를 거뜬히 수영할 수 있는 사람이라고. 바다에 빠져도 충분히 헤엄쳐 나올 수 있는 사람인데 무슨 걱정이 필요해? 단지 내 표정이 하나도 초조해 보이지 않았다는 이유로 헤어지겠다는 거야?"

역시 사람들은 듣고 싶은 부분만 골라서 듣는 경향이 있다.
도리스는 허탈한 웃음을 짓다가 잠시 후 천천히 말을 꺼냈다.
"차라리 큰 사고를 쳤다거나 헤어진 첫사랑을 다시 만나서 헤어지자는 거면 좋겠어."

그러고 보면 우리가 살아가는 모습은 명탐정 코난의 이야기와 다르지 않다. 사건의 진실은 단 하나라는 점에서 말이다.
그런데 우리가 마주하는 진실은 우리가 기대하던 것과 다른 경우가 많다. 당신은 이러한 진실을 대면했을 때 기꺼이 받아들일 준비가 되어 있나? 아니면 여전히 마음속에 기대하고 있던 진실을 기다리겠는가?

아마 당신은 지금 내 마음이 찢어지게 아픈 만큼
그 진실이라는 것도 엄청나게 대단하고
복잡한 일이어야 한다고 생각할 것이다.
하지만 진실은 때때로 우스울 만큼 단순하다.
똑똑한 당신이 왜 이 사실을 모르는가?

오랜 사랑에 마침표가 찍혔다

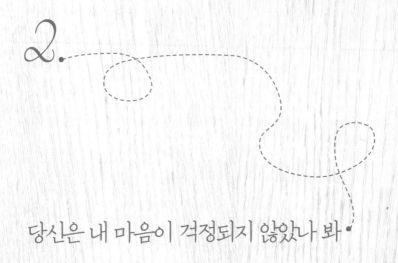

2.

당신은 내 마음이 걱정되지 않았나 봐

그가 택하는 결정의 우선순위에는 나와 그 사이 사랑이 새겨 있다.
결정의 찰라, 선택은 자신의 몫이지만
나를 대하는 그의 사랑이 얼마나 뜨거운지가 담겨 있다.

초가을 밤 단잠에 빠져 있던 링링은 요란하게 울리는 전화벨 소리에 잠에서 깼다. 멀리 상하이에서 일하고 있는 남자 친구의 전화였다.

'무슨 일이 생겼나 보다!'

직감적으로 이런 생각이 떠오르자 잠이 완전히 달아나 버렸다.

휴대폰을 들어 시간을 보니 2시 46분이었다. 그녀는 심장이 쿵쾅거리는 것을 느끼며 떨리는 손으로 전화를 받았다.

"여보세요?"

링링이 떨리는 목소리로 말했다.

"자고 있었어?"

익숙한 목소리가 들리자 링링은 그제야 안도의 한숨을 내쉬며 말을 이었다.

"무슨 일 있어?"

"저기… 혹시 지금 200만 원만 송금해 줄 수 있어?"

지금? 도대체 이 새벽에 무슨 일로?

"무슨 일 생긴 거야?"

그러자 피터는 친한 후배가 자신의 남편과 200만 원 때문에 싸우게 되었는데 이혼 얘기가 나올 정도로 심각하다고 했다.

"만약 내가 오늘 200만 원을 빌려 주지 않으면 그들이 이혼하게 될지도 몰라…."

"지금 송금하려면 이 새벽에 밖에 나가야 해. 난 인터넷 뱅킹도 신청 안 해 놨단 말이야."

"그럼… 좀 나가서 보내 줄 수 있을까?"

링링은 한참 동안 말이 없었다.

"미안해… 정말 급해서 그래. 그러니까…."

링링은 여전히 대답이 없었다.

"지금 그 애가 울고불고 난리가 났단 말이야. 내 마음이 너무 불편해서 그래…."

링링이 드디어 침묵을 깨고 피터의 말을 잘랐다.

"고작 200만 원 때문에 이혼하는 사람은 없어. 이번 일로 헤어지게 된다면 결혼 생활에 이미 문제가 있었던 걸 거야."

그녀는 숨을 들이마시며 화가 치밀어 오르는 것을 꾹꾹 참고 말했다.

"만약 나중에라도 그녀가 당신이 200만 원을 빌려 주지 않아서 이혼했다고 찾아와 원망한다면 그런 사람이 진정한 친구라고 할 수 있어?"

이번에는 피터가 말이 없었다.

"그리고 나 말고는 연락할 친구가 없어? 꼭 이렇게 멀리 대만에 있는 사람한테 부탁해야겠어? 당장 처리해 줄 수도 없는데…."

여자들은 평상시 늘 덤벙거리고 자주 깜박깜박해도 중요한 순간에는 정확한 기억을 떠올려 낸다. 피터의 초조한 목소리를 듣다 보니 링링은 불현듯 과거의 일이 떠올랐다.

"혹시 지금 후배라고 하는 사람이 우리가 만나기 전에 당신이 좋아했다던 그 여자 아니야? 그 여자 결혼식에 갔다가 술에 잔뜩 취해서 나타났었잖아. 요즘도 남편이랑 싸우면 당신한테 연락한다는 그 사람 말이야. 지금이 몇 신데, 당신도 설마 그 전화 때문에 깬 거야?"

피터가 다시 입을 열었다.

"그 애가 아직도 기다리고 있어… 지금 가서 돈 좀 보내 줄 수 있을까?"

"아니 다 떠나서 내가 지금 그 사람한테 돈을 부쳐 준다고 치자. 이 한밤중에 어떻게 찾아올 건데?"

링링은 생각할수록 화가 나 목소리가 점점 커졌다. 전화기 건너편에서는 여전히 침묵이 이어졌다.

당신은 내 마음이 걱정되지 않았나 봐

"여자 친구 기분이 어떨지는 생각도 안 하고 그저 그 여자 도와 줘야겠다는 생각뿐인 거야?"

한참 뒤에 피터가 기어 들어가는 목소리로 대답했다.

"으응…."

링링은 순간 이틀 전 인터넷에서 본 어떤 글이 생각났다.

동전을 던져 무엇인가를 결정하는 것은 좋은 방식이 아닙니다. 하지만 동전을 던지는 순간 당신이 진정으로 보고 싶어하는 면이 어느 쪽인지 알게 됩니다.

아무래도 피터는 동전을 던져 보지도 않고 링링과 후배 중 어느 쪽이 중요한지 선택한 모양이었다.

링링은 이제껏 그의 인생에서 가장 중요한 사람, 그의 1순위가 되어야 한다는 욕심을 가져 본 적이 없었다. 하지만 이렇게 순위 에서 단숨에 밀려나고 나니 괜히 분해졌다.

"알았어. 지금 보내 줄게!"

링링은 밖으로 나가 그녀에게 돈을 보내 줬다. 그리고 피터의 요 청대로 송금 명세서까지 보낸 다음 그에게 이런 문자 메시지를 남겼다.

나는 마음속에 다른 여자를 품고 있는 남자는 필요 없어.
아직도 그녀를 잊지 못하겠다면 우린 그냥 헤어지는 편이 낫겠어.
돈은 나중에 내 계좌로 다시 보내달라고 그 사람한테 전해.
잘 지내.

그 사람의 행동은 인생의 우선순위를 반영한다.
그리고 상대를 대하는 사랑의 온도가 얼마나 뜨거운지를 알게
해 주는 지표다.
링링은 그렇게 추운 새벽에 밖에 나가 그 여자에게 돈을 송금하
도록 한 그의 태도를 보며 자신을 대하는 그의 사랑의 온도가 얼
마나 낮았는지를 명백히 알게 되었다.

당신은 내 마음이 걱정되지 않았나 봐

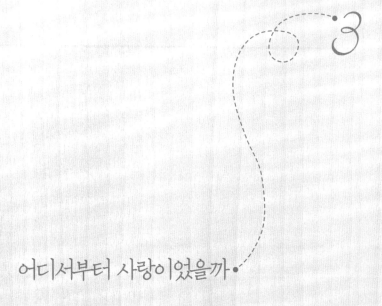

3

어디서부터 사랑이었을까

정말로 안정적으로 연애 중이라면
이 사실을 세상에 자랑하기보다
조용히 두 사람 마음속에 새기는 편이 나을지 모른다.
엄청난 용기를 내서 페이스북에 연애 사실을 선포했는데
삭제할 때는 클릭 한 번이면 된다니 얼마나 허무한가!

많은 사람들이 이용하는 페이스북의 개인 프로필 입력란에는 다양한 선택 항목이 있다. 싱글, 결혼, 약혼, 사별, 별거 중, 이혼 등. 이러한 항목은 별다른 설명 없이도 누구나 단번에 이해할 수 있다. 그런데 몇몇 항목은 보는 이에게 커다란 상상의 여지를 남겨 둔다.

'자유로운 연애 중'

비록 연애 중이지만 결혼하기 전까지는 선택의 자유를 누리겠다는 뜻일까?

'복잡한 연애 중'

자신이 무엇을 원하는지 정확히 모르거나 혼란스러운 감정을 느끼고 있을 때 선택하는 항목일까?

그런데 그중 '안정적으로 연애 중'이라는 항목이 내 호기심을 자극했다.

나는 도대체 어떤 상황에서 이 항목을 선택하는지 궁금했다. 물론 이미 수년 간 연애해 온 커플들은 아무 고민 없이 이 항목을 선택할 것이다. 그런데 연애 기간이 짧은 커플이라면?

이제 막 연애를 시작한 연인들은 서로에게 어느 정도 확신이 생

어디서부터 사랑이었을까

길 때 당당하게 이 항목을 선택할 수 있을까? 누가 먼저 신청을 하는 걸까? 확인을 클릭했을 때 요청받은 상대방도 과연 같은 생각을 할까?

한 가지 특이한 점은 '안정적으로 연애 중' 항목을 삭제하려고 할 때는 상대방의 동의가 필요 없다는 것이다.

옌옌과 샤오위는 둘도 없는 친구 사이다. 그들은 어느 날 서로 약속이나 한 것처럼 페이스북 프로필을 '안정적으로 연애 중'으로 바꿨다. 많은 친구들이 축하의 댓글을 달았는데 그중 한 친구가 이렇게 말했다.

"너희는 그렇게 친하더니 연애도 맞춰서 하는구나?"

옌옌은 페이스북에서 샤오위의 '안정적으로 연애 중'이라는 상태를 보고 깜짝 놀랐다.

'어떻게 샤오위에게 내가 모르는 연애 상대가 있을 수 있지?'

둘이 워낙 친한 데다 옌옌은 샤오위에게 소개해 줄 남자를 물색하고 있던 터라 더욱 놀랄 수밖에 없었다.

그날은 샤오위와 만나 저녁을 먹기로 한 날이었다. 옌옌은 샤오위를 만나자마자 다짜고짜 물었다.

"그동안 날 속인 거야? 말해 봐. 대체 어떤 남자야?"

그러자 샤오위가 수줍게 말했다.

"지난 주말에 처음 만난 사람이야."

"뭐라고? 지난 주말에 처음 만났다고? 그런데 오늘 '안정적으로 연애 중'이라고 바꾼 거야?"

옌옌은 너무 놀라 입을 다물지 못했다.

"너 너무 오버하는 거 아니야?"

옌옌이 호들갑을 떨자 보다 못한 샤오위가 조용히 속삭였다.

"너야말로 너무 오버하는 것 같아."

옌옌은 샤오위를 진지하게 바라보며 물었다.

"너 아저는 벌써 다 잊은 거야?"

아저… 그의 이름을 듣자 샤오위의 얼굴에 미소가 사라졌다.

반년 전쯤 두 사람은 친구의 집들이에 초대받아 참석한 자리에서 아저를 처음 만났다.

그는 사교적인 남자들과 달리 말도 별로 없고 조용한 편이었다. 그래서인지 다른 사람들과 어울리기보다는 혼자 있는 손님들을 챙겨 주거나 집주인을 도왔다.

샤오위도 그와 성향이 비슷해서 사람들과 어울리기보다는 집주인의 일을 도와주었는데 그들은 그렇게 자연스럽게 서로를 알게 되었다. 두 사람은 저녁 내내 대화가 끊이지 않을 정도로 통하는 부분이 많았다.

샤오위의 얼굴에 가득한 미소는 그에 대한 호감을 표시하기에 충분했고 아저가 먼저 샤오위에게 페이스북 친구 신청을 했다.

어디서부터 사랑이었을까

그날 이후 두 사람은 페이스북 상에서 계속 안부를 주고받으며 연락을 했고 둘의 관계가 어느 정도 진전되는 것처럼 보였다. 그런데 시간이 흘러도 둘은 그 사이 페이스북 상에서만 교류할 뿐이었다. 샤오위가 아무리 눈치를 주고 기회를 줘도 아저는 만나자고 요청하지 않았다.

심지어 둘은 그 사이 다른 친구들 모임에서 몇 번 마주쳤는데 그럴 때마다 아저는 샤오위와 즐겁게 대화를 나눴지만 딱 거기까지였을 뿐이다.

직접 얼굴을 보고 이야기하지 않는 관계라면
아무리 오래, 아무리 깊은 마음을 주고받았다 해도
마음을 모두 주거나 지나친 기대를 걸지 않기!!

실망하지 않았다면 거짓말일 것이다. 그리고 샤오위가 할 수 있는 일은 아무것도 없었다. 그녀는 모든 일에 마지노선이 있어야 한다며 스스로를 다독였다.

"기다릴 거야. 딱 반년만!"

옌옌은 샤오위가 이렇게 말한 것을 기억한다. 그리고 이제 곧 반년이 다 되어 가는데 변한 것은 아무것도 없었다.

"내가 뭘 신경 써야 하는데? 아저는 아무렇지도 않은 것 같던데… 내가 프로필을 수정하자마자 가장 먼저 '좋아요'를 누른 것도 아저라고!"

말을 마치고 샤오위는 자기 모르게 크게 한숨을 쉬었다. 이제 막 사랑을 시작한 사람 같아 보이지는 않았다.

"내 얘기는 됐고 넌 어떻게 된 거야? 그때 그 양치기 소년이랑 결국 잘된 거야?"

샤오위가 의미심장한 웃음을 지으며 말했다. 샤오위의 물음에 옌옌은 입을 활짝 벌리고 웃으며 고개를 끄덕였다.

옌옌과 그 양치기 소년은 두 달 가까이 하루도 빠짐없이 함께 시간을 보냈다. 누가 봐도 두 사람 사이에 뭔가 있는 것처럼 보였다.

"그가 예전에 이렇게 말했었어. 난 너를 단지 친구로서 좋아하는 거라고. 그래서 그때부터 일부러 연락도 잘 안 하고 멀리했지."

　　　　　　　　　　　　　　　　어디서부터 사랑이었을까

그런데 옌옌의 작전은 완벽한 성공을 거뒀다. 옌옌이 연락을 끊고 만나 주지 않자 그제야 자신이 옌옌을 좋아하고 있었다는 사실을 깨닫고 두 손 들고 항복한 것이다. 어제 양치기 소년의 고백을 듣고 주도권을 잡은 옌옌은 그에게 이렇게 요구했다.

"페이스북에 상태를 '안정적으로 연애 중'이라고 바꾸자!"
그러자 샤오위가 눈을 흘기며 말했다.
"나한테 뭐라 그럴 처지가 아니네! 너네도 사귄 지 하루 만에 연애 중으로 바꾼 거잖아."
"그래도 우린 두 달 동안 뭔가 있기는 있었잖아. 넌 결국 아저를 자극해 보려고 그랬던 거 아니야?"
샤오위는 대답 없이 그저 묵묵히 앞에 놓인 파스타를 먹을 뿐이었다.

이렇게 보면 '안정적으로 연애 중'이라는 선택 항목은 쓰임새가 꽤 많아 보인다. 옌옌에게는 이 항목이 '이 남자를 드디어 내가 정복했다!', '이 남자가 드디어 내게 고백했다.', '우리는 단순한 친구 사이가 아니다.', '그러니 이 남자한테 꼬리 칠 생각하지 마라.', '앞으로 잘 사귀어 보겠다.' 등의 다양한 감정을 나타내고 자랑하는 용도였다.

반면 샤오위에게는 자신에 대한 아저의 진짜 속마음을 시험하고 자신의 중요성을 깨닫도록 자극하는 용도 혹은 아저에 대한 마음을 완전히 정리하겠다는 결심을 나타내는 용도였다.

그런데 정말로 안정적으로 연애 중이라면 이 사실을 세상에 자랑하기보다는 조용히 두 사람 마음속에 새기는 편이 낫지 않을까. 엄청난 용기를 내서 페이스북에 연애 사실을 선포했는데 삭제할 때는 클릭 한 번이면 된다니 얼마나 허무한가!

진짜 안정이 필요한 것은 페이스북 프로필의 감정 상태가 아니다. 그것보다 너무나 쉽게 흔들리는 이 시대 모든 젊은 남녀의 마음이 아닐까.

아이러니하지.

나를 가장 기쁘게 해 주는 사람도 당신이고

또 나를 가장 외롭게 만드는 사람도 당신이라는 게 말이야.

찐득찐득 찰지게 빚어진 밀가루 반죽처럼

서로 엉켜 있을 땐

아무것도 바랄 것 없을 만큼 행복이 가득하지만,

그거 알아?

어쩌다 당신의 등을 바라봐야 할 때면

이 세상 그 누구도 없이 버려진 사람처럼

녹아버린 심장을 홀로 들고 서 있는 기분이라는 걸 말야.

누가 그래?

사랑하면 외롭지 않다고 말야.

9.

저녁 아홉 시 반 샤오쉐에게 한 통의 전화가 걸려 왔다.

"야! 너 배신이야!"

전화기 건너편에서 웃음 섞인 말소리와 함께 코를 훌쩍이는 소리가 들렸다. 방금 한바탕 울음을 쏟은 목소리다. 그녀에게 무슨 일이 있었던 걸까?

그녀는 조금 전 친구인 샤오쉐가 연애를 시작해 외로운 싱글들의 세상에서 탈출했다는 소식을 전해 들었다.

"물론 너한테는 정말 잘된 일이야. 그런데 나는 어떻게 하라고… 너 정말 배신이야!"

그녀는 이 말을 계속 반복하며 울다 웃다 했다.

"너 분명 예전에는 혼자여도 좋다고, 남자는 다 나쁜 놈들이라고 그러지 않았어? 그런데 너 혼자 이 외롭고 고독한 싱글 생활을 벗어나다니! 이제 너한테 전화해서 하소연도 못하겠다."

연애를 하면 외롭지 않다고 누가 그랬던가?

누군가 옆에 있으면 지금보다 더 나은 삶을 살 수 있을까?

바보 같은 친구야, 절대 그렇지 않단다.

지금껏 많은 일을 경험해 본 어른이라면 연애할 때보다 혼자일 때가 더 홀가분하고 자유롭다는 사실을 익히 알고 있을 것이다. 상처투성이가 된 마음을 다시 끄집어내느니 차라리 두려움과 상처를 꼭 끌어안고 혼자 있는 것이 편할지도 모른다.

또 큰맘 먹고 용기를 내서 다시 사랑에 뛰어들었다고 해도 앞길이 평탄하다는 보장은 없다. 당신은 매일같이 혼자였을 때로, 아무 근심 걱정 없던 그때로 돌아가고 싶어 할지도 모른다. 그 사람과 다툴 때마다, 그 사람이 미워질 때마다 당신은 자유로웠던 혼자만의 시간을 그리워할 것이다. 그 시절이 얼마나 좋았던가!

연애할 때 두려운 순간은 옷을 벗었는데 숨겨 놨던 두툼한 뱃살이 드러났을 때뿐만이 아니다. 당신이 가장 두려워하는 순간은 그에게 온전히 마음을 열었는데 그의 마음이 당신에게서 멀어질 때다. 그 이유는 다른 사람이 생겨서일 수도 있고 두 사람 사이에 도저히 해결되지 않는 문제가 있어서일 수도 있다. 때로는 단순히 사랑하는 감정이 사라져서일 수도 있다.

어쨌든 그는 더 이상 당신을 사랑하지 않으므로 두 사람 사이에는 사랑이 존재하지 않게 된다.

우리가 흔히 생각하는 쉽지 않은 연애, 예를 들면 나이 차이가 굉장히 많이 난다거나, 동성 간의 사랑이라든가, 엄청난 재벌과 찢어지게 가난한 사람의 연애 같은 경우, 모든 반대를 이겨 내고 사랑을 지키려면 크나큰 용기가 필요하다. 그러나 세상에 위대하지 않고 영원하지 않을 것 같은 사랑이 있던가?
모든 사랑은 끊임없이 관심을 두고 가꿔 줘야 성장할 수 있다.

우리는 모두 사랑하고 사랑받고 싶어 하는 평범한 사람들이다. 사랑을 할 때는 두 사람 모두 진심으로 서로를 생각해야만 사랑의 피해자가 되지 않을 수 있다.
연애를 할 때 가장 어려운 일은 주변 사람들의 반대나 곱지 않은 시선을 이겨 내는 것이 아니라 사랑이 시작되려는 순간 용기 있게 첫발을 내딛는 것이다.

당신은 지금 아무 확신 없는 사랑에 두려움을 느끼며 선뜻 나서기를 주저하고 있다.
아직 늦지 않았을 때 자신에게 행복해질 기회를 다시 주는 건 어떨까?

누군가 그랬다.
간절함은 인연을 만들고 기억만이 그 순간을 이뤄 준다고
나는 매일 밤 당신의 향기를 좇으며 묻고 또 묻고 있다.

당신, 거기 있어요? 라고

그녀는 그와 굉장히 친한 친구 사이였다.

"정말 정말 좋은 친구야."

그녀는 다시 한 번 그와의 사이를 강조하며 나를 이해시키려고 했다. 하지만 나는 그녀가 그와 있었던 일을 얘기하는 동안에도, 그 후에도 도통 이해할 수 없었다.

그녀의 이야기는 마치 도저히 무슨 소린지 알 수 없는 5분짜리 단편 영화 같았다. 게다가 이 영화는 황당무계한 부분에서 끝이 나 버렸다.

"어? 정말 그게 다야?"

나도 모르게 이 말이 튀어나왔다.

얘기는 대략 이렇다. 두 사람은 원래 사이가 아주 좋았다고 한다. 그런데 어느 날 여자는 그에게 친구 이상의 감정을 느꼈고 그때 부터 지나친 관심을 표현했다고 한다.

그런데 여자의 관심을 눈치챈 남자가 어느 날부턴가 갑자기 연락 을 끊었다는 것이다.

당신, 거기 있어요? 라고

"너무 유치한 거 아니야? 아무리 부담스러워도 그렇게 표현하면 안 되지. 자기 감정조차 제대로 표현하지 못하는 사람이 뭐가 좋다는 거야?"

그녀는 쓴웃음을 지으며 말했다.

"이미 사랑의 늪에 빠져버렸는걸."

그렇게 남자와 소원해진 지 며칠 지나지 않아 여자는 남자를 불러내 다시 한 번 자신의 감정을 분명히 얘기했다고 한다.

"그날 다 얘기했어. 내가 좋아하는 사람이 바로 너라고. 그런데 그 친구가 이렇게 말하더라. 지금은 때가 아니라고. 알맞은 때가 아니라고."

그리고 두 사람은 정말 멀어졌다. 여자가 아무리 연락을 해도 남자는 꿈쩍도 하지 않았다.

"애쓰지 마. 만나달라는 부탁이면 들어줄 수 없어."

심지어 그는 아주 냉정하게 이런 말도 했다고 한다.

"이렇게까지 했는데 너는 뭘 더 기대하는 거야?"

나는 너무나 분명한 상황에 애달파하는 그녀를 도통 이해할 수 없었다.

"그 친구를 다시 한 번 만나서 확실한 대답을 듣고 싶어."

"무슨 얘기를 더 듣겠다는 거야? 지금보다 더 확실한 대답이 어디 있니? 너는 그런 얘기를 직접 듣고도 견딜 수 있겠어?"

하지만 그녀는 남자의 진짜 속마음은 그렇지 않을 거라 믿었다. 그는 단지 받아들일 시간이 필요한 거라고. 그렇지 않으면 그동안 어떻게 그렇게 잘해 줄 수 있었겠느냐고 말이다.

"꼭 만나서 물어볼 필요가 있어? 정 대답이 듣고 싶으면 지금 문자라도 보내 봐. '지금이 때가 아니라면 네게는 언제가 좋은 때야?'라고 말이야."

보다 못한 내가 그녀의 휴대폰을 잡으려고 손을 뻗었다. 하지만 그녀가 나보다 한 발 먼저 휴대폰을 잡아 자신의 품 안에 숨겼다. 그녀는 눈을 동그랗게 뜨고 말했다.

"어머, 나한테 왜 이렇게 잔인한 거야?"

이렇게 안 하면 네가 정신 차리겠니?

그래,
겁쟁이는 자신의 사랑을 드러낼 능력이 없지.
사랑은 용기 있는 사람들이 누릴 수 있는 특권이니까.

사랑에정해진때가어디있단말인가?

오늘올지, 내일올지모르는게사랑인데말이다.

설령두사람이서로좋지않은시기에만났다고치자.

그래도이루어질사랑이라면언제든꼭이루어진다.

사랑에알맞은시기란없다.

그저당신이그사람에게맞는사람인지가있을뿐이다.

그역시연애하기에알맞지않은시기였던게아니다.

단지그가찾는상대가그녀가아닐뿐이다.

그녀는 남자의 마음을 정말로 모르는 걸까, 아니면 현실을 애서
부정하려는 걸까? 그의 대답은 단지 그녀의 감정을 직접 대면할
자신이 없어 던진 구차한 변명에 불과하다.

그는 "너는 내게 맞는 짝이 아니야."라는 잔인한 말을 "지금은
알맞은 때가 아니야."라는 두루뭉술한 대답으로 대신했다.

그는 그녀의 기억 속에 나쁜 놈이 아닌 꽤 괜찮은 사람으로 남고
싶었던 것이다. 그리고는 연락을 끊고 냉정하게 대함으로써 그
녀가 스스로 깨닫기를 바랐다.

하지만 결과적으로 그녀의 마음속에는 풀리지 않는 의문점만 더 많아졌을 뿐이다. 심지어 그녀는 그를 대신해 수백 가지 변명거리를 직접 찾기까지 했다.

만약 그녀가 그의 운명의 짝인데 알맞지 않은 시기에 나타난 거라면 과연 그가 이렇게 오랫동안 자신의 감정을 깨닫지 못했을까? 현재 그는 사랑은커녕 그녀의 중요성조차 느끼지 못하는데 말이다.

아무렇지 않은 듯, 무심한 당신을 보는 것이 괴롭다.
당신을 볼 때마다 쿵쾅거리는 눈치 없는 내 심장이 밉다.
차라리 아무것도 느낄 수 없게

심장이 딱딱해졌으면 좋겠어

송년회 자리에서 오랜만에 한 친구를 만났는데 무슨 일인지 전보다 훨씬 수척한 모습이었다. 다들 떠들썩하게 안부를 묻고 선물을 교환하는 자리에서 그 친구는, 1년 전 헤어진 남자 친구의 기가 막힌 행동을 털어놓았다.

친구는 남자와 헤어지고 난 뒤 어느 파티에서 다시 마주쳤다고 한다. 그런데 그 남자가 여자 친구를 데려와 그 친구 앞에서 보란 듯이 서로 껴안고 있었단다. 순간 반가운 마음과 혹시나 했던 희망은 완전히 무너졌고 친구는 어쩐지 비참한 기분이 들었다는 것이다.

"그래도 같이 있던 친구들이 그 여자보다 내가 더 괜찮다고 그랬어."

친구는 애써 침울한 분위기를 돌려 보려고 장난스럽게 말했다. 그러나 이내 눈에 눈물이 고였다.

'꼭 그래야만 했을까?'

심장이 딱딱해졌으면 좋겠어

나는 그들이 헤어진 이유에 대해서 자세히 물어보지 않았다. 이미 돌이킬 수 없는 지난 일인데 꼬치꼬치 캐물어 봤자 무슨 소용이겠나 싶었다.

대신 나는 파티에서 보여 준 그의 행동에 대해 두 가지 생각을 했다. 어쩌면 그는 친구더러 어서 자신을 잊고 좋은 사람 만나라는 좋은 뜻에서 그랬을 수도 있다. 하지만 그 반대의 경우라면?

영화 〈혈적자血滴子〉에서 한족의 우두머리인 천랑天狼은 이렇게 말한다.

"마음에 분노가 가득한 사람은 반드시 반란을 일으킨다."

반대의 경우라면 그는 갑작스러운 이별에 분이 나고 화가 치밀어 올라 그녀에게 복수하기 위해 일부러 그런 못된 행동을 했을지도 모른다.

정말로 그렇다면 그는 유치하기 짝이 없는, 다른 사람의 감정을 헤아릴 줄 모르는 미성숙한 인간일 뿐이다. 그래서 나는 그런 놈이라면 마음 쓰는 것조차 아까우니 헤어지길 잘했다 여기라고 일러 주었다.

눈물이 그렁그렁해진 친구는 자기도 그렇게 생각하고 싶지만 그게 잘 안 된다고 말했다.

천이쉰陳奕迅의 '울고 싶은 날想哭'이라는 노래를 들어 본 적 있는가? 이 노래는 오래전 헤어진 남녀가 다시 만나는 장면을 묘사하고 있다. 여자의 쿨한 태도에 남자는 여자와 헤어진 것을 조금씩 후회하게 된다. 그래서 지금 만나는 남자는 없는지 물어도 보고, 서로가 얼마나 좋아했었는지 괜히 옛날이야기를 꺼내 보기도 한다. 그런데 노래 가사에 묘사되는 여자의 태도는 이렇다.

'음악 얘기, 세상 돌아가는 얘기, 그 속에 사랑 얘기는 없다. 아무렇지도 않은 듯 무심한 너의 태도가 나에게는 가장 잔인한 복수'

'아무렇지도 않은 듯 무심한 너의 태도가 나에게는 가장 잔인한 복수'라는 소절은 이 노래를 처음 들었을 때부터 가장 인상 깊었던 부분이다.

습관 전문가들은 21일만 같은 행동을 반복하면 습관을 기를 수 있다고 한다.

그러니 친구야, 이제부터 새로운 습관 하나를 만들어 보는 건 어떨까?
아무리 화가 나고 슬퍼도 그 사람의 행동을 아무렇지 않은 듯,
무심하게 지나쳐 보렴.
시간이 흐르고 나면 언젠가 정말로 아무렇지 않아질 테니까.
그리고 그런 습관이 생기고 나면 분명 깨닫게 될 거야.
그가 네 곁에 없어도 너는 여전히 보란 듯이 잘 살 수 있다는 것을.
물론 너에게 무조건 슬퍼하지 말라고 얘기하는 건 아니야.
하지만 네가 정말로 아무렇지도 않을 때,
일부러 잘 지내는 척 과시하지 않아도 될 때가 오면
너는 그 슬픔에서 벗어나 한층 더 성숙한 사람이 될 거야.
마음이 아프고 힘들다면 마음껏 슬퍼하렴.
충분히 슬퍼하고 난 뒤 훌훌 털고 일어나 다시 사랑을 시작하는 거야.

사실 이별 후 누가 먼저 새로운 사랑을 시작하느냐는 경쟁할 일
이 아니다. 그럼에도 왜 누군가는 그것을 과시하려고 하고 또 누
군가는 그 일로 비참함을 느낄까? 그렇게 상대에 대한 분노를
표현하고 자신의 무능함을 자책하려는 걸까?
성인군자가 아니고서야 누구든 헤어진 그 사람보다 먼저 새로운
사랑을 찾고 싶어 한다. 하지만 지혜로운 사람이라면 단지 속이
상하고 화가 난다고 해서 이런 유치한 행동으로 자기 자신을 다
시 진흙탕 같은 관계 속으로 빠트리지 않는다.

만약 당신이 정말로 아무렇지도 않을 수 있다면 당신의 무관심이 누군가에게 복수하기 위함이 아니라 내 삶을 되찾기 위한, 나 자신 그리고 나를 사랑해 주는 모든 사람을 위한 일임을 알게 될 것이다.

그리고 만약 당신이 아무렇지도 않을 수 있다면 그의 행동이 당신에게 복수하거나 자랑하기 위함이 아닌 진심으로 행복하기 때문이었다는 사실도 알게 될 것이다.

무엇보다 정말로 아무렇지도 않을 수 있다면 그의 감정 따위는 이미 오래전에 지나간 과거의 일이고 당신과는 아무 상관없는 일이라는 것을 깨닫게 될 것이다.

우리는 모두 상처받는 것을 두려워한다. 그런데 아이러니하게도 이런 상처들은 우리를 더욱 강하게 만들어 준다. 울고 싶으면 마음껏 울어라. 그래야만 새로운 사랑을 찾아 떠날 수 있다.

사랑하는 친구야, 너는 더 좋은 남자를 만날 마땅한 사람이다.

　　　　　　　　　　　　　심장이 딱딱해졌으면 좋겠어

사랑은 돌아오는 거야

우리는 사랑의 아픔 앞에서 할 수 있는 일이 별로 없다.
이렇게 무력할 수밖에 없는 이유는 사랑이
제멋대로 왔다가 제멋대로 떠나기 때문만은 아니다.
사랑을 할 때 자신을 가장 힘들게 하는 사람이
다른 누구도 아닌 바로 나 자신이기 때문이다.
차오이차오喬一樵는 소설《산성화종山城畵踪》의 저자다.
이름만 들어서는 여자인지 남자인지 가늠이 되지 않았는데
서문을 읽고 나서 책의 저자가 여성,
그것도 대만 여성이라는 사실을 알게 되었다.
그녀는 필명만큼이나 살아온 배경도 매우 특별했다.
소설은 프랑스, 대만, 도쿄, 베이징 등지를 무대로
정치부터 예술까지 다양한 주제를 넘나든다.

물론 사랑 이야기도 빠지지 않는다.
작가는 이 소설이 자신의 자서전 같은 책이라고 했다.
그녀의 소설《산성화종》에는 독자의 마음을
사로잡는 마술 같은 힘이 숨겨져 있다.

적어도 나한테는 그랬다.

나는 책의 결말이 내 예상과 맞아떨어질지 너무나 궁금한 나머지

하룻밤 사이에 전부 읽어버렸다.

소설 속 주인공 남녀의 갈등은

책에서 눈을 뗄 수 없게 하는 요인 중 하나다.

책을 읽는 내내 괜히 감정 이입이 되어 과거에 비슷한 일로

고민하고 힘들어하던 내 모습이 떠오르기도 했다.

사랑의 아픔 앞에서 우리가 할 수 있는 일은 별로 없다.

이렇게 무력할 수밖에 없는 이유는 사랑이 제멋대로 왔다가

제멋대로 떠나기 때문만은 아니다.

사랑을 할 때 자신을 가장 힘들게 하는 사람이

바로 나 자신이기 때문이다.

가끔 자신에게 찾아온 사랑을 쉽게 받아들이지 못할 때가 있다.

이 경우 막무가내로 다가오는 사랑을 도무지 막을 길이 없으니

대신 소심한 저항이라도 해 본다.

당신 역시 아직 그를 받아들일 마음의 준비가 되지 않았다.

그래서 당신은 그와 마주한 순간 평소와는 다르게 말이 없거나,

허둥대거나, 혹은 무서우리만큼 차가운 모습을 보이게 된다.

당신은 이대로 그에게 마음을 허락하고 싶지 않다.

그래서 괜히 큰소리를 치며 소심한 자신의 모습을 감추고
더 큰소리로 빠르게 콩닥거리는 심장 소리를 묻어 보고자 한다.
당신은 지금 두려워하고 있는 것이다.

고양이 한 마리가 고양이 호텔에 맡겨졌다.
첫날 고양이는 안전한 나무 상자에서 한 발자국도 나오지 않았다.
둘째 날부터는 나무 상자에서 나와 주위를 돌아다니며
다른 고양이가 지나갈 때마다 이빨을 드러내고
발톱을 세우며 경계했다.
이 녀석은 고양이 호텔에 있는 내내
다른 고양이들을 주시하며 경계를 풀지 않았다.

며칠 후 집으로 다시 돌아온 고양이는 배낭에 숨어
다시는 자신을 혼자 두지 말아 달라는 듯
눈을 커다랗게 뜨고 애처롭게 주인을 바라봤다.

"애가 얼마나 겁을 먹었던지.
하루는 가스 검침원이 집에 왔는데 다리에 힘이 풀려서
제대로 서 있지도 못하더라고."
고양이 주인이 안타까운 듯 이렇게 말했다.

당신은 지금 이 고양이처럼 겁이 많고 상처받는 것이 무서워서
겉으로 날카로운 발톱을 세우고 있는 것이다.

과거에 상처를 받았으면 어떤가?

마음에 흉터 하나 없는 사람이 어디 있나?

그 사람이 날 거절하면 어떤가?

그가 당신의 좋은 점을 보지 못한다면

어차피 그 사람은 당신의 짝이 아닌 것이다.

수없이 많은 산과 강을 건넌 후에야 알게 될 것이다.

길고 긴 여정에서 만난 갈림길이 결국은 당신을

편안하고 안전한 목적지로 안내해 줬다는 사실을 말이다.

소설의 마지막 페이지에는 이런 구절이 있다.

"그녀를 있는 그대로 바라보세요. 한 폭의 그림을 바라보듯 말이에요."

소설을 가득 채운 남녀의 절절한 감정이 훌륭히 표현된

이 구절은 내가 가장 마음에 들어 했던 부분이기도 하다.

우리 인생은 이미 수많은 불확실성으로 가득 차 있다.

그러니 어쩔 수 없는 일에 지레 겁먹고 자신을 힘들게 하지 말자.

CHAPTER 2

오늘 또다시 가슴이 뛴다

1.

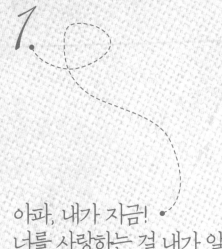

아파, 내가 지금!
너를 사랑하는 걸 내가 알게 돼서

나는… 너를 좋아하고 있었나 봐.
나는… 그동안 그렇게 오랫동안 너를 좋아하고 있었나 봐.

누구에게나 숨기고 싶은 비밀이 하나씩은 있다.
또 다른 비밀은 누군가에게 털어놓기도 하지만
어떤 비밀은 자기 자신조차 차마 대면하기 어려운 것이 있다.

누구에게나 숨기고 싶은 비밀이 있다. 어떤 비밀은 다른 누군가에게 털어놓기도 하지만 어떤 비밀은 지기 자신조차 대면하기 어렵다.

아샹은 언제나처럼 골목 입구에서 다쑹을 기다렸다. 아샹은 차를 세우고 다쑹에게 운전대를 넘겨주기 위해 조수석으로 자리를 옮겼다. 이것은 둘만의 약속이었다.

다쑹은 아샹보다 운전을 잘했고 길도 더 잘 알았다. 그리고 아샹은 다쑹이 운전해야만 안심이 되었다. 어쩌면 다쑹의 존재 자체가 그를 안심시켰던 걸지도 모르겠다.

그들은 지난 두 달 동안 한 번도 만나지 못했다. 이번 설 연휴에 다쑹이 고향에 온다는 말에 아샹은 매일같이 언제 만날 수 있느냐고 연락을 했다. 다쑹은 고등학교 동창 중에 지금까지 연락하고 지내는 친구는 아샹이 거의 유일하다. 다쑹은 대학교 졸업 후 대학원에 진학했고 공부를 마친 후에는 남쪽 지방에 직장을 구했다. 그가 일을 하러 내려간 이후로 두 친구는 만날 기회가 거의 없었다. 그래서 아샹은 이번 연휴에 그동안의 회포를 풀려고 잔뜩 기대하고 있었던 것이다.

백미러로 다쑹의 모습이 비쳤다. 그는 운전석 문을 열고 익숙하게 앉아 좌석을 조정했다. 아샹이 무엇인가 말하려고 하는 찰나에 뒷좌석 문이 열렸다. 아샹이 뒤를 돌아보니 낯선 여자가 그를 향해 웃으며 인사하고 있었다.

"내 여자 친구 아키야."

다쑹은 아샹에게 여자 친구를 간단히 소개하고는 말했다.

"뭐 먹고 싶어?"

그런데 이 질문은 아샹에게 한 것이 아니었다. 다쑹은 백미러로 여자 친구를 바라보며 말하고 있었던 것이다.

"아샹이 채식한다고 하지 않았어? 지난번에 얘기했던 채식 식당은 어때? 자기도 고향에 오면 꼭 다시 가고 싶다고 했잖아."

그녀가 웃으며 말했다. 다쑹은 고개를 끄덕이며 식당 방향으로 차를 몰았다.

저녁 내내 아샹과 다쑹은 그동안 밀린 얘기를 하느라 정신없었고 그녀는 조용히 그들의 얘기를 듣고 있었다.

"지난 이틀 동안 하루 종일 집에 처박혀 있었더니 건어물남이 된 것 같은 기분이었어."

"왜 그랬어?"

아파, 내가 지금! 너를 사랑하는 걸 내가 알게 돼서

다쑹이 물었다.

"예전에는 친구들이랑 약속도 많고 그랬는데 요즘 들어서는 다들 연락을 잘 안 하게 되더라? 왜 그럴까 곰곰이 생각해 보니 그 이유를 알겠더라고."

"이유가 뭐였는데?"

다쑹은 헤매지 않고 한 번에 주차장을 찾아 네모 반듯하게 차를 주차시켰다.

"이유는 바로 너였어. 네가 친구들 연락망의 핵심인데 타이페이에 없으니 나까지 연락이 모두 끊겨버린 거지."

다쑹은 아샹의 말을 듣고 그의 어깨를 치며 웃었다.

그들은 저녁을 먹고 근처 공원을 산책했다. 아키는 둘을 방해하지 않기 위해 적당한 거리를 두고 걸었다.

"야, 네가 지난번에 얘기했던 그 애 맞지?"

다쑹은 고개를 끄덕이며 행복한 미소를 지었다.

그날 밤 집에 돌아온 아샹은 컴퓨터를 켜고 자신의 블로그에 이런 글을 써 내려갔다.

나는 너에게 여자 친구가 생긴 것이 싫다.

나는 네가 그녀의 얘기를 하면서 행복한 미소를 짓는 것이 싫다.

나는 네가 우리만 아는 장소에서 그녀와 약속을 잡는 것이 싫다.

나는 네가 아무렇지도 않게 그녀를 내게 소개하는 것이 싫다.

나는 그녀가 네 옆에 앉아 끊임없이 눈을 보며 웃는 것이 싫다.

나는 그녀가 성인군자라도 되는 양 착한 척하는 모습이 싫다.

나는 너희를 진심으로 축복해 줄 수 없는 내가 싫다.

나는 억지로 웃고 얘기해야 하는 내 모습이 싫다.

나는 머리부터 발끝까지 네 좋은 친구일 수밖에 없는 사실이 싫다.

나는 그녀를 좋아하는 척해야 하는 나 자신이 싫다.

나는… 너를 좋아하고 있었나 봐.

나는… 그동안 그렇게 오랫동안 너를 좋아하고 있었나 봐.

네 곁에 머무를 수만 있다면 내 안에 비밀은

영원히 숨겨 놓아도 좋아.

난 그냥 너의 영원한 친구로 남을게.

아샹은 자신이 다쑹에게 그런 감정을 느끼고 있었다는 사실을 믿을 수가 없었다.

그는 잠시 멍하니 자신이 쓴 글을 바라봤다. 그리고 이내 한 자, 한 자씩 지워 나가기 시작했다. 아무리 생각해도 아직은 이런 자신의 모습을 똑바로 대면할 자신이 없었다.

꽃처럼 아름다운 너는

너처럼 괜찮은 사람은
정말 좋은 사람한테 사랑받을 자격이 있어.
그러니까 예전에 만났던 사람들은
너한테 한참 모자란 사람들이었을 거야.
네 운명의 그 사람이 아니었던 거지.

지금 사랑하는 이가 없는 사람은 언젠가 자신의 반쪽을 채워 줄 운명의 상대를 만나리라 기대한다. 반면 지금 사랑하는 사람이 있는 사람은 상대가 자신이 원하는 방식대로 사랑해 주기를, 언제나 자신만 바라보기를, 이 사랑이 영원하기를 기대한다. 누군가를 사랑하는 것이 아무도 사랑하지 않는 것보다 어려운 경우도 있다.

오래 사랑하면 서로의 존재가 너무나 당연해진다.
오래 사랑하면 영원히 함께하자던 맹세는 일상에 무뎌져버린다.
오래 사랑하면 상대가 모르는 혼자만의 고민이 생긴다.

연애는 결코 쉬운 일이 아니다. 그래서 사람들이 온통 사랑하는 일에 신경을 곤두세우는 것 아니겠는가. 애인이란 있으면 골치 아프고 없으면 탄식하게 되는 신기한 존재다.
내가 이런 얘기를 하자 그녀는 이렇게 말했다.
"난 그래서 아예 포기했어. 누군가 나타나길 기다리는 것도, 언젠가 내 운명의 짝이 나타나리란 것도 이제 기대하지 않아."
나는 고개를 돌려 그녀를 바라보았다. 이목구비가 뚜렷하고 예

꽃처럼 아름다운 너는

뻔 그녀의 얼굴에는 평생 혼자 살겠다는 강한 결심이 엿보였다.

나도 예전에 상처를 받거나 사랑에 대한 신뢰가 깨지고 나면 비슷한 말을 하곤 했다.

"다시는 연애 같은 건 하지 않을 거야. 연애는 내 인생에서 하나도 중요하지 않아!"

하지만 아무리 크게 소리친다고 해도 마음속 외침까지 덮어버릴 수는 없다.

'나도 누군가 사랑하고, 누군가로부터 사랑받고 싶어.'

"너는 너 자신이 괜찮은 사람이라고 생각해?"

이렇게 묻자 그녀는 오래 생각하지 않고 고개를 끄덕였다.

"그럼 너처럼 괜찮은 사람은 누군가에게 당연히 사랑받아야 하지 않을까?"

그녀는 눈시울을 붉히며 천천히 고개를 끄덕였다.

"그럼 왜 다른 사람에게 널 사랑할 기회를 주지 않는 거야? 왜 스스로에게 좋은 사람을 사랑할 기회를 주지 않으려는 거야?"

내 말이 끝나기도 전에 그녀의 눈에서 굵은 눈물방울이 뚝뚝 흘러내렸다.

나는 이 친구에게 이렇게 얘기했다.

"너처럼 괜찮은 사람은 정말 좋은 사람한테 사랑받을 자격이 있어. 그러니까 예전에 만났던 사람들은 너한테 한참 모자란 사람들이었을 거야. 네 운명의 그 사람이 아니었던 거지."

"하지만 내가 용기를 내서 다시 사랑하기로 해도 이번에 만날 사람이 내 운명의 상대인지 어떻게 알지?"

사실 이번이 운명의 상대를 만나게 되는 바로 그 순간이라고 장담할 수 없다. 하지만 함께 백년해로할 운명의 짝을 만나는 것은 로또에 당첨되는 것과 같아서 아무것도 시도하지 않으면 행복을 누릴 기회조차 얻지 못한다. 한 번에 1등에 당첨되리라는 법은 없다. 2등, 3등에 당첨되어도 사실 오래오래 행복할 수 있다.

나는 네가 반드시 최고의 상대를 찾아서
사랑해야 한다고 얘기하려는 게 아니다.
단지 네게 최고의 상대일 수도 있는 그 사람을
처음부터 밀어내지 말라고 부탁하고 싶은 것이다.
설령 그 사람의 첫인상에서 '운명'을 느끼지 못했다 하더라도
네게 운명의 순간이 찾아오면 그의 진면목이 보일지도 모르니까.

"우리는 지금까지 운명의 상대가 바로 옆에 있었는데도 그를 알아보지 못한 것일 수도 있다."

이 말은 친구가 내게 들려준 것이다. 나는 그 친구에게 이렇게 말하고 싶다.

"우리 모두 운명의 순간에 운명의 상대를 알아볼 수 있도록 용기를 내면 어떨까."

꽃처럼 아름다운 너는

사들어버린 꽃망울도 네 눈에는
곧 고목나무가 될 씨앗처럼 보이겠지.
가지런한 치아가 보일 듯 말 듯 널 보며 웃는 입술도
사랑을 머금은 은밀한 미소로 보이겠지.

제발 이 친구야
네 눈이 콩깍지로 뒤덮여 있단 걸 언제쯤 깨달을래.

바보 아직도 모르겠어?

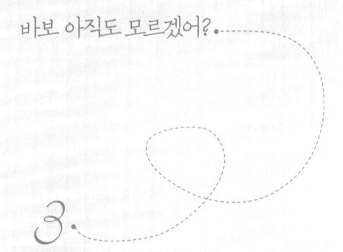

여자의 순종과 남자의 순종은 다르다. 여자의 순종이 자발적인 의지에서 나온 것이라면 남자의 순종은 여자들이 애걸해 얻어 낸 것이다. 남자와 여자, 이 두 종류의 인류는 순종에 대한 생각이 달라도 너무 다르다. 사랑에 빠진 여자들이 흔히 저지르는 실수는 너무 빨리, 너무 쉽게 남자에게 순종해버리는 것이다. 여자들은 남자의 사랑이 부족하다고 느끼면 내가 부족하고 모자라서 그런 것이라 생각한다. 그래서 남자에게 더 순종하도록 스스로를 부추긴다.

매기는 만난 지 한 달도 되지 않은 남자에게 간도 쓸개도 다 내놓고 이렇게 말했다. "네가 진짜 진짜 진짜 좋아."

그녀는 어떻게든 이 남자와 함께 있고 싶어 했다. 언제든 부르면 달려가는 남자의 퀵서비스를 자처했다. 나는 어떻게 한 달도 채 되지 않아 누군가를 진짜 진짜 진짜 좋아하게 될 수 있는지 도통 이해가 되지 않았다. 그래서 그녀에게 물었다.

"왜 한 달도 안 사귄 사람에게 그렇게 쉽게 마음을 다 내주는 거야?"

"기간은 중요하지 않아." 매기는 진지한 표정으로 대답했다.

"그냥 그 사람을 놓치고 싶지 않아서 그래."

문제는 둘이 천생연분이라고 생각하는 사람은 매기 혼자뿐이라
는 데 있었다. 두 사람은 손을 잡았고 키스도 했다. 그런데 다음
날 남자는 하루 종일 연락을 하지 않다가 그다음 날이 되어서야
나타나 이렇게 말했다.

"나도 널 좋아해. 하지만 아직 전 여자 친구와 완전히 정리하지
못했어. 게다가 아직 다른 사람을 만날 준비도 되어 있지 않고.
그래서 말인데 조금만 기다려 줄 수 있어?"

역시나 매기는 조금도 고민하지 않고 힘차게 고개를 끄덕였다.

"정말 진심인 것 같았어. 그 사람을 기다릴 거야."

"그래. 기어코 바보 같은 짓을 하겠다면 잘해 봐. 나중에 나쁜 놈
한테 당했다고 울지나 말고!"

나는 하품을 크게 하며 얼른 이 대화를 끝내고 포근한 침대로 들
어가고 싶었다.

"그런데 말이야. 벌써 며칠째 그 사람한테서 연락이 없어. 왜 연
락을 하지 않는 걸까?"

전화기 건너편 매기의 목소리는 점점 힘이 없어졌다. 눈물이 나
려는 것을 꾹 참고 있는 것 같았다. 난 속으로 이렇게 말했다.

'왜냐고? 그는 지금 다른 일을 하느라 전혀 지루하지 않거든. 너
라는 퀵서비스가 필요하지 않은 거야.'

"한 주 내내 연락이 없었다면서 다른 여자를 만나고 다니는지
걱정은 안 돼?"

"나는 원래 그런 쓸데없는 생각은 잘 안 해. 그리고 아직 정식으로 사귀기로 한 것도 아닌데 다른 여자를 만난다고 내가 어떻게 할 수 있는 것도 아니잖아."

'그래. 뭐, 너야 그런 쓸데없는 생각 잘 안 한다고 치자.'

하지만 입장을 바꿔서 남자들이 매기의 입장이라면 과연 걱정하지 않을 수 있을까? 연애 초기 남자들의 소유욕은 여자들을 훨씬 능가한다. 원시 시대부터 사냥은 남자들의 몫이었고 그들은 같은 마을 사람들과도 치열하게 경쟁했다. 이러한 경쟁 속에서 사냥에 성공하는 방법은 딱 하나였다. '한 번 찍은 동물에게서 절대 눈을 떼지 않는다.'

시대가 바뀌면서 남자들은 더 이상 사냥을 하지 않게 되었지만 여전히 그들의 몸속에서는 사냥꾼의 피가 흐른다. 그들은 목표물이 나타나면 본성을 드러낸다. 만약 그가 당신을 정말 좋아한다면 다른 사람은 감히 접근하지 못하게 당신 곁에서 한순간도 떨어지지 않으려고 할 것이다. 만약 그가 당신을 정말 좋아한다면 전 여자 친구와의 관계는 깨끗이 정리하고 당신에게 확실히 알려 줬을 것이다. 만약 그가 당신을 정말 좋아한다면 지금 무얼 하고 있나 걱정하지 않도록 먼저 전화해 말해 줄 것이다. 그에게 도대체 원하는 것이 뭐냐고 백 번, 천 번 물어봐도 대답이 없다면 결과는 뻔하다. 그의 내일에 당신이 없다면 그가 진정 원하는 것이 무엇이든 당신은 아닌 것이다.

정돈된 목소리로 나를 부르는, 나는 당신의 목소리가 좋습니다.
유쾌한 음악에 박자를 맞추고 서서 까딱거리는,
나는 당신의 뒷모습을 사랑합니다.
까르르 웃을 때 뽀얀 얼굴로 실룩 솟아오르는
동그란 광대뼈가 나를 행복하게 합니다.
그렇게 나는

나는 당신을 보는 게 좋습니다.

누군가를 이해한다는 것은 무슨 뜻일까?
그 사람이 무엇을 좋아하는지 아는 것일까? 아니면 그 사람의
기분이 어떤지 아는 것일까?

터키는 다이애나가 줄곧 가 보고 싶었던 나라다. 하지만 면적이
워낙 넓어서 그와 함께 떠난 보름 간의 여행에서는 터키의 서부
지역만 둘러보기로 했다.
그들은 가장 먼저 이스탄불에 도착했다. 이곳에서는 블루 모스
크 근방 작은 골목 안에 있는 호텔에 묵기로 했는데 옛 도시의
여러 명소들을 걸어 다니기 편리한 위치에 있어서였다.
이스탄불에 도착했을 때는 이미 초저녁이었다. 두 사람은 짐 가
방을 끌고 천천히 길을 걸었다. 4월 초 터키 거리에는 색색의 튤
립이 피어 있었다. 남자는 길을 잃어버리지 않기 위해 지도를 들
고 외계어 같은 표지판의 도로 명을 계속 비교해 보았다. 거리에
멈춰 서니 차가운 바람이 골목 사이로 불어왔다. 다이애나는 체
크무늬 캐시미어 머플러 속으로 얼굴을 파묻었다. 유럽과 아시
아의 경계 지역인 이곳 터키의 초봄 날씨는 우습게 볼게 아니다.

나는 당신을 보는 게 좋습니다

그리고 길거리를 오가는 사람들도 마찬가지였다. 다이애나는 베테랑 여행가답게 주변을 살피며 두 사람의 짐 가방을 사수했다. 남자가 방향을 확인하고 나서 두 사람은 다시 길을 걷기 시작했다. 그렇게 3분 정도를 걸어 모퉁이를 돌고 나니 황홀한 광경이 펼쳐졌다. 그녀는 걸음을 멈추고 넋을 잃은 채 서 있었다. 그곳에는 주홍빛의 저녁노을이 블루 모스크를 비추고 있었다. 그 순간 무거운 짐을 끌고서 냄새나고 복잡한 전차를 두 번씩이나 갈아타고 와야 했던 고생스러운 여정은 더 이상 생각나지 않았다.

"우선 체크인부터 하고 다시 나와 둘러보자."
다이애나의 흥분된 표정을 본 남자가 말했다. 멋진 광경에 정신 팔려 거리 소매치기들의 표적이 될 수는 없기 때문이었다.
다행히 어렵지 않게 호텔을 찾은 두 사람은 짐을 풀어 놓고 다시 나와 사진도 찍고 엄청난 바가지를 쓴 저녁 식사도 했다. 그렇게 앞으로 5일간 머무를 이 도시에 천천히 익숙해지고 있었다.

이틀 후 그들은 보스포러스 해협을 건너 신도시로 갔다. 이스탄불의 주요 명소와 관광객들은 대부분 구도시에 밀집되어 있기 때문에 신도시의 물가는 비교적 저렴한 편이었다.
그들이 신도시에 도착한 날은 태양이 높게 뜨고 구름 한 점 없는 날씨였다. 다이애나는 더 이상 캐시미어 머플러를 두르지 않고 얇은 외투만 걸친 채 남자의 손을 잡고 따뜻한 태양 아래 천천히 길을 걸었다.

갑자기 어디선가 음악 소리가 들려와 몸을 돌려보니 탁심Taksim Meydani 광장에 사람들이 점점 몰려들고 있었다. 그곳에는 고대 제사를 재현하는 공연이 열리고 있었다. 사진 찍기를 좋아하는 다이애나는 재빨리 카메라를 꺼내 셔터를 누르기 시작했다. 그렇게 바쁘게 사진을 찍던 그녀가 갑자기 멈춰 섰다.

그녀의 렌즈에 아빠의 목말을 탄 어린아이의 모습이 들어왔다. 아이는 눈앞에서 펼쳐지는 공연에는 관심이 없는 듯 보였다. 아빠의 머리 위가 놀이동산만큼이나 재밌기 때문이었다.
사진을 찍던 다이애나는 코끝이 찡해졌다. 남자가 뭔가 이상한 낌새를 알아채고 그녀에게 다가와 물었다.
"무슨 일 있어?"
그녀는 아이를 가리키며 말했다.
"나는 저런 기억이 없어."

남자는 아무 말 없이 두 팔을 벌려 그녀는 꼭 안아 주었다.
"지금부터 멋진 기억을 많이 만들어 나가면 되지. 그런데 당신을 어깨에 태우고 일어날 수 있을지는 잘 모르겠네…."

나는 당신을 보는 게 좋습니다

남자는 잠시 멈칫하다가 다시 말을 시작했다.

"당신이 그렇게 가벼운 편도 아니고…."

남자의 말에 감동을 받아 눈물을 흘리던 다이애나는 이 말을 듣고는 그의 배를 향해 주먹을 날렸다. 자업자득으로 얻어맞은 남자는 거리가 떠나가도록 비명을 질렀다.

그는 그녀가 외로운 어린 시절을 보냈다는 사실을 알고 있다. 그래서 그녀가 어렸을 때부터 남의 눈치를 잘 본다는 사실도 말이다. 그녀는 다른 사람에게 폐를 끼치는 걸 가장 싫어한다. 어쩌다 남에게 폐를 끼쳤을 때 그들의 찌푸린 얼굴이 보기 싫은 것이다. 그는 그녀에게 다가가 웃으며 말했다.

"나한테는 마음껏 폐 끼쳐도 돼. 남도 아닌데 뭘."

그때부터 여자는 무슨 일이 생기면 남자에게 신세 지고 폐를 끼쳤다. 그렇게 그녀의 두려움과 상처는 치유되었다. 그는 그녀의 상처를 어루만지며 이렇게 말했다.

"괜찮아, 이제 안심해도 돼. 너는 분명 행복해질 거야."

누군가를 진심으로 이해한다는 것은
그 사람이 무엇을 좋아하는지
오늘 기분은 어떤지 아는 것만이 전부가 아니다.
누군가를 이해한다면
그 사람의 약한 모습까지도 담담히 보듬어 줄 수 있어야 한다.

철없던 너무 어린 날은 싫어.
세상에 온통 나만 있는 것 같이 느끼던 배짱 가득했던 젊은 날도.
어디로 가야할지 어떻게 살아야 할지
외로움이 가득했던 방황의 날도 아냐.
파란 하늘이 너무 이쁘다는 걸
겨울이 지나 파랗게 올라오는 어린 새잎이 너무 곱다는 걸
내 영혼의 향기와 닮아 있는 사람을 알아볼 수 있는
그런 가지런한 내가 되었을 때
바로 그때, 내

인생 최고의 순간
나는 당신을 만나고 싶다

5

만약 당신의 가슴속에 평생 그리움으로 남아 있는 그 누군가가 있다면 한 번이라도 그리움의 이유를 생각해 보았는가? 그 사람과 함께할 기회를 얻지 못해서일까? 아니면 그 사람과 이뤄졌지만 결국은 헤어지고 후회가 남아서일까?

왕가위 감독의 영화 〈일대종사〉에서 궁이(장쯔이 분)가 엽문(양조위 분)에게 건네는 대사 중 이런 말이 있다.

"제 인생 최고의 순간에 당신을 만난 건 정말 큰 행운이에요."

두 사람이 만난 때는 엽문의 인생에서도 가장 좋은 시기였다. 엽문은 이렇게 말한다.

"만약 인생에 사계절이 있다면 마흔이 되기 전 나의 인생은 줄곧 봄날이었다."

봄은 사계절 중 가장 쾌적하고 아름다운 계절이다.

엽문은 유복한 가정에서 태어나 의식주 걱정 없이 오직 무술에만 전념하며 살아왔다. 아름다운 아내를 만나 귀여운 아이들을 낳았고 부부는 언제나 서로를 존경했다.

엽문이 밤에 집을 나설 때면 아내는 그가 돌아올 때까지 언제나 불을 환하게 밝혀 놓았다. 가정은 화목했고 강호江湖의 모든 사람들은 그가 오랫동안 연마한 영춘권詠春拳을 추종했다. 하지만 이러한 인생을 산 엽문에게도 평생 그리워한 이가 있었다.

그가 양광국술관兩廣國術館의 추대를 받아 펑톈奉天(역자: 중국 선양沈洋의 옛 이름)에서 은퇴식을 열기 위해 내려온 중화무사회中華武士會 회장 궁보삼宮寶森(역자: 궁이의 아버지이자 형의권과 팔괘장을 완성한 북방 권법의 고수)과 무예를 겨루었을 때, 궁보삼은 수장의 자리를 물려주고자 엽문에게 승리를 양보한다. 그런데 이 일을 계기로 엽문은 그의 평생에 '그리운 이'를 만나게 된다.
바로 패배를 모르는 여인, 궁이였다.
그녀는 궁씨 집안에 패배란 없다고 당당히 외치며 시합 결과에 불복한다. 그리고 엽문에게 다시 한 번 승부를 가릴 것을 제안한다.
궁이와 엽문, 두 고수의 대결은 마치 거울 속 자신의 모습을 바라보는 것처럼 똑 닮아 있었다. 이번에는 엽문이 궁이에게 승리를 양보했다. 하지만 더욱 처참하게 무너진 쪽은 궁이였다. 그녀가 엽문에게 마음을 빼앗겨버린 것이다. 엽문 역시 그녀를 마음에 품게 되었다.

두 사람은 줄곧 편지를 주고받았고 엽문은 궁이와 둥베이東北에서 만나 다시 한 번 무예를 겨루자던 약속을 마음속에 늘 간직하고 있었다. 그렇지 않았다면 둥베이의 추운 날씨에 대비해 겨울 외투를 마련하지도, 아내의 도움을 받아 따듯한 망토를 만들지도 않았을 것이다.

엽문의 아내는 흔들리는 남편의 마음을 알고 있었을까?
남편이 집에 돌아올 때까지 불을 환하게 밝혀 두던 아내. 온 마음이 그를 향해 있는 아내가 어떻게 남편의 미간에 서린 주저함을 발견하지 못했겠는가?

아내 역시 남편의 그런 마음을 알고 있었다. 그 누구보다 엽문을 잘 아는 아내였으니까.
"당신이 그녀와 무술을 겨루시겠다면 저는 잠시 친정에 가 있을게요. 당신에게 화가 나서가 아니에요. 그저 당신의 마음을 편하게 해 주고 싶어서랍니다. 당신이 그녀를 만나러 둥베이로 가시겠다고 해도 괜찮습니다. 어차피 당신이 마련한 겨울옷들은 이곳 포산佛山(역자: 중국 광둥성에 엽문의 고향으로 사계절 내내 따듯하다)에서는 쓸모가 없으니까요."

하지만 혼란스러운 시대의 흐름은 많은 것을 변화시켰고 엽문은 결국 둥베이에 가지 못했다.

엽문은 생계를 유지하기 위해 둥베이에 가려고 마련했던 외투마저 팔아야 했다. 그는 외투를 팔기 전 단추 하나를 떼어 냈다. 그 단추는 엽문의 인생에서 최고의 순간을 기념하고 그가 궁이에게 마음이 흔들렸던 때를 기억하기 위한 것이있다.

훗날 그들은 홍콩에서 다시 만날 수 있었지만 그 밤이 그들의 마지막 만남이 되었다.

궁이가 말했다.

"제 마음속에는 늘 당신이 있었어요. 누군가를 좋아하는 건 죄가 아니잖아요. 그냥 저 혼자 좋아한 것뿐이에요."

그녀는 마침내 그에게 감춰 뒀던 마음을 보여 주었다.

하지만 인생 최고의 순간에 누군가를 만났다면 헤어진 후 그리움으로 남은 건 다름 아닌 그때의 나 자신일 것이다.

궁이는 가질 수 없는 남자를 마음에 품고 그리워한 것처럼 보이지만 사실 그녀가 그리워한 것은 그 시절 당당하고 생기 넘쳤던 자신의 모습일 것이다. 패배를 몰랐던, 가장 좋았던 시절의 자신의 모습 말이다.

영화에서는 이렇게 말한다.

"사람들은 인생에 후회가 없다고들 말하죠. 하지만 생각해 보면 인생에 후회가 없다면 삶이 얼마나 무미건조할까요?"

하지만 우리네 인생에서는 기회가 찾아왔을 때 온 힘을 다해 후회의 가능성을 남겨 두지 않는 편이 나을지도 모른다.

최고의 순간에 '그' 사람을 만나기 위해서는 매일매일 최선을 다해 살아가야 한다. 엽문과 궁이는 가장 좋은 때에 서로를 만났고 그들의 만남에 최선을 다했다.

후회하고 싶지 않다면 모든 순간에 최선을 다해 보자.

설령 당신 삶에 그 사람이 존재하지 않는다고 해도 당신에게는 언제나 최고의 순간일 것이다.

가 보고 싶었습니다.

어린 날에 당신은 그곳에서 뛰어놀았겠죠.

그저 매일 즐거워하며 지금의 당신으로 클 준비를 하면서요.

그때의 당신이라면 누구의 사람도 아니었을 테죠.

힘껏 뛰어다녔을 그 길 위에 지금 내가 서 있습니다.

당신을 느끼고 싶어서 그랬나 봐요.

오늘따라 유난히도 말이죠.

당신이 머물던 자리에 가면.

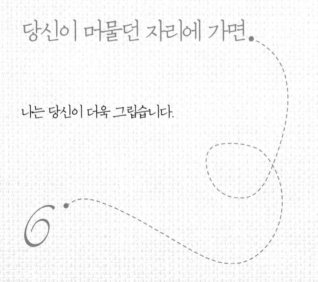

나는 당신이 더욱 그립습니다.

사랑은 한 사람을 완전히 다른 누군가로 변화시키는 힘이 있다.

그 변화는 본인조차 낯설어할 정도다.

한 소녀가 펑후澎湖(역자: 대만 해협 동남쪽에 있는 군도의 이름)로 꽤 오랫동안 여행을 떠난다고 한다.

나는 그 이유가 궁금해 그녀에게 물었다.

"펑후를 그렇게 좋아했어?"

그녀는 잠시 머뭇거리다가 수줍게 말했다.

"사실… 그가 어린 시절을 보냈던 곳에 가 보고 싶어서요."

그녀의 대답에 잊고 있던 어느 소녀가 떠올랐다.

그녀 역시 한 남자를 진심으로 사랑했다.

그녀는 〈도쿄러브스토리〉(역자: 1991년 후지 TV에서 방영한 일본 드라마로 일본 트렌디 드라마의 시초라 불린다)의 리카다.

칸지를 열렬히 사랑했던 그녀.

리카 역시 멀리 에히메현(역자:일본 시코쿠四國 북서부에 있는 현)을 찾아간 적이 있다.

단순히 칸지가 태어나고 자란 곳이 어떤 곳인지 보기 위해서였다.

'네가 스쳐 지나온 곳이라면 어디든 가 보고 싶어.

네게는 모두 고향 같은 곳이니까, 칸지.'

리카는 마음속으로 이렇게 생각했다.

그녀는 이곳에 와서 그의 과거를 마주하면 두 사람의 미래와 조금 더 가까워지리라 기대했다.

리카는 칸지가 했던 모든 말을 기억했다.

그녀는 칸지가 다녔던 초등학교에 가서 얼룩덜룩한 나무 기둥에 칸지가 새겨 놓은 그의 이름을 발견했다.

'나가오 칸지'

그리고 칸지가 12년 전 새겨 놓은 삐뚤삐뚤한 이름 옆에 자신의 이름을 새겨 넣었다.

그녀가 새겨 놓은 한 획 한 획에는 칸지에게 닿지 않는 사랑의 무게가 담겨 있었다.

하지만 두 이름 사이의 거리는 지난 12년의 세월뿐만이 아니었다.

두 사람 사이의 공백은 나란히 이름을 새겨 넣는 것으로 모두 채울 수 없는 것이었다.

'이렇게 이름을 나란히 새겨 넣는 것만으로도 나는 충분해….'

리카는 이렇게 자신을 위로했다.

사실 그녀는 이때만큼 칸지의 마음이 가깝게 느껴졌던 적이 없었다.

"제가 그 사람 고향을 찾아가 그의 부모님을 만나고 온다고 해도 아무 소용없는 것 알아요. 그런다고 저를 좋아해 주지는 않을 테니까 말이에요."

평후에 가겠다는 소녀가 체념하듯 말했다.

그녀는 그를 좋아하기 전 자신은 아주 쾌활한 사람이었는데 요즘은 숨을 쉴 때마다 깊은 한숨이 저절로 나온다고 했다.

그녀는 이렇게 변한 자신의 모습이 싫으면서도 그를 사랑하게 된 것을 후회하지 않는다고 말했다.

리카 역시 그랬다.

칸지를 만나기 전 그녀는 누구보다 밝게 웃는 사람이었다.

하지만 그를 만난 이후로 리카는 웃어도 마음속 깊은 곳에서 우러나오는 즐거움을 느끼지 못했다.

그녀의 웃음은 단지 칸지에게 걱정을 끼치지 않기 위해, 그리고 주변 사람들을 안심시키기 위해 짓는 억지웃음이었다.

나는 예전에 이 드라마를 보면서 칸지를 무척 싫어했다.

리카의 마음을 몰라주는 것도 싫었고, 두 여자 사이에서 갈팡질팡하는 모습도 싫었고, 특히나 거짓으로 약한 척하는 사토미를 챙기는 바보 같은 모습이 보기 싫었다.

그런데 이제는 리카의 지나치게 적극적인 사랑이 어쩌면 대도시의 치열한 경쟁을 이겨 내야 하는 남자에겐 너무 숨 막히는 일이었을지도 모른다는 생각이 든다.

당신이 머물던 자리에 가면

또 사토미가 그랬던 것처럼 여자가 지닌 연약함으로 남자의 보호 본능을 이끌어 내는 능력도 어느 정도 필요하다는 생각이 들었다.

하지만 나는 역시 리카처럼 억지웃음을 지으며 주위 사람들에게 괜찮다고, 아무 일도 없다고 말하는 사람이다.

운이 좋으면 누군가 내 진짜 마음을 알아차리고 따뜻하게 안아 줄 사람이 나타나려나.

리카, 그녀는 언제나 혼신의 힘을 다해 언제나 당당하게 사랑했다.

그녀를 떠올리다 보니 갑자기 고향 생각이 났다.

나는 남쪽 지방으로 내려가 따스한 햇볕을 받으며 그녀들과는 달리 사랑에 용감하지 못했던, 작은 일에도 연연하던 나 자신을 되돌아봤다.

그녀들에게 묻고 싶다.

사랑으로 변한 지금의 내 모습도 괜찮은지 말이다.

나는 남쪽 지방으로 내려가 따스한 햇볕을 받으며 사랑에 용감하지 못했던 작은 일에 연연하던 나 자신을 되돌아봤다.

마이클: 우리에게 이런 일이 생겨야 했다면 왜 하필 당신한테….

테 리: 내 잘못이었어요. 위를 올려다봤거든요.
　　　당신이 있을 줄 알았죠.
　　　걱정 말아요. 당신이 그림을 그릴 수 있다면
　　　나도 다시 걸을 수 있어요.
　　　못할 일이 없죠.

- 영화 〈러브어페어〉 중에서 -

모든 사람이 나를 받아 줄 필요는 없다.
모든 사람이 내 귀함을 알아보고
내 마음을 헤아리지 않아도 좋다.
오직 당신이 좋고 당신이 즐겁고
당신이 나로 인해 행복하면 그만이다.
그리고 내게 이렇게 말해 줄 수 있다면 그것으로 족하다.

고마워 내게 와 줘서

7

'누가 누구를 더 많이 사랑할까', '누가 누구에게 더 잘하는가'
는 연인들끼리 서로 묻기 좋아하는 유치한 질문들이다. 여기 명
절 연휴에 친구들과의 약속을 모두 취소하고 둘만의 시간을 보
내기로 한 연인이 있다. 그런데 두 사람은 감사한 마음으로 서로
아끼며 즐겁게 보내야 할 명절 연휴에 이런 유치한 질문들로 괜
히 핏대를 세우고 있다.

"누가 봐도 내가 자기한테 더 잘하지!"

논쟁이 계속될수록 여자의 표정이 점점 굳어 갔다.

"무슨 근거로?"

남자는 속으로 웃음이 나오려는 것을 꾹 참고 진지한 얼굴로 말
했다.

"내가 지난주에도 3일 연속 당신 친구들 모임에 같이 나가 줬잖
아. 괜히 분위기 망칠까 봐 술 그만 먹으라는 소리도 안 하고 술
취해서 걷지도 못하는 걸 집에 데려다 주기까지 했는데… 자기
가 얼마나 무거운지 알기나 해? 게다가 매일 늦게 들어가니까
잠도 제대로 못 자고 아침에 출근했다가 퇴근하고 나서는 바로
친구들 모임에 따라가고, 내가 얼마나 힘들었는데… 그런 건 전

고마워 내게 와 줘서

혀 알아주지도 않고 혼자 신나서 새벽 늦게까지 술 마시고….”

“그 일은 이미 지난주에 얘기했잖아.”

“그래. 내가 얘기했더니 자기도 잘못했다고 인정했잖아. 그러니
까 내가 자기한테 더 잘한다는 거지! 친구들 앞에서 체면도 세워
주고 말이야.” 여자는 이렇게 결론을 내리고 만족스럽다는 듯 미
소를 지었다. 남자는 뿌듯해하는 여자를 보며 말했다.

“뭐야. 얘기가 그렇게 되는 건가?”

“당연하지!”

여자가 남자를 흘겨보며 말했다. 그런데 불과 10초도 지나지 않
아 남자가 다시 얘기를 꺼냈다.

“난 자기를 정말 사랑하나 봐. 그러니까 싸울 때마다 이렇게 내
가 양보하지.” “자기가 언제?”

여자는 서둘러 지난 기억을 되짚어 봤다.

‘우리가 싸웠을 때 정말로 내가 다 이겼나?’

“진짜라니까. 자기가 많이 고민하다가 얘기를 꺼낸 걸 텐데 그
말이 일리가 있든 없든 내가 양보하는 게 맞지. 안 그러면 괜히
화만 더 날 거 아니야? 나한테 얘기를 꺼낸 보람도 없고.”

두 눈이 휘둥그레진 여자는 더 이상 말을 잇지 못했다.

여자는 그동안 싸우면서 자신의 말이 전부 일리가 있다고 생각
했다. 남자가 말이 없으면 내가 옳은 소리를 해서 그런 줄로만
알았고 두 사람의 관계에서 내가 더 성숙하다고 생각했다. 그런

데 내가 이렇게 남자의 보살핌이 필요한 어린애였다니! '누가
누구를 더 많이 사랑하는가', '누가 누구에게 더 잘하는가'는 계
량할 수 없다. 저울에다가 누구의 마음이 더 무거운지, 누가 더
가벼운지 잴 수 있다고 하더라도 아무 의미가 없다.

'좋아한다'라는 감정을 완벽하게 표현하는 것은 어렵다.
좋아한다는 것은 서로에게 순종하는 것이고
좋아한다는 것은 오직 그로 인해 마음이 따뜻해지는 것이며
좋아한다는 것은 같은 얘기도 그가 얘기해야 재밌는 것이다.
그 사람이 있기 때문에 내가 더 강해지고
그 사람만 기억하는 내 모습이 있고
그 사람만이 나를 온전히 받아 줄 수 있기 때문에 그를 좋아한다.

모든 사람이 나를 받아 줄 필요는 없다. 오직 당신이 좋아하고
당신을 좋아하는 사람만 괜찮으면 그만이다.
그러니 나를 받아 준 당신에게 이렇게
말하고 싶다.
"당신, 내게 와 주어 정말
고맙습니다."라고.

#사랑을 할 때 우리는 괴물이 된다

사랑을 하다가 상처를 입게 되면
우리는 자기방어 기제를 발동시켜 사랑 자체를 괴물 취급해버린다.
하지만 사랑을 해치는 진짜 괴물은 바로 나였다는 것을 알지 못한다.

겨울 같지 않게 따듯했던 어느 날, 베이베이는 친구들과 함께
주성치 감독의 영화 〈서유항마편西遊降魔篇〉을 보러 갔다.
그녀는 주성치 영화의 열혈 팬은 아니었지만 영화를 보고는
감동의 눈물을 흘렸다.
영화가 끝나고 영화관에 불이 켜졌을 때 베이베이는
여전히 눈물을 흘리고 있었다.
친구들도 흥분을 금치 못하고 주성치의 또 다른 영화
〈대화서유大話西遊〉와의 차이점에 대해 열띤 토론을 벌였다.
베이베이와 친구들은 영화관을 나와 따듯한 햇살이
내리쬐는 거리를 걸었다.
친구들은 아직도 눈물을 훔치고 있는 베이베이를 신기한 듯 바라봤다.
"도대체 어떤 부분에서 그렇게 감동을 받아 우는 거야?"
그녀가 눈물을 닦으며 부끄러운 듯 웃어 보였다.

베이베이는 친구들에게 어떻게 설명해야 할지 몰랐다.

사실 그녀가 눈물을 흘린 까닭은 영화의 내용이나 대사가

감동적이어서가 아니라 아주 평범한 대사 한 줄 때문이었다.

그것은 바로 퇴마사 단씨가 진현장과 아직 항복하지 않은

손오공 사이에 잡혀 있을 때 한 말이었다.

"네가 감히 그 사람을 건드려? 내가 가만두지 않을 테다!"

단씨는 자기 몸도 제대로 가누지 못하는 상태에서

진현장을 걱정하며 소리쳤다.

그다음 손오공을 향해 몸을 던졌다.

베이베이는 이 장면을 보고 눈물을 흘리기 시작했던 것이다.

그녀는 따뜻한 햇살 같았던 그 남자가 떠올랐다.

정식으로 연애를 시작하기 전

그들은 함께 안마를 받으러 간 적이 있다.

얇은 커튼 뒤로 베이베이는 남자의 비명 소리를 들었다.

베이베이는 웃음이 터져 나왔다.

저렇게 건장한 남자가 이 정도 안마를 겁내다니.

남자와는 달리 베이베이는

욱신거리는 찌릿한 아픔을 잘 참고 있었다.

건너편에서 그의 목소리가 들려왔다.

"선생님! 그 친구 살살 해 주세요.

워낙 강한 여자라 아파도 아프다고 말도 안 할 거예요!"

그는 아파서 신음하는 와중에도 그녀를 걱정하고 있었다.

그의 사랑은 이렇게 순수했다.

하지만 순수하고 아름다웠던 그들의 사랑은 반년을 넘기지 못했다.

그의 무관심에 그녀는 평점심을 잃고 점점 지쳐 갔고

결국 그들은 헤어지게 되었다.

사랑을 하다가 상처를 입게 되면 우리는 자기방어 기제를

발동시켜 사랑 자체를 괴물 취급해버린다.

하지만 사랑을 해치는 진짜 괴물은

바로 우리 자신이라는 것을 알지 못한다.

무시무시한 이빨과 날카로운 발톱을 드러내고 싸울 것인지,

모든 것을 초월한 신선이 될 것인지, 평탄하게 일생을 보낼 것인지,

치열하게 사랑하다 장렬하게 죽을 것인지는

모두 우리의 손에 달린 일이다.

다시는 누구도 사랑하지 않겠다고 말하는 이유는

사랑이 우리에게 씻을 수 없는 상처를 남겼기 때문이 아니라

사랑을 할 때 괴물로 변하는 자신이 두려워서다.

이 무시무시한 괴물은 자기 자신조차 알아보지 못할 때가 있다.

당삼장唐三藏(역자: 서유기에 등장하는 당나라 승려로 당삼장의 고기를 먹으면 불로

장생한다고 한다)을 잡아먹고 지금의 사랑을 영원히 유지할 수 있다면

그렇게 하지 않을 사람이 어디 있을까?

하지만 두 사람 중 누가 자신을 희생해

당삼장의 역할을 자처해야 한다면 어떨까?

일생의 행복과 고통으로부터의 탈피를 상대에게만

의존하는 것은 올바른 마음가짐이 아니다.

그 사람은 당신과 마찬가지로 단지 행복하고 싶은

평범한 사람에 불과하다. 불로장생을 약속해 줄 당삼장도,

능력을 타고난 손오공도, 모든 것을 꿰뚫어 보는 여래불도 아니다.

그 사람에게는 괴물을 물리칠 특별한 힘이 없다.

특히 그 괴물이 당신 마음속에 살고 있는 것이라면 더욱 그렇다.

운명의 그 사람이 당신 앞에 나타난다고 해서

당신의 모든 고민이 한 번에 해결되는 것은 아니다.

인생이라는 수식은 그렇게 쉽게 풀리지 않는다.

그 사람이 나타난다고 해서 당신의 인생이 한순간

행복해지고 인생의 모든 먹구름이 걷히는 것도 아니다.

그런 일은 일어나지 않는다.

사랑 자체가 괴물로 변하는 법은 없다.

진짜 괴물은 사랑에 서툰 우리 자신이다.

97

CHAPTER 3

누군가와 마음을 나눈다는 건

나는 정말 정말 정말 지독한 길치야 그치?
아는 길도 걷다 보면 모르는 길이 돼버리곤 하지.
그런데 그거 알아?
언제 어디서나 당신에게
"내가 있는 곳이 어디냐?"고 오히려 되묻곤 하는 건
당신이 없으니까 내가 길을 잃어버리는 것 아니냐고
알려 주려는 거야.
그래야 당신이 내게 마음을 놓지 못하니까.
그래야
당신이 나를 찾아올 테니까.

당신이 나를 찾아올 걸 내가 아니까

1.

대부분의 여자들은 우뇌로 사고한다. 그러나 인간의 뇌에서 방향 감각을 식별하는 곳은 우뇌가 아니라 좌뇌다. 이점은 왜 여자들이 남자들보다 방향 감각이 떨어지는지를 설명해 준다.

샤오샤도 대부분의 여자들과 마찬가지로 방향 감각이 매우 떨어진다. 친구들과 모임이 끝난 후 집에 가려고 돌아서면 올 때 왔던 길이 아니다. 게다가 지하도로 한 번 내려가면 도대체 어떤 출구로 나가야 하는지 전혀 감이 오지 않는다.

지도를 들이대면서 그녀에게 동서남북을 가르쳐 줄 생각일랑은 애초에 버려야 한다. 지도를 360도로 몇 번을 돌려 봐도 여전히 모르겠다는 표정을 지을 테니 말이다.

그나마 그녀가 가장 자신 있어 하는 길은 매일 다니는 출퇴근 노선이다. 하지만 그것도 집에서 지하철역까지, 지하철역에서 회사까지 가는 길만 겨우 알 뿐이다. 그녀의 머릿속 지도는 그녀가 아는 지역까지만 그려져 있다. 아마 그곳에서 길 하나만 건너도 지도는 하얀 백지로 표시되어 있을 것이다.

다행히 그녀는 아하이를 만났다.

아하이는 방향 감각이 뛰어난 자칭 인간 GPS다.

그녀가 어딘가에 가야 할 때 출발 지점과 도착 지점만 알려 주면 즉시 가장 빠른 길로 안내해 준다.

"자기랑 같이 다니니까 너무 좋아!"

어느 날 샤오샤가 달콤한 목소리로 아하이에게 말했다.

"어째서?"

"자기랑 같이 다니면 길 찾느라 머리 아픈 일도 없고, 눈 빠지게 간판만 보고 다니지 않아도 되고, 그냥 이렇게 자기 옆에 졸졸 따라다니기만 하면 되잖아."

아하이가 웃으며 말했다.

"나랑 같이 다니면 손도 편하지? 아무것도 안 들어도 되니까 말이야."

그런데 이렇게 매번 아하이의 보살핌을 받던 샤오샤가 길을 잃었다. 그것도 아하이가 출장 가고 없을 때 말이다.

그날따라 회식이 생각보다 일찍 끝났다.

샤오샤의 원래 계획은 이랬다.

'소화도 시킬 겸 10분 정도 걷다가 버스를 타고 집에 가야지'

그런데 길을 걷다 보니 분명 낯선 동네인데 눈앞에 낯익은 커다란 붉은 벽돌 건물이 보이는 것 아닌가! 대통령 관저였다.

샤오샤는 이 상황이 너무 웃겨 아하이에게 길을 잃어버렸다고 문자를 보냈다.

1분이 채 지나기도 전에 외국에 나가 있는 아하이가 다급한 목소리로 전화를 걸어왔다.

"어떻게 거기까지 갔어? 거기 지금 몇 시야? 캄캄하지 않아? 근처에 이정표가 보여?"
"아니, 아무것도 안 보여. 그리고 내가 여기까지 오고 싶어서 왔겠어? 자기가 좋아하는 국숫집을 찾으려고 했지. 거기서부터는 길을 아니까."
"그래서 찾았어?"
"몰라. 근처인 것 같긴 한데… 아! 저기 있다. 이게 다 자기 때문이야! 평소에 길을 잘 알려 줬어야지."

"남자 친구 탓을 했어?"
나는 여기까지 듣다가 말을 끊고 끼어들었다.
"네가 분명 그랬다며. 자기랑 같이 다니면 길 찾느라 머리 아픈 일도 없고, 눈 빠지게 간판만 보고 다니지 않아도 되고, 그냥 이렇게 자기 옆에 졸졸 따라다니기만 하면 되잖아."
나는 샤오샤의 애교 섞인 목소리를 따라 했다.

"당연히 아하이 탓을 하지. 그럼 누구를 탓해? 지나가는 사람 탓을 할까?"

당신이 나를 찾아올 걸 내가 아니까

샤오샤가 말했다.

"이 아가씨야. 스마트폰은 뒀다가 뭐해? 지도에서 지금 네가 어디 있는지 찾은 다음에 가려고 하는 곳을 찾으면 되잖아."

"그럼 안 되지."

샤오샤가 결연하게 고개를 저으며 말했다.

"왜 안 돼? 휴대폰으로 인터넷 할 줄 몰라?"

"그런 건 아니지만… 당신이 없으니까 내가 길을 잃어버리는 것 아니냐고 알려 주려는 거야. 그래야 내게 마음을 놓지 못하지."

"마음을 놓지 못하게 한다고? 왜 그래야 하는데?"

나는 이해가 잘되지 않았다.

"첫 번째는 내가 그 사람을 굉장히 필요로 한다는 사실을 알려 주려는 거야. 남자가 그걸 얼마나 중요하게 생각하는지는 알지?"

샤오샤가 어안이 벙벙해진 나를 보며 계속 얘기했다.

"그리고 두 번째는 남자들은 밖에 나가면 수많은 유혹에 시달리잖아? 그래서 너무 방심하게 두어서는 안 돼. 나한테 계속 마음이 쓰이도록 해야지. 그래야 내 생각도 할 테고 말이야."

나는 자신의 계획을 철저히 분석 중인 그녀를 멍하니 바라봤다.

그녀는 정말로 길을 잃어버린 것일까?

아니면 이 모든 것이 처음부터 그녀의 계획이었을까?

당신이 얼마나 아름다운 사람인지

처음 그와 한 침대에서 자던 날 그녀는 한숨도 잘 수 없었다.
익숙하지 않은 살결이 부대끼는 것이 낯설었다.
한참의 시간이 지난 오늘 밤, 그녀는 잠이 오지 않는다.

처음 그와 함께 누웠던 그날처럼 쉬이 잠들지 못하고 있다.
이제 그의 살결이 느껴지지 않는 침대가 낯선,
그의 여자가 되었기 때문이다.

그는 따뜻한 이불에서 손을 뻗어 알람 시계를 집어 눈앞으로 가져왔다.

03:13

세 시가 넘었는데 아직도 잠들지 못하고 있다. 그는 10분 전에도 시계를 확인했다. 그래서 시계가 손이 잘 닿는 곳에 있었던 것이다. 남자는 시계를 원래 놓여 있던 자리에 내려놓고 몸을 뒤척여 가장 편안한 자세를 잡고 잠을 자려고 노력했다.

원래 잠이 안 올 때 억지로 잠을 자려고 하면 더 잠들기 어려운 법이다.

남자는 왜 잠을 못 이루는 것일까?

그는 원래 침대에 눕기만 하면 금방 잠드는 사람이었다. 하지만 벌써 이틀째 잠들어야 할 시간에 잠들지 못하고 있다.

"으아…."

남자는 두 팔다리를 쭉 뻗으며 기지개를 켰다. 늘 두 사람의 온기가 가득했던 퀸 사이즈 침대가 어제오늘 그저 넓고 휑하게만 느껴져 적응이 되지 않았다.

'적응이 안 된다?'

남자는 웃음이 터져 나왔다.

그는 어둠 속에서 17평 남짓한 집 안을 둘러보기 시작했다. 이곳으로 이사 온 지도 벌써 1년이 되어 간다. 이곳은 결혼 뒤 두 사람이 함께 꾸린 첫 번째 보금자리다.

그녀를 생각하니 또 한 번 눈가에 웃음이 번졌다. 두 사람이 처음 같이 살기 시작했을 때는 각자의 오랜 습관들을 버리고 한 침대에서 생활하는데 꽤 오랜 시간이 걸렸다. 그런데 이제는 그녀가 옆에 없으니 적응이 되지 않았다. 사람의 습관이라는 게 어떻게 이렇게 빨리 변할 수 있을까?

'침대가 텅 비어 있어서 그럴지도 몰라.'

남자가 속으로 생각했다.

그는 밖으로 나가 소파에 앉혀 놓은 인형 몇 개를 집어 와 침대에 던졌다.

"인형들을 그렇게 던지면 어떡해! 애들도 다 생명이 있는 애들이라고!"

어디선가 그녀의 목소리가 들리는 듯했다.

"이제 헛소리까지 들리는군!"

남자는 재빨리 따뜻한 이불 속으로 파고들었다.

그녀는 매일 밤 이 인형들을 모두 침대로 데리고 와 가지런히 눕히고서야 잠자리에 들었다. 남자는 그녀의 이런 행동을 못마땅하게 생각했다.

당신이 얼마나 아름다운 사람인지

"침대가 너무 넓어서 그래? 왜 이 녀석들까지 다 데리고 와서 난리야?"

"애들도 추울까 봐 그렇지!"

그녀는 인형들을 모두 정리해 놓고 남자 옆으로 바싹 다가왔다.

"왜 이래?"

남자가 퉁명스럽게 말했다.

"아이, 저도 같이 재워 주시면 안 돼요?"

여자는 인형 하나를 들고 애교 섞인 목소리로 말했다. 그러자 남자는 일부러 인형을 빼앗아 소파로 힘껏 집어던졌다. 여자가 소리쳤다.

"그러지 마. 진짜 너무하네!"

그날 밤 두 사람은 한바탕 베개 싸움까지 벌인 후 뜨겁게 사랑을 나눴다.

그리고 지금 그에게 버림받았던 인형들이 옆자리에 가지런히 누워 있다. 그는 인형들로 그녀의 빈자리를 모두 채우고 싶었다.

"애들아 그녀도 날 생각하고 있을까? 오늘은 전화 한 통 없네."

어떻게 해도 잠이 오지 않자 그는 기어이 인형들과 대화하기 시작했다.

"어떻게 하루 종일 잘 지내고 있느냐는 안부 한 통도 안 할 수 있냐고… 흥! 출장? 웃기시네. 완전 놀러 간 거구만."

그는 인형 하나를 들고선 코를 비틀어 꼬집었다.

"오늘 내가 전화를 두 통이나 했었는데, 한 통은 안 받고 한 통은 받아서 고객 접대해야 한다고 끊어버렸지 뭐야!"

두 사람은 결혼 후 이렇게 길게 떨어진 일이 처음이다. 남부 지방으로 출장 간 그녀는 어제 몇 번이나 전화해 잘 지내고 있다, 보고 싶다 등등의 말을 전했다. 그런데 오늘은 어쩐지 깜깜무소식이다. 정말 그녀답지 않았다.

인형과 대화하던 남자는 해가 뜰 때가 다 되어서야 잠이 들었다. 다음 날 피곤한 몸을 이끌고 출근했던 남자가 저녁 무렵 집에 돌아왔다. 문을 열고 들어가려는데 집 안에 불이 켜져 있다. 그녀가 돌아온 것이다.

"왔어?"

남자의 말이 끝나기 무섭게 그녀가 재빨리 달려와 남자를 끌어안았다.

"자기야 너무 보고 싶었어. 전화 왜 안 받았어? 걱정했잖아."

그녀가 눈물이 그렁그렁한 눈으로 쳐다봤다.

"전화가 안 왔었는데?"

여자는 자신의 휴대폰을 꺼내 통화 기록을 보여 줬다. 어젯밤에 무려 10통이나 전화를 걸었는데 남자가 받지 않았던 것이다. 정말 기가 막힌 노릇이다.

"내 전화기가 울리지 않았어!"

그녀는 남자의 말을 믿지 못하겠다는 듯 입을 삐죽거렸다.

"아!"

남자가 뭔가 생각났다는 듯 말했다.

"어제 어떤 번호로 전화했어?"

그는 어제 개인적으로 사용하는 휴대폰 한 대를 깜박하고 집에
놓고 나가서는 퇴근하고 와서도 줄곧 확인하지 않았던 것이다.
사건의 진상이 밝혀지는 순간이었다.

그날 밤, 남자는 베개에 머리를 대자마자 잠이 들었다. 품에는
인형 하나를 꼭 끌어안고서 말이다. 샤워하고 나온 여자는 깊이
잠든 남자의 모습을 보자 결혼하고 처음으로 한 침대에서 자던
날이 떠올랐다. 그날 그녀는 한숨도 자지 못했다. 남자의 코 고
는 소리도 익숙하지 않은데 몸을 뒤척일 때마다 건장한 남자의
살결과 부대끼는 것이 왠지 낯설었다. 지금도 여자는 자신이 남
자와 한 침대를 쓰는 그의 아내라는 사실이 실감이 나지 않을 때
가 많다.

하지만 이제 여자는 자신의 손을 잡아 주는 남자가 없으면 안심
하고 잠들 수가 없다.

여자는 방이 떠나갈 듯 코 골며 자는 남자를 보며 생각했다.

사실 내가 바라는 것은 거창한 것이 아니다.
매일 밤 그의 곁에서 잠들 수 있다면 족하다.

사랑의 습관이라는 것이 이렇게 쉽게 만들어지는 것이구나.

헤어짐은 때때로
공기처럼 자연스레 두 사람 사이에 스며들기도 한다.
굳이 어색한 이별 자리를 만들어 선포하지 않아도
이별을 예상할 수 있는 이별도 있다.
하지만 지난날
열렬한 사랑이 그리운 그녀는 살며시 스며든 이별이 싫다.
차라리

작별 인사라도 할 수 있었다면

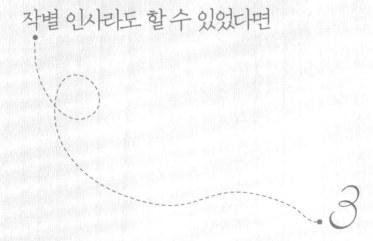

3

만약 시간을 거꾸로 되돌릴 수만 있다면 당신은 언제로 가장 돌아가고 싶은가?

나는 언젠가 인류의 과학 기술이 이러한 환상을 실현해 줄 것이라 믿는다. 그래서 종종 막막한 현실에서 벗어나고 싶을 때 혹은 행복했던 과거로 돌아가고 싶을 때 나도 모르게 이런 생각을 하게 된다.

'시간을 거꾸로 되돌릴 수 있다면….'

정말로 시간을 되돌릴 수 있다면 나는 18살로 돌아가고 싶다. 정확하게는 대학교 입학시험이 끝난 바로 그때로 말이다. 더 이상 공부에 대한 스트레스도 없고 이제 어른이 된다는 설렘 가득했던 그때. 누구나 이렇게 아름다웠던 청춘을 간직하고 있다.

그런데 아름다운 청춘은 자주 그리워하는 만큼 쉽게 잊히기도 한다. 정말 그때는 뭘 해도 좋은 때였다. 그때의 우리는 싱그러웠고 바보 같으리 만큼 단순했다. 시련을 당하거나 시험에 떨어지기라도 하면 세상의 종말이 온 것마냥 좌절했다. 우리는 진심으로 후회하고 온몸으로 슬픔과 고통을 느꼈다. 왜냐하면 그때의 우리에게는 그 일이 세상의 전부였기 때문이다.

작별 인사라도 할 수 있었다면

그때의 우리는 알지 못했다. 내 앞에 닥친 시련이 인생에서 내가 경험할 실패의 시작일 뿐이라는 것을. 그리고 앞으로 더 행복한 인생을 살기 위한 모진 단련이라는 것을.

그때의 우리는 알지 못했다. 누군가에게 깊은 상처를 받았어도 언젠가 다른 사람을 다시 사랑할 수 있다는 사실을.

지금의 우리는 앞으로 언제든 나쁜 남자 혹은 나쁜 여자를 만날 수 있다는 사실을 알고 있다. 우리가 누군가의 인생에 그런 존재가 될 수도 있다는 사실도 말이다. 또한 자신이 무엇을 원하고, 저 사람이 진심으로 내게 접근하는 것인지 아닌지 정도는 분별할 수 있는 지혜가 생겼다. 이제는 제법 거절하는 법도 알게 되었다.

이러한 사실을 18살의 우리는 알지 못했다. 어린 왕자가 별을 떠난 지 한참 후에야 자신의 장미가 세상에 하나밖에 없는 소중한 존재라는 사실을 알게 되었듯이 말이다.

18살의 여름, 한 여자와 한 남자가 서로 알게 되었다. 그는 그녀를 어린 왕자에 나온 장미에 비유하곤 했다. 그녀가 온몸에 뾰족한 가시를 달고 있지만, 누구도 해치지 않는 도도한 장미 같다고 말이다. 당시 그녀는 남학생의 관심을 피하면서도 은근히 그가 계속 다가와 주기를 바랐다. 이제 그녀는 일부러 그에게 관심 없는 척하던 그때의 자신이 정말로 자만심에 빠진 장미 같았다는 사실을 알고 있다.

그녀가 그에게 계속 신경이 쓰였던 까닭은 그의 태도가 모호해서 자신에게 관심이 있는지 없는지 분간할 수 없었기 때문이다.

하지만 같은 시기에 그 남자가 다른 여자 후배에게도 그녀에게 한 것처럼 관심을 표현했다는 사실을 알게 되었다.

남자의 관심을 계속 피하던 그녀는 끝내 그에게 여자 후배와의 관계를 물어봤다. 이틀 뒤 그녀의 우체통에는 그가 보낸 초콜릿 한 상자와 쪽지 한 장이 들어 있었다.

쪽지에는 이렇게 쓰여 있었다.

'어린 왕자가 설명하려고 하자 장미는 그에게 기회를 줬다.'

하지만 결국 장미는 어린 왕자의 설명을 듣지 못했다. 어느 날 그는 여자 후배와 다정하게 손을 잡고 그녀의 앞을 지나가는 것으로 설명을 대신했다.

장미는 어린 왕자의 관심을 받았지만 그를 행복하게 해 주지는 못했다. 아무래도 그는 행복하고 싶었던 것 같다. 그녀는 그를 대신해 이렇게 설명하기로 했다.

어린 왕자와 장미가 그랬던 것처럼 그들은 작별 인사조차 제대로 할 기회가 없이 각자의 길을 갔다.

이제 인생의 다른 길에 서게 된 그들의 마음속에는 후회와 아쉬움만 남아 있을 뿐이다.

그녀는 이렇게 생각했다. 만약 18살의 가을로 돌아갈 수 있다면 그와 반드시 작별 인사를 하리라.

"잘 가."

작별 인사라도 할 수 있었다면

그때의 우리는 알지 못했다.
누군가에게 깊은 상처를 받았어도 언젠가
다른 사람을 다시 사랑할 수 있다는 사실을.

지금의 우리는 앞으로 언제든
나쁜 남자 혹은 나쁜 여자를 만날 수 있다는 사실을 알고 있다.
우리가 누군가의 인생에 그런 존재가
될 수도 있다는 사실도 말이다.

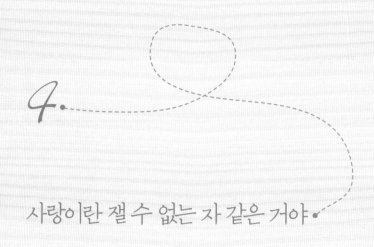

4.

사랑이란 잴 수 없는 자 같은 거야

아무리 구애를 해도 도저히 받아 줄 수 없는 사람이 있다.
아니 아무리 받아 주려 노력해도 내 몸 한 올 한 올 세포들이
도무지 받아 주질 않는 사람이 있다.
남이 가진다 해도 전혀 아까울 것 같지 않은, 그런 사람이 있다.
하지만 사랑을 느끼게 되는 사람은 아무리 밀어내도 소용없다.
똑똑한 척 혼자 다하며 따져 봐야 역부족이다.
그의 스펙이나 소속을 말할 수는 있지만,
내가 왜 그에게 사랑을 느꼈는지,
왜 어제보다 오늘 당신을 더 사랑한다고
말하게 되는지는 도저히 설명할 수 없다.

"양자리 여자는 어떤 남자를 좋아해?"

언젠가 친구들이 모인 자리에서 1년 넘게 솔로로 지낸 마크가 이런 질문을 던졌다. 그러자 그 자리에 있던 여자 친구들 두 명이 자신이 알고 있는 각종 별자리 지식을 늘어놓기 시작했다.

나도 별자리에 관한 정보는 어느 정도 빠삭하지만 어떤 사람을 알아보는 방법으로는 적절하지 않은 것 같기에 말없이 듣고만 있었다. 특히 지금 마크처럼 그 사람에 대해 잘 모를 때는 더욱 그렇다. 마크는 얼마 전 친구의 소개로 마음에 드는 여자를 만나게 되었다고 한다.

"그런데 그 여자 눈이 엄청 높대."

마크가 말했다.

"조건도 꽤 괜찮은데 27살까지 아직 남자 친구를 한 번도 사귀어 본 적이 없대. 그럼 눈이 높은 거 맞지?"

정말 그럴까? 누군가 눈이 높다는 것은 대체 어떻게 알 수 있을까? 높이를 잴 수 있는 줄자가 존재하는 것일까?

그녀가 지금까지 마음에 드는 남자를 만나지 못했고, 한 번도 연애를 하지 않았다는 사실이 눈이 높은 것과 관련 있을까? 그동

　　　　　　　　　사랑이란 잴 수 없는 자 같은 거야

안 만났던 남자들이 별로 매력적이지 않아서 그랬던 건 아닐까? 우리는 마음에 들지 않는 사람을 만나면 그 사람이 왜 싫은지 명확하게 설명하고 구체적인 이유를 조목조목 나열할 수 있다.

A라는 남자는 성격이 급하다. 나는 좀 더 천천히 알아보고 사귀고 싶은데 이 남자는 만난 지 2주도 안 됐는데 남자 친구를 자처하고 나섰다.

B라는 남자는 컴퓨터 게임만 좋아한다. 나는 같은 취미를 공유하는 사람을 만나고 싶은데 이 남자는 책이나 음악 같은 문화생활과는 거리가 멀다.

이처럼 나와 맞지 않는 사람은 그만한 이유를 꼭 한 가지씩 갖고 있다.

반면 누군가를 사랑하게 되었을 때는
그 이유를 딱히 설명하기 어렵다.
뿐만 아니라 친구가 옆에서 그의 단점을 이야기하기 시작하면
서둘러 그를 감싸주기까지 한다.
사랑은 길을 걷다가 아무 이유도 모른 채 함정에 빠지는 것과 같다.
이것이 진정한 사랑 아닐까?

우리가 사랑에 빠진 이유를 설명하기 어려운 건 마치 어떤 이야기를 들었을 때, 나는 배꼽 빠지게 웃겨도 다른 사람들은 전혀 웃지 않는 경우와 똑같은 것이다.

어떤 사람은 전혀 힘들이지 않고 당신을 사랑에 빠지게 만들 수 있다. 그런데 심지어 그 사람조차 그 이유를 알지 못하는 경우가 많다.

그날 모임이 끝나 갈 때쯤 마크에게 이런 말을 했다.

"네가 진심으로 그 여자를 좋아한다면 눈이 높은 것 따위는 전혀 문제가 되지 않을 거야."

마크가 좋아한다는 그 여자에게도 이렇게 말하고 싶다.

"그렇게 오랫동안 기다렸으니 운명의 짝을 만나 평생 그 한 사람과만 연애하길 바랍니다. 하지만 이런 행운이 당신과 함께하지 않는다면 여러 사람을 만나 보는 것도 결코 나쁜 일이 아닙니다."

익숙해지면 요령이 생긴다는 말이 있다. 여러 번 연애해 보고, 여러 번 상처를 받아 본 사람은 자연스럽게 연애 잘하는 방법을 깨닫게 된다. 또 나쁜 남자를 많이 만나 본 여자는 자신이 상처받지 않는 법을 배운다. 혹시 당신이 누군가의 인생에 평생 잊지 못할 '나쁜 남자' 혹은 '나쁜 여자'였다면 그것 역시 좋은 학습인 것이다.

처음에 같은 것만 보였다.
그 같은 것들에 끌려 우린 자석처럼 붙어버렸다.
같은 걸 느끼는 것이 행복했고
같은 걸 모두 찾아내려는 듯 숨바꼭질이 즐거웠다.

무지개 사탕

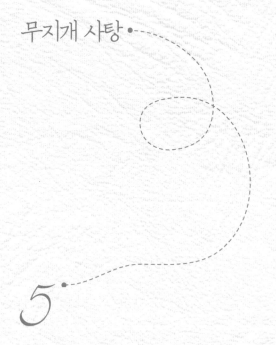

5

스키틀즈Skittles란 무지개 사탕이 있다.

작은 봉투 안에서 알알이 쏟아지는 무지개 색깔 사탕을 볼 때면 저절로 기분이 좋아진다.

메이에게 무지개 사탕은 만병통치약이다. 우울하거나 몸이 좋지 않을 때 무지개 사탕을 먹으면 놀랍게도 금세 기분이 좋아진다.

하지만 모든 색깔의 사탕이 효과가 있는 것은 아니다. 일곱 가지 무지개 색깔 중 오직 빨간색 사탕만이 효력을 발휘한다.

하루는 메이가 열심히 준비한 기획안이 회의에서 통과되지 않아 우울한 얼굴을 하고 자리로 돌아왔다.

"메이!"

건너편에 앉은 샤오웨이가 메이의 자리 위로 빠끔히 고개를 내 밀며 무지개 사탕 한 봉지를 건네줬다.

"너도 이 사탕 좋아해?"

"아니. 네가 우울할 때마다 이걸 먹는 것 같아서 편의점 간 김에 생각나서 사 왔지."

샤오웨이가 덤덤하게 건넨 사탕 봉지에 메이의 가슴은 콩닥콩닥 뛰기 시작했다.

'어떻게 내 사소한 습관까지 기억하고 있는 걸까? 정말 세심한 사람이야.'

그렇게 메이는 그동안 자신이 전혀 관심을 두지 않았던 하얗고 비쩍 마른 동료를 눈여겨보기 시작했다.

무지개 사탕을 계기로 두 사람은 더욱 가까워졌다. 몇 번 얘기를 나눠 보니 두 사람은 의외로 비슷한 점이 많았다. 두 사람 모두 영화와 책을 좋아했고 음악적 취향도 비슷했다. 게다가 샤오웨이 역시 무지개 사탕 중 빨간색 사탕을 가장 좋아했다.

무지개 사탕의 인연으로 두 사람은 머지않아 뜨거운 연애를 시작했다. 비슷한 점이 많은 두 사람은 서로를 잘 이해했고 언제나 얘깃거리도 끊이지 않았다.

하지만 시간이 흐르자 그들은 비슷한 점 외에 다른 점도 많다는 사실을 깨닫게 됐다. 이런 차이는 무지개 사탕의 달콤함으로도 좁히기 힘들었다. 결국 그들은 연애를 시작한 지 일 년 반 만에 헤어졌다.

2년 뒤, 메이는 새로운 회사에 들어갔다.

어느 날 오후 휴식 시간, 메이는 습관적으로 서랍에서 무지개 사탕을 꺼내 가장 좋아하는 빨간색 알을 찾고 있었다.

메이의 자리를 지나가던 톰은 걸음을 멈추고 빨간 사탕 찾기에 여념이 없는 그녀를 호기심 가득한 눈으로 바라봤다.

"찾았다!" 메이는 사탕을 입에 넣으며 해맑게 웃었다.

이번에는 톰의 심장이 두근거리기 시작했다. 그날 이후 톰은 메이와 가까워지기 위해 조심스럽게 접근했다. 그는 그녀가 일을 얼마나 잘하는지 칭찬하는가 하면 자신에게 도움을 청하도록 일부러 그런 상황을 만들기도 했다. 그리고 그녀가 골치 아파하는 일이라면 언제든지 발 벗고 나서 해결해 줬다.

물론 메이가 빨간색 사탕을 골라 먹고 남은 무지개 사탕을 먹어 치우는 일도 그의 몫이었다.

새콤 달콤한 맛이 한 봉지 가득 담겨 있지만
그중에 내 마음을 위로해 주는 건 딱 이거 하나!

오직 빨간색 사탕뿐이라고!

수많은 사람 중에 마치 너처럼 말야.

어느새 톰은 메이의 생활에 일부분이 되었는데, 메이는 이 사실을 아주 의아해했다. 왜냐하면 두 사람은 비슷한 점이라고는 눈

125

곱만큼도 없는 전혀 다른 세계의 사람이었기 때문이다.

톰은 영화 중에서도 액션 영화만 골라봤고 두꺼운 책이라면 하품부터 하는 사람이었다. 하지만 그는 메이가 좋아하는 영화 이야기를 할 때면 언제나 재미있게 들어 줬고 그녀가 지루한 고민을 늘어놓아도 끝까지 들어 주고 함께 해결책을 찾아 주려고 노력했다. 두 사람은 가끔 말없이 각자의 일을 하며 시간을 보내기도 했다.

물이 아무 맛도 나지 않지만, 하루라도 부족하면 안 되는 것처럼 둘은 서로에게 없어서는 안 될 중요한 존재가 되었다.

톰은 메이를 진심으로 사랑했을 뿐만 아니라 그녀가 안정감을 느낄 수 있도록 해 주었다.

메이는 그제야 깨달았다.

예전의 그가 비슷한 정신적 교감을 나눌 수 있는 사람이었다면 지금의 그는 나와 인생을 함께할 동반자라는 사실을 말이다.

서로를 이해한다고 행복이 보장되는 것은 아니며 비슷한 사람들끼리 만났다고 해서 더 오래 사랑할 수 있는 건 아니다. 전혀 다른 두 사람이 만나도 평화롭게 공존할 합의점은 얼마든지 찾을 수 있다.

윌리엄: 전 그냥 알고 싶어서요.
이게 가능할까요? 만일,
대커 씨가 정신 나간 바보였다는 걸 깨닫고
무릎을 꿇고 당신에게 재고를 간청하면
다시 생각해 줄 건가요?

안　나: 예, 물론이죠. 그렇고 말고요.

기　자: 영국엔 얼마나 더 머무를 건가요?

안　나: 영원히요.

- 영화 〈노팅힐〉 중에서 -

남자들의 영원한 난제

다음 중 선택해 보라.
아니 어떤 선택을 하는지 지켜보라.

여자 친구 혹은 아내의 외도
그리고 발기 부전
당신은 한 가지 선택만을 할 수 있다.

당신은 어떤 것을 고를 건가요?

만약 당신이 남자고 다음 두 가지 중 하나를 반드시 선택해야 한다면 어떤 것을 고르겠는가?

아내의 외도? 아니면 발기 부전?

얼마 전 세 달 만에 친구를 만났는데 지난번에 만났을 때도 기침을 하더니 여전히 그러고 있는 것이 아닌가!

"아직도 기침하는 거야?"

앤디는 자신이 유전성 고혈압이 있어서 만성약을 먹고 있는데 약의 부작용 때문이라고 설명했다. 기침으로 괴로워하는 앤디의 모습을 보자 나는 참견하지 않을 수 없었다.

"약을 바꾸면 안 돼? 의사한테 기침이 나지 않는 약이 있으면 바꿔달라고 얘기해 봐."

내 말을 들은 앤디는 갑자기 눈을 동그랗게 뜨고 말했다.

"그건 안 될 말이야."

왜 약을 바꾸면 안 된다는 거지? 나는 의아했다.

알고 보니 다른 약으로 바꾸면 기침 대신 발기 부전이라는 부작용이 올 수 있다는 것이다.

남자들의 영원한 난제

"물론 약을 바꾼다고 당장 문제 될 건 없어. 하지만 너도 알다시피 만성약은 3개월에 한 번 의사에게 처방받는 거잖아. 만약 내일 예기치 않은 기회가 생겨서 달콤한 밤을 보낼 기회가 왔다고 치자. 그럼 의사한테 달려가 약을 바꿔달란다고 일이 당장 해결되겠어?"

나는 앤디의 말을 듣고 배꼽을 잡고 웃었다. 내 웃음소리에 지나가던 행인이 다 쳐다볼 정도였다.

"게다가…."

앤디가 아주 진지한 얼굴로 말을 이어갔다.

"약의 부작용이라는 게 언제까지 지속될지 모르잖아. 만약 평생 발기 부전에 시달려야 한다고 생각해 봐. 그건 정말 정말 끔찍한 일이야!"

며칠 뒤 어른들끼리 차를 마시는 자리에서 나는 다른 친구들에게 앤디의 이야기를 들려주었다. 모두들 그때의 나처럼 배를 잡고 웃었는데 샤오화만은 굉장히 놀란 표정을 지으며 말했다.

"어쩌지!"

샤오화의 외침에 모두의 시선이 그녀에게 쏠렸다.

"우리 아빠도 고혈압 약을 드시는데 항상 기침을 하시거든. 그래서 내가 의사한테 가서 기침이 나지 않는 약으로 바꿔달라고 하면 어떻겠냐고 몇 번이나 물었는데 꿈쩍도 안 하시더라고."

샤오화의 얘기를 듣고 사람들은 다시 한 번 배를 잡고 웃었다.

발기 부전은 나이를 막론하고 모든 남자가 가장 두려워하는 악몽이다. 그렇다면 두 번째 악몽은 어떤 걸까? 여자 친구 혹은 아내의 외도 역시 남자들이 끔찍해하는 일 아닐까?

나는 호기심이 발동해 주변 남자들에게 이런 질문을 해 보았다.

"여자 친구 혹은 아내의 외도 그리고 발기 부전 중, 단 하나만 선택할 수 있다면 당신은 어떤 것을 고를 건가요?"

대략 30여 명의 남자 지인들에게 질문을 했는데 그중 한 명은 이렇게 대답했다.

"자존심이 있지. 발기 부전이라면 난 차라리 죽고 말겠어."

그 외에 사람들 역시 단 한 명만 발기 부전을 선택하고 나머지는 모두 여자 친구 혹은 아내의 외도를 선택했다.

다수의 사람들이 서로 짜기라도 한 것처럼 같은 대답을 하자 나는 또 다른 의문이 생겼다.

'발기 부전'이라는 병은 겉으로 보이지 않는 내적인 문제라 말하지 않으면 숨길 수 있는 것이 아닌가? 게다가 죽을병도 아니고 치료약도 있는데? 남자라면 나이가 들면서 누구나 한 번쯤 직면해야 하는 문제를 왜 그렇게 받아들이지 못하는 걸까?

반대로 여자 친구 혹은 아내의 외도는 누구의 잘못이건 간에 일단 겉으로 표가 나기 때문에 다른 사람들에게 창피를 당할 수도 있는 일이다. 또 관계에 있어서도 돌이킬 수 없는 상황을 만든

다. 그럼에도 남자들은 발기 부전을 겪으니 차라리 이 문제를 받아들이겠다고 했다.

바람을 피우는 사람들의 50퍼센트 정도는 애인 혹은 배우자에게 성적으로 만족감을 느끼지 못하기 때문이라는 추측이 있다. 하지만 당사자들 외에는 아무도 그 이유를 100퍼센트 확신할 수 없다.

반면 '발기 부전'은 누구보다 당사자인 본인이 가장 확실히 아는 문제고, 그 결과 자존심이 무너지고 남자로서의 자신감을 잃게 된다. 그렇다면 이런 이유로 발기 부전 문제를 결코 받아들일 수 없다고 하는 것일까?

남자들에게 성은 자존심과 밀접한 관련이 있는 중요한 문제이며 능력(?)으로 인정받는 것이 무엇보다 중요하다.

따라서 성적 능력에 문제가 생긴다는 것은 그들에게는 세계 종말보다 끔찍한 일이다. 그렇지 않다면 항간에 남자들의 '능력'을 키워 준다는 각종 비법과 특효약들이 왜 그렇게 많이 떠돌겠는가?

하지만 발기 부전은 남자라면 누구나 한 번쯤 직면하는 문제다.

비록 남자의 성적 능력이 남녀 사이에 중요한 일환이기는 해도 남자를 평가하는 유일한 잣대라고 생각해서는 안 된다.

여자들은 결코 당신의 잠자리 능력만 보고 진짜 남자인지 아닌지를 판단하지 않는다. 일반적으로 여자들은 당신이 잠자리에서 얼마나 '강한' 남자인지보다는 자신에게 얼마나 자상한지에 대해 얘기하기를 좋아한다. 요컨대 당신이 지난밤 몇 번의 절정을 선사했느냐는 여자를 감동시키는 것과 아무 상관이 없다는 얘기다. 옛 애인이 오직 당신의 잠자리 실력만 기억해 준다고 우쭐해 할 남자는 세상에 없지 않을까?

그럼에도 남자들이 발기 부전보다는, 상대의 외도를 택하는 까닭을 한 친구는 이렇게 설명했다.

"신체가 건강하다면야 지금 여자 친구가 바람이 나도 더 좋은 사람을 만날 수 있다는 희망이라도 있지. 그런데 만약 내가 발기 부전이라면 괜히 나 좋자고 상대만 고생시키는 상황이 벌어질 수도 있잖아. 그런 관계를 누가 즐거워하겠어?"

결국 이들은 발기 부전으로 상대를 즐겁게 해 주지 못할까 봐 두려워하는 것 같다.

나는 나를 사랑한다

만약 자기 자신조차 존중할 줄 모르는 사람이 다른 사람을 탓하거나
비난한다면 결국 화살은 다시 자신에게 돌아올 것이다.

나는 몇 년 전부터 한 음악제의 심사 위원을 맡고 있다.
규모가 상당히 큰 음악제이기 때문에 매년 많은 참가자들이
심혈을 기울여 만든 작품을 출품한다.
처음 참가자의 서류를 손에 쥐었을 때 느낌이 아직도 생생하다.
서류 봉투는 가벼웠지만 그 속에 수백 명의 간절한 꿈이
담겨 있다고 생각하니 너무나 무겁게 느껴졌다.
물론 며칠 내로 이 많은 음악들을 모두 듣고
심사해야 한다는 압박 때문에 더 그렇기도 했다.
어쨌든 마음이 무척 무거웠다.
음악은 극히 주관적인 것이다.
그래서 아무래도 내 취향에 맞지 않으면 높은 점수를 주기가 어렵다.
그나마 다행인 것은 심사 위원이 나 하나가 아니므로
내가 그들의 생사를 결정짓지는 않는다는 점이다.
참가자들이 보낸 서류에는 음악 파일도 있고 영상 파일도 있다.

그런데 그중에는 수준이 떨어져도 너무 떨어지는 음악도 있다.

모든 소리가 뒤섞여서 무슨 악기를 연주하는지,

메인 보컬은 누구인지,

도무지 무슨 노래를 부르고 있는 건지 도통 알 수가 없는 것이다.

어떤 영상 파일은 녹화하는 사람의

목소리가 음악 소리보다 생생히 들리는 것도 있다.

장막 뒤에서 누군가 열창하고 있다는 사실만 어렴풋이 알 수 있을 뿐

그들의 열정은 전혀 느낄 수 없었다.

내 귀에는 웅웅거리는 소리만 들릴 뿐이다.

무슨 노래를 하는지 다시 한 번 유심히 듣다가

갑자기 화가 치밀어 올랐다.

너무 예의가 없군!

스스로 부끄럽지도 않은가?

물론 인디밴드들의 주머니 사정을 이해하지 못하는 것은 아니다.

그들도 분명 여러모로 어려움이 많을 것이다.

하지만 아무리 힘든 상황에서도 해결책은 있기 마련이다.

중요한 건 최선을 다할 의지가 있느냐는 것이다.

만약 자신의 작품을 소중히 여기고 이번 대회를 진지하게 생각했다면

어떻게 이런 파일을 보낼 수 있을까?

이런 성의 없는 자료로 본인의 창작력과 자부심

그리고 열정을 전달할 수 있을 것으로 생각했을까?

어떻게 자신의 소중한 꿈을 이렇게 아무렇게나

만든 파일에 담아 보낼 수 있단 말인가!

나는 단지 정성 들여 만든 음악을

또렷하게 들을 수 있기를 바랄 뿐이다.

이것이 그렇게 무리한 요구인가?

물론 이런 사람들 중에 정말로 음악적 재능이 뛰어나

훗날 역사에 길이 남을 밴드가 될 만한 인물이 있을 수도 있다.

하지만 어쩌란 말인가!

지금 당장은 아무것도 들을 수 없다!!!

이들은 자기 자신을 존중하지 않는 사람들이다.

이러한 사람들을 내가 존중해 줘야 할까?

내가 왜 황금 같은 시간을 낭비하면서까지

제대로 들리지도 않는 음악을 들으려고 애써야 하는 걸까?

그래서 결심했다.

이렇게 대회와 심사 위원들을 존중하지 않는

참가자의 음악은 존중해 줄 필요가 없다고 말이다.

우리는 자신을 가장 사랑하고 존중하는 사람은 바로

자기 자신이라고 생각한다.

하지만 사실 그렇지 않은 경우가 많다.

그 이유는 자기 스스로에게 너무나 관대해져버리기 때문이다.

당신이 자기 자신을 존중한다면 그를 사랑하는 척하지도 않을 것이다.

마음을 숨길 수 있다고 들키지 않을 거라고 생각하겠지만,

그와 이야기할 때 당신의 시선은 먼 곳을 향해 있고

다른 누군가를 생각한다.

어쩌다 그와 눈이 마주쳤을 때는 반사적으로 시선을 피한다.

그러면 아무리 멍청한 사람이라도 당신이 그에게 마음이 없다는

사실 정도는 금방 알아차릴 것이다.

그가 이런 사실을 다 알고도 당신을 받아 준다고 치자.

당신은 사랑하지도 않으면서 그의 곁에 있을 자신이 있는가?

CHAPTER 4

달콤 쌉싸름한

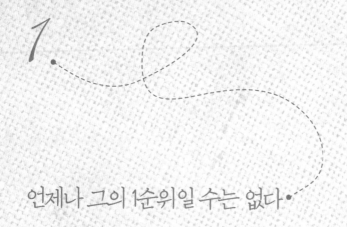

1.

언제나 그의 1순위일 수는 없다

알고 있습니다.
당신에게 중요한 일들이 많다는 걸요.
이해합니다.
나 말고도 당신을 필요로 하는 곳이 있다는 것도요.
하지만 내가,
그래도 싫다고 하면
당신은 어떻게 할래요?

남자들의 뇌는 태어날 때부터 본인의 의지와 상관없이 한 번에 한 가지 일에만 집중하도록 구조가 이뤄져 있다. 그러니 한 가지 일에 몰두하면 다른 곳에 전혀 신경 쓰지 못한다.

여자들은 종종 자신이 말할 때 남자가 듣고 있지 않다고 생각한다. 그건 아마도 남자가 손에 잡힌 다른 일에 집중하고 있기 때문일 것이다. 게임을 하든 야구를 보든 남자가 '집중'해야 할 아주 중요한 일일 수 있다.

어쩌면 남자들도 여자들처럼 통화하는 동시에 인터넷 서핑을 하거나 마스크 팩을 붙이거나 혹은 음료수를 따르면서 주방 작업대를 한 번 쓱 닦을 수 있는 능력을 갖고 싶어 할지 모른다. 하지만 불행하게도 남자는 한 번에 한 가지 일에만 집중할 수 있다. 물론 이것은 어디까지나 '일'에 관한 이야기로 남자들이 오직 한 여자만 사랑한다는 얘기는 아니다.

그래서 여자들은 왜 남자들이 DVD를 보면서 내일 부모님과 어디에서 식사할 것인지에 대해 상의할 수 없는지 도무지 이해하지 못한다. 여자들이 이해할 수 없는 점은 또 있다. 바로 남자들이 휴대폰 게임을 할 때다. 남자들은 한 번 휴대폰 게임을 시작

언제나 그의 1순위일 수는 없다

하면 배터리가 거의 다 떨어질 때까지 평소 10배의 집중력을 발휘한다. 그래서 누군가 자신의 옷을 홀딱 벗겨도 꼼짝도 하지 않는다.

다마오는 지난주 내내 계속 밤늦게까지 야근을 하다가 목요일이 되어서야 오랜만에 일찍 퇴근할 수 있었다. 여자 친구 상상은 그 날 저녁만큼은 둘이서 오붓하게 시간을 보낼 수 있을 거라고 기대했다. 그런데 퇴근 시간이 다 되었을 때쯤 다마오로부터 문자 한 통을 받았다.

'오늘 저녁에 토니랑 운동하러 갈 거야.'

"이게 말이 된다고 생각해?"

집에 혼자 있던 상상이 나에게 전화를 걸어 불만을 토로했다.

"어떻게 운동하는 일이 나보다 더 중요할 수 있어?"

그녀는 화가 가라앉지 않는다는 듯 씩씩거리며 말했다.

"하하! 꼭 그런 것만은 아닐 거야."

"당연히 내가 1순위여야 하는 거 아니야?"

그렇지 않다. 남자들의 마음속 우선순위는 그렇게 매겨지는 것이 아니다. 남자의 마음속에는 중요한 일이 너무나 많다. 가족, 일, 자동차, 운동, 친구, 좋아하는 영화나 텔레비전 프로그램 그리고 당신이 있다. 이러한 일들이 그에게는 전부 중요하다. 단

이 일들을 한꺼번에 할 수 없기 때문에 반드시 순서를 정해서 해야 한다. 여기서 명심해야 할 것이 있는데 그 순서란 절대 남자가 중요하게 생각하는 것의 순서가 아니라는 것이다. 여자들이 남자들에게 따져 묻는 이유의 대부분이 바로 이 점을 이해하지 못했기 때문이다.

궁지에 몰린 남자들은 보통 이렇게 대답한다.

"모두 다 중요하지…."

정말로 그들에게는 모두 다 중요하다. 다만 매일 그 순서가 바뀔 뿐이다. 월요일에는 운동이 가장 중요하고, 화요일에는 게임이 가장 중요하고, 수요일에는 친구들과의 술자리가 중요하고, 목요일에는 야근이 중요하고, 금요일에는 영화 보는 것이 가장 중요하고, 토요일에는 가족들과의 시간이 가장 중요하고, 일요일이 되면 당신이 가장 중요하다.

하지만 여자들이 이러한 사실을 받아들일 리 만무하다. 그녀들은 왜 자신이 매일매일 중요한 존재가 아니라 일주일에 단 하루 중요한 것이냐고 되묻는다.

남자에게 당신은 매일매일 중요하다.
그런데 중요하게 생각한다는 것이
매일매일 같이 있어야 한다는 것을 의미하지는 않는다.

남자에게 당신은 매일매일 중요하다.
그러나 남자가 중요하게 생각한다는 건
매일매일 같이 있어야 한다는 것을 의미하지 않는다.
어쩌겠는가?
그게 남자들인 걸….

한 번 침착하게 생각해 보라. 당신도 남자가 내내 당신 옆에만 있는 것을 원하는가? 예를 들어 쇼핑을 해야 하는데 남자 친구가 계속 졸졸 따라다니면 마음 편하게 물건을 고를 수 없을 것이다. 결국 당신 역시 쇼핑할 때는 혼자 하고 돌아 갈 때쯤 짐 들어줄 남자 친구가 와 줬으면 할 것이다.

아무리 친밀한 두 사람도 온전히 자신만의 시간이 필요하다. 여자들도 사실은 남자들이 24시간 내내 붙어 있는 것을 원하지 않을 것이다. 당신이 화가 나는 이유는 단지 그가 옆에 있어 줬으면 하는 시간에 그가 없기 때문이다.

가족, 일, 자동차, 운동, 친구, 영화 등등 이렇게 많은 항목들 중에 당신이 언제나 1순위일 거라고 기대하지 마라. 그저 1/7의 확률로 당신이 1순위가 되는 때를 마음 편하게 기다리고 있으면 된다. 이렇게 생각하는 순간 더 이상 화내거나 실망할 일이 생기지 않는다. 더불어 남자들의 인생도 편안해질 것이다.

당신은 나에게 그렇게 필요한 존재가 아니다.

하지만, 당신은 나에게 무엇보다 중요한 존재다.
하지만, 누군가에게 웃긴 얘기를 듣게 되면 가장
            먼저 당신에게 들려주고 싶다.
하지만, 바람이 세차게 불 때면 당신 품에 파고들고 싶어진다.
하지만, 새로 문을 연 음식점을 발견하면 당신과 함께 가보고 싶다.

나에게 당신은

중요한 걸까? 필요한 걸까?

우리가 벌써 1년 넘게 연애하고 있지만 앞으로 얼마나 더 사귈 수 있을지 모르겠다. 나는 아직도 아무 확신이 들지 않는다. 우리가 처음 만났을 때 그랬던 것처럼.

계속 만나야 할지 말지 고민하던 그때 당신은 내가 망설이고 주저하고 있다는 사실을 알아챘다.

"내가 저녁 살게. 가자!"

당신은 별말 없이 내게 맛있는 저녁을 사 줬다. 당신은 느긋하게 주문을 하고 오늘은 하루 종일 무슨 일이 있었는지 이것저것 물었다. 우리는 저녁을 먹고 근처 공원을 산책하다가 벤치에 앉았다.

"네가 지금 원하는 게 뭐야?"

당신이 먼저 말을 꺼냈다. 어둑어둑한 가로등 밑에서는 낮게 가라앉은 당신의 목소리만 들릴 뿐 얼굴은 제대로 보이지 않았다.

나는 침착하게 당신을 바라보며 대답했다.

"행복하고 싶어."

"그럼 지금은 어때? 나랑 같이 있어서 행복해?"

나는 천천히 고개를 끄덕였다. 어느새 눈에는 눈물이 가득 고였다.

중요한 걸까? 필요한 걸까?

"너무 복잡하게 생각하지 마. 그냥 이렇게 함께 있으면 된 거야."

당신은 내 머리를 쓰다듬었고 나는 당신의 품에 안겨 울었다. 그렇게 우리는 연애를 시작했다.

우리는 지금도 함께하고 있다. 하지만 우리가 언제까지 연애할 수 있을지는 여전히 알지 못한다. 어쩌면 모든 사람들이 연애를 하면서 이런 고민을 하고 있지 않을까?

그런데 아무래도 내게는 당신이 그렇게 중요하지 않은 것 같다. 그건 아마도 당신이 늘 내 곁에 없기 때문일 것이다. 나는 이미 당신이 곁에 없는 것에 익숙해졌다.

당신이 없어도 내 생활은 조금도 흐트러지지 않는다. 주말에는 친구와 약속이 있거나 운동을 하거나 그렇지 않으면 책이나 영화를 본다. 혹은 그냥 집에 있더라도 당신이 없는 시간을 허투루 보내지 않는다.

나는 당신이 곁에 없는 것이 다행이라고 느낄 때가 종종 있다. 이렇게 혼자 있는 시간에 내가 하고 싶은 일들을 맘껏 할 수 있으니 말이다.

당신은 책도 좋아하지 않고 영화도 액션이 아니면 잘 보지 않는다. 내가 책을 보거나 영화를 볼 때 눈물을 흘리면 어쩔 줄 몰라 하던 당신이 이제는 그저 재밌어한다. 이렇듯 우리는 너무나 다른 사람들이다. 여행 계획을 세울 때도 나는 일본이나 유럽에 가고 싶어 하지만 당신은 섬나라에 가서 푹 쉬다 오기를 원하니 말이다.

집 안에는 어디 하나 성한 데가 없다.
전구는 나갔고 온수기에서는 갑자기 물이 새질 않나,
하수구도 벌써 며칠째 막혀 있다.
마찬가지로 나도 어디 하나 성한 데가 없다.
그저 시곗바늘이 가는 것만 바라보고 있다.
3일 후 당신이 돌아올 날을 기다리며.
나는 당신이 그립지 않다.
집 안 곳곳이 당신을 그리워하는 것이다.
나는 당신에게 의존하는 것이 아니다.
다만 당신을 필요로 하는 것이다.
당신이 내 곁으로 돌아올 때면 언제나 기분이 좋다.
당신이 오면 집 안 곳곳이 다시 활기를 되찾는다.
그리고 나 또한 그렇다.

연말에대청소를 할때면 하수 구까지 뻥 뚫어 놓아야 직성이 풀린다.
나는 더러운 것은 못참는 여자니까.
하지만 이렇게 힘든 일은 나 혼자하기 어렵다.
당신에게 부탁하지 않으면 누구한테 할까?
내년에도 막힐지 모르는데 그때도 당신이 내곁에 있어 줄까?
어쨌든 나 혼자서 할 수 없는 일에는 당신이 꼭 필요하다

사실 당신은 나에게 그렇게 중요한 존재가 아니다.
당신은 내가 꿈꾸던 백마 탄 왕자님도 아니다.
심지어 내 의견에 사사건건 반대하고 찬물 끼얹기를 좋아한다.
당신은 아무 맛도 느낄 수 없는 수돗물 같다.
당신은 숨을 쉴 때 저절로 마시게 되는 공기 같다.
당신은 커다란 태양처럼
나를 따듯하게 안아 준다.
당신은 나에게 그렇게 중요한 존재가 아니다.
하지만 당신은 나에게 반드시 필요한 존재다.

매일 내 곁에 있어 줄 수는 없어도 내년에도 나를 사랑해 줄 건가요?

나는 머릿속으로 이런 상상을 해 본다. 내 질문에 할 수 없이 웃으며 고개를 끄덕이는 당신의 모습을 그려 본다.

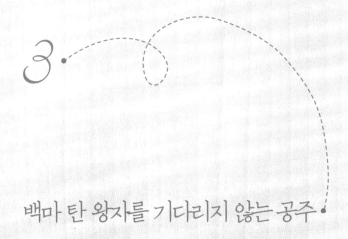

백마 탄 왕자를 기다리지 않는 공주

시간이 많이 흘렀군요.
마냥 젊다고 하지 못할 어중간한 나이이기도 하고요.
세상이 어떻게 돌아가는지 알게 되었고
내가 서 있게 될 곳도 점점 명확해져 가요.
패기 넘치던 열정을 품고 더 이상 사랑을
말하지 않을 만큼의 성숙도 길러졌어요.
하지만 그거 아나요?
여자의 마음속엔 언제나 백마 탄 왕자님이 있다는 걸요.
기다리지 않는다고 말할 만큼, 성숙을 알아버린 것뿐이란 걸요.

어릴 적 즐겨 보던 동화책 속 공주님들은 역할이 비교적 단순했다. 그나마 숲 속에서 동물들과 춤추고 노래 부르고, 높은 탑에서 긴 머리를 내려트리는 일은 노동력이 필요한 일에 속했다. 반대로 가장 단순한 일을 꼽으라면 바로 침대에 가지런히 누워 왕자의 입맞춤을 기다리는 것이었다. 공주가 눈을 떴을 때 그녀 앞에는 영원한 행복이 기다리고 있었다.

하지만 왕자들의 역할은 사뭇 달랐다. 그들은 산과 바다를 건너고 용과 싸워야 할 뿐만 아니라 몸은 민첩하고 건장해야 하며 똑똑한데다가 적당한 유머 감각도 있어야 했다. 다시 말해 왕자는 모든 것에 완벽한 사람이어야 했다. 누구도 왕자가 고소공포증이 있거나 어둠을 두려워할 거라고는 생각하지 않는다. 왕자에 관한 내용은 이야기에서 결코 중요한 부분이 아니기 때문이다.

이렇듯 그 시절 동화 속 왕자님은 무엇이든 할 수 있는 만능인이었고 공주와는 비교할 수 없을 만큼 많은 역할을 도맡아 했다.
하지만 우리가 어른이 되면서 세상이 변했고 동화 속 사랑 이야

백마 탄 왕자를 기다리지 않는 공주

기도 점점 변해 갔다. 왕자는 더 이상 바쁘게 공주를 구하러 다니지 않게 되었고 우리가 생각하는 공주와 왕자의 기준도 점점 바뀌었다.

이런 추세 속에서 여전히 동화 속 해피엔딩이 우리에게도 일어날 거라고 기대해도 좋은 걸까?

여기 두 영화 속 공주들은 처음부터 백마 탄 왕자의 구조를 기다리지 않았다.

첫 번째 영화는 동명의 소설을 바탕으로 만들어진 〈헝거게임The Hunger Game〉이다. 여 주인공 켓니스는 체격이 건장하고 독립적이며 행동이 민첩하고 정의감에 불타는 여성이다. 그녀는 사랑하는 여동생을 보호하기 위해 스스로 조공이 되기로 자처한다. 켓니스는 누군가 자신을 구해 주기를 기다리지 않는다. 그녀는 스스로 강인해져야만 자신을 구할 수 있고 살아서 가족들 곁으로 돌아 갈 수 있다는 사실을 누구보다 잘 알고 있다.

그녀의 성향은 마치 예전 동화 속 왕자님을 보는 것 같다. 남자 주인공인 피타가 더 이상 왕자 역할을 하지 않아도 되었을 때 그는 켓니스를 향한 열렬한 사랑으로 관중을 매료시켰다.

우리는 흔히 어려운 시기를 함께 보낸 뒤에 사랑이 더욱 깊어지고 소중해진다고 생각한다. 그런데 정말 그럴까? 이 모든 것이 영화처럼 연출된 것이라고 생각해 본 적 없는가?

두 번째 영화는 바로 고전 동화를 현대판으로 재해석한 〈백설 공주<Mirror Mirror>다. 이 영화 속 백설 공주 역시 왕자가 구해 주기를 기다리지 않고 오히려 자신의 힘으로 왕자를 구한다.

이 두 영화는 사람들이 일반적으로 갖고 있는 '백마 탄 왕자 콤플렉스'를 뒤집었다. 하지만 <헝거게임>에서 두 주인공의 입맞춤 장면에서는 조공들의 목숨을 좌우하는 관리들도, 조공들의 싸움을 웃으며 구경하던 관중도, 스크린 앞 우리까지 모두 마음이 누그러지고 물밀듯 밀려드는 감동을 느꼈다. 이들이 선사한 감동으로 헝거게임 스폰서의 마음이 움직였고 무려 70회 동안 바뀌지 않았던 게임의 규칙도 흔들리기 시작했다. 영화 <백설 공주>에서도 결국은 진심 어린 입맞춤으로 공주의 저주가 풀린다. 동화 속 '진실한 사랑은 모든 것을 이긴다'라는 말처럼….

얼굴에 '연애 사절'이라고 써 붙이고 큰소리치는 사람들도 사실 마음속 깊은 곳에서는 '진실한 사랑'을 갈망하고 있다. 그래서 '진실한 사랑'이 동화의 전형적인 레퍼토리가 된 것은 아닐까? 공주가 더 이상 백마 탄 왕자를 기다리지 않을 때 그녀는 그것을 운명으로 받아들인 걸까 아니면 현실을 직시한 걸까? 어쩌면 공주는 믿을 건 자신밖에 없다는 사실을 일찌감치 깨달았는지도 모른다.

현대판 영화 속 공주들처럼 자신을 굳게 믿고 의지했을 때 얻을 수 있는 행복과 진실한 사랑은, 아마도 "오래오래 행복하게 살았습니다."로 끝나는 동화 속 엔딩과 닮았을 거라 믿는다.

백마 탄 왕자를 기다리지 않는 공주

모두 그렇게들 말해.

어렵다! 사랑

하지만 그건 끝나버린 관계에서 습관처럼 나오는 말이라는 거 아니?
비밀 하나 말해 줄까?
사실 정말 사랑하는 사람끼리는 이렇게 느껴.
힘들다! 사랑

차이가 뭐냐고?
어렵다는 건 어떻게 해야 할지 모른다는 거고
힘들다는 건 어떻게 해야 하는지 알지만 행동하기 쉽지 않다는 거지.

그러니까 그 사람과의 사랑이 어렵다면 글쎄…
하지만 힘들다면 아직은 괜찮은 거라니까.

"저는 두 사람이 서로 진심으로 사랑하기만 한다면 어떤 일이 닥쳐도 문제없을 거라고 생각했어요."

그녀는 울어서 빨개진 눈으로 나를 바라보며 말했다.

"나도 너만 한 나이에는 순진하게도 그렇게 생각했었지."

나는 그녀의 머리를 쓰다듬으며 말했다.

젊었을 때는 다들 두 사람이 진심이기만 하면 사랑은 정말 단순한 일이고 세상도 그렇게 단순하게 돌아갈 거라고 생각한다. 하지만 그것은 시작에 불과하다. 또 진심으로 사랑하는 두 사람을 갈라놓을 수 있는 일은 세상에 없다고 생각하지만, 정작 두 사람 사이를 갈라놓는 것은 두 사람 자신이다.

다들 사랑만 있으면 하늘이 무너져도 둘이 함께 이겨 낼 수 있다고 생각한다. 그런데 막상 사랑을 시작하고 나면 깨닫게 된다. 사랑할 때 두 사람이 서로를 이해하고 보듬어 주지 못하면 결국은 그것이 두 사람의 사랑을 죽이는 원흉이 된다는 점을 말이다.

그녀는 남자 친구와 크게 싸웠다. 싸움이 커지자 결국 그가 잠시 생각할 시간을 갖자고 선포를 해 왔다. 싸움의 원인은 특별한 것이 아니었다. 많은 연인들이 흔히 부딪히는 '가치관의 차이'였

157

다. 그녀가 중요하게 생각하는 것을 남자는 거들떠도 안 보고, 남자가 중요하게 생각하는 것에 여자는 콧방귀를 끼는 그런 상황이다. 가령 당신은 끊임없이 사랑을 확인하고 싶어 하는데 남자 친구는 유치하다고 비웃기만 하는 것이다. 당신에게는 너무나 중요한 일이지만 그에게는 전혀 중요한 일이 아니기 때문이다.

이런 사소한 싸움으로 이별할 수도 있을까? 당연히 그렇다. 만약 서로가 상대의 입장에서 생각하지 않고 상대가 다 알고 있으리라 생각해서 말을 하지 않는다면 말이다. 그녀는 그에게 말하지 못하는 이유가 두려움 때문이라고 말했다.

무엇이 두려운 것일까?

"제가 계속 불안해하고 사랑을 확인하고 싶어 하는 이유를 말하다 보면 그가 내 과거까지 알게 될까 봐 두려워요. 나조차도 기억하고 싶지 않은 악몽 같은 순간이니까요."

"그런데 이런 생각은 전혀 안 해 봤니? 만약 그와 평생 함께할 거라면 네가 지금 느끼는 불안감을 그에게도 알려야 한다는 걸 말이야."

"만약에 다 알고 나서 저를 싫어하면 어떡하죠?"

여자들이 이렇다. 끊임없이 일어나지도 않은 상황을 괜히 가정해 보면서 자신을 괴롭힌다. 그래서 마음속에 쌓아 두는 말들이 점점 많아지는 건지도 모르겠다.

만약 그 사람이 당신의 과거를 이해하지 못하고 당신의 마음을 헤아려 주지 못한다면, 또 만약 두 사람이 진지하게 대화를 했는데도 서로 융화할 방법을 찾지 못했다면 두 사람은 가치관이 맞지 않는 것이다.

이런 차이만큼 명확한 이별 사유가 있을까?

"그가, 네가 과거에 만났던 남자 두 명을 이해해 주지 못한다고 그 과거를 지울 수 있는 건 아니잖아? 그리고 너는 그에게 언제까지나 보살핌을 받고 싶어 하지만 그 사람은 여자도 어느 정도 독립적이어야 한다고 생각할지 몰라."

이렇듯 서로 융화되지 못한다면 이미 누가 잘하고 누가 잘못했는지 누가 더 억울한지 따지는 것은 무의미하다. 사랑이 모든 문제를 해결해 주지는 않는다. 상대를 이해해 주고 서로 융화될 수 있어야만 더 먼 미래를 기약할 수 있다.

당장 융화되기 어렵다면 시간의 도움을 받아 보는 것도 좋다. 시간은 아주 천천히 서로에게 맞지 않는 삐죽빼죽한 모서리를 둥글게 해 줄 것이다.

무엇보다 중요한 것은 당신의 걱정이나 불안을 상대에게 알리는 것이다. 그러지 않고 계속 참다 보면 더 많은 원망이 생길 뿐이다. 그렇게 평생을 함께하게 된다면 남은 일생 그 사람을 원망하며 살게 될 것이다. 그럴 거면 아예 다른 사람을 찾는 것이 낫다.

아무리 대화해도 이해하지 못한다는 것은
서로의 가치관이 다르다는 뜻이다.
아무리 사랑하는 사람이라고 해도
가치관의 차이를 느끼는 순간!
세상에 단 하나밖에 없던 소중한 사람이
불과 3초 만에
아무것도 아닌 사람이 되기도 한다.

"그래도 서로 사랑하는 사람들이 이런 이유로 헤어져야 한다는 건 받아들일 수 없어요."

그녀가 절망적인 표정으로 말했다.

사랑하는 것과 서로 융화되는 것은 별개의 일이 아니다. 하지만 지금의 그녀는 이점을 이해하지 못할 것이다. 자신이 기꺼이 그만두게 될 때까지 그 사람 옆을 배회하리라. 그 과정은 매우 고통스럽고 아주 오랫동안 마음의 상처로 남을 것이다. 하지만 많은 사람이 그런 과정을 거쳐 오늘날까지 살아오지 않았던가. 아주 긴 시간이 흘러 지금보다 너그러워지고 상대의 마음을 헤아려 줄 수 있을 때가 오면, 마찬가지로 너그러운 사람을 만나 서로 이해하고 융화하면서 맘껏 사랑할 수 있을 것이다. 혹시 그녀가 지금의 고집스럽고 변덕스러운 성격을 그대로 간직한다고 해도 그런 그녀의 성격까지 이해하고 받아 줄 남자가 나타날지도 모른다.

그때가 되면 지금의 내 말을 이해할 수 있게 될 것이다.

"서로 이해하고 융화하는 것이 사랑하는 것보다 중요하지. 서로에게 융화되는 법을 배워야만 사랑이 더 의미 있어지는 거야."

당신은 어쩌면 일생 동안 여러 사람과 사랑에 빠지게 될지도 모른다. 하지만 당신과 융화되어 평생을 함께할 사람은 단 한 사람밖에 없다.

5

우리 결혼에 옆집 아저씨가
무슨 상관인가요?

연애가 멋진 수영장에서 유유자적하게 헤엄치는 것이라면
결혼은, 깊고 칠흑 같은 바다에서 생존하기 위해
발버둥 치는 것이었다.

귓가엔 철썩철썩 파도 소리가 어렴풋이 들려오고 눈앞은 온통 칠흑 같은 어둠뿐이다. 숨이 가빠 오고 금방이라도 정신을 잃을 것 같다. 아무것도 할 수 없는 무력함에 그녀는 태어나서 처음으로 침몰하는 기분을 느꼈다.

그녀는 1,500미터를 쉬지 않고 단숨에 수영할 정도의 실력을 갖고 있었다. 그런데 깊은 바다에 빠지고 나니 자유형이고 배영이고 평형이고 아무것도 소용없었다. 끊임없이 발을 움직여 봐도 몸이 전혀 앞으로 나가지 않았다. 지나가는 물고기 떼를 따라 헤엄쳐 가려고 했지만, 몸이 말을 듣지 않아 발버둥 치는 것도 멈추고 파도에 몸을 맡긴 채 떠내려가는 대로 두었다.

다행히 숙련된 조교가 점점 멀어지는 그녀를 발견하고 즉시 배 위로 끌어올렸다.

"그럼 그렇게 하는 걸로 하자꾸나. 괜찮지?"

예비 시어머니가 온화한 미소를 지으며 그녀에게 말했다. 목소리에서는 확고한 결심이 느껴졌다. "네, 아줌마만 좋으시다면 저는 상관없어요." 그녀가 고개를 끄덕이며 살짝 미소 지었다.

우리 결혼에 옆집 아저씨가 무슨 상관인가요?

"얘, 아직도 아줌마가 뭐니. 내일이면 한 가족인데 호칭부터 바꿔야지."

목소리도 큰데다 이 결혼에 사사건건 의견이 많던 남자의 외삼촌이 끼어들었다.

그녀는 웬만한 일은 혼자서 다 해낼 만큼 독립적인 여성이다. 그녀는 자신이 생활하는 작은 연못 안에서 어디로든 가고 싶은 방향으로 헤엄쳐 갈 수 있었고 헤엄치다 지치면 언제든 다리를 뻗어 연못 바닥을 딛고 물 밖으로 나올 수 있었다. 언제나 우아했고 모든 일을 자신의 의지대로 결정할 수 있었다. 남자와 연애하는 지난 2년 동안 그녀는 누구보다 행복했다. 남자의 프러포즈도 그녀가 언제나 꿈꿔 왔던 것처럼 낭만적이었다.

그런데 연애가 멋진 수영장에서 유유자적하게 헤엄치는 것이라면, 결혼은 깊고 칠흑 같은 바다에서 생존하기 위해 발버둥 치는 것 같았다.

그녀는 지금 발이 땅에 닿지 않아 허우적거릴 뿐 아니라 밀려오는 파도에 방향을 잃고 떠밀려 다니고 있다. 모든 일을 자신의 의지대로 움직여 왔던 그녀에게는 지금 이 순간들이 너무나 낯설고 불편하다.

물론 그녀도 인생 선배인 어른들의 의견을 존중해야 한다는 것쯤은 알고 있다. 양가 어른들이 상견례 하는 그날부터 그와 그녀는 어떤 의견도 받아들일 마음의 준비가 되어 있었다. 하지만 그들이 받아들여야 할 것들은 양가 어른들의 의견만이 아니었다.

우선 두 사람의 결혼 소식을 들은 가까운 친척들과 이웃들이 합세해 갖가지 조언을 늘어놓기 시작했다. 두 사람은 그들의 '친절한' 의견을 모두 수용하려다 점점 지쳐 가고 있었다.

다행히 정신없던 약혼식은 무사히 지나갔고 이제 대망의 결혼식을 앞두고 있었다. 약혼식 당일에도 사람들은 끊임없이 두 사람에게 이래라저래라 훈수를 늘어놓았다. 그녀는 예쁘게 치장한 쇼윈도에 앉아 있는 인형처럼 사람들의 구경거리가 된 것 같았다. 그리고 왜 사람들이 결혼식 당일 날 도망치고 싶다는 건지 이해할 수 있었다.

"웨딩카는 꼭 짝수로 맞춰야 해. 두 대, 네 대 이렇게 말이야."

반년 전에 딸을 시집보낸 남자의 외숙모가 말했다.

"웨딩카가 도착했을 때 폭죽 터트릴 사람은 정했어?"

예비 시어머니도 한마디 거들었다.

"신랑이 도착하면 신부는 우선 차를 한 잔 대접해야 해. 그게 우리 집안 전통이야."

그녀의 사촌 오빠가 목소리를 높여 얘기했다. 그리고는 남자의 옆구리를 찌르며 말했다.

"축의금 봉투는 되도록 많이 준비해 놓을게."

"신부가 집을 떠날 때는 꼭 울어야 해. 크게 울수록 더 잘 산다 그랬어."

남자의 고모할머니가 말했다.

도대체 이런 규칙들은 다 누가 만든 것일까. 그녀는 과연 결혼식 날 이것들을 다 지킬 수 있을지조차 자신이 없었다.

그녀는 점점 머리가 아파 왔다. 그때 또 누군가 말을 시작했다.

"참, 옆집 왕씨 이지씨가 그러는데….."

그리고 누군가 분노에 찬 목소리로 소리쳤다.

"이 결혼식에 옆집 아저씨가 도대체 무슨 상관이래요!"

소리친 사람은 다름 아닌 그녀 자신이었고 옆집 아저씨 얘기를 꺼낸 사람은 하필이면 그녀의 예비 시어머니였다.

말없이 고개를 숙이고 있던 남자가 눈을 동그랗게 뜨고 그녀를 바라보았다. 순간 시끄러웠던 식장에도 적막이 흘렀다.

남자는 천천히 일어나 그녀 옆으로 자리를 옮겨 그녀의 손을 꼭 잡고 침착하게 말했다.

"어머니, 방금 왕씨 아저씨가 뭐라 그러셨다고요?"

"아, 별거 아니야. 왕씨 아저씨네 손자 량량이 있잖아. 걔가 굴렀던 침대에서 하룻밤을 보낸 신혼부부들은 모두 아들을 낳았다고 그러더라고. 그래서 내일 량량이더러 너희 침대에서 구르게 하면 어떻겠냐고….." (역자: 중국에서는 결혼하고 첫날밤 5~6살 남자 아이가 굴렀던 침대에서 밤을 보내면 아들을 낳는다는 이야기가 있다)

그녀는 묵묵히 고개를 끄덕였다. 남자가 어깨를 으쓱거리며 말했다.

"그랬군요. 저희는 뭐든 좋아요."

남자의 말이 끝나기 무섭게 사람들이 여기저기서 다시 말을 시작했다.

옆집 아저씨까지 결혼에 이래라저래라 하는데 정작 결혼 당사자인 두 사람은 아무 의견도 낼 수 없다는 건 좀 너무하지 않느냐고 생각할 수도 있다. 하지만 결혼이란 원래 두 사람만의 일이 아니다. 결혼은 두 사람을 아는 거의 모든 사람들의 일이 아니던가!

우리 결혼에 옆집 아저씨가 무슨 상관인가요?

사랑이 시작되던 그날

누구에게나 사랑이 시작되는 바로 그 순간이 있다.
그 순간에는 모든 좋은 일이 이뤄진 것 같다.
그런데 진정한 그 순간이 오기 전까지는,
설령 그 전날 밤이라도 전혀 예상할 수 없다.

"왕자가 왜 신데렐라한테 관심을 줬는지 알아?"

일본 드라마 〈내가 연애할 수 없는 이유〉에서 이미 결혼한 한 여자가 젊은 아가씨 둘에게 이런 질문을 던졌다. 그들은 한참 동안 대답하지 못하더니 결국 고개를 가로저었다.

"왜냐하면 신데렐라는 오직 왕자만 바라보는 다른 귀족 집 딸들과는 달랐기 때문이야. 그녀는 밤 12시가 되면 마법이 풀린다는 사실을 알고 있었어. 그래서 무도회 내내 초조한 마음으로 시곗바늘만 보고 있었지."

젊은 아가씨 하나가 이해가 되지 않는다는 듯 물었다.

"그래서요?"

"그래서 신데렐라는 왕자의 관심을 끌 수 있었던 거야. 왕자는 속으로 이렇게 생각했겠지. '도대체 이 무도회에서 나보다 중요한 일이 뭐지? 다른 여자들은 나랑 춤 한 번 추려고 저렇게 목을 매고 있는데 말이야.'

하지만 신데렐라는 열두 시가 되기 전에 과감히 왕자의 손을 뿌리치고 어둠 속으로 사라져버렸다. 유리 구두 한 짝을 남겨 놓은 채말이다. 어쩌면 신데렐라는 일부러 유리 구두 한 짝을 흘리고 갔는

사랑이 시작되던 그날

지도 모른다. 매일 수천, 수만 명의 신붓감과 만날 수 있는 왕자에게 깊은 인상을 남기는 것만으로는 부족했다. 반드시 자신을 기억할 무언가를 남겨야 했던 것이다. 물론 요정 할머니가 신데렐라의 유리 구두에 마법의 가루를 듬뿍 뿌려 놓기도 했으리라. 왕자는 아름답고 향기로운 유리 구두 때문에 신데렐라를 잊지 못했다. 열두 시가 지나 모든 마법이 사라졌는데 유리 구두만은 그대로 있는 걸 보면 요정 할머니가 정말 고난도의 마법을 부린 것이다.

사랑이 시작되려면 약간의 마법이 필요한 법이다. 하지만 사랑이 시작되는 바로 그 순간 가장 필요한 것은 사랑을 받아들일 용기와 의지다.

그는 말수가 적고 무뚝뚝한 사람이다. 그래서 혼자 책을 보거나 여행 하는 것을 가장 좋아한다. 그가 여행을 좋아하는 이유는 집에 들어가지 않아도 되기 때문이었다. 그는 되도록 집에서 멀리 떠나고 싶어 했다. 그래서 세계 어느 나라든 기회가 생기면 비행기에 몸을 실었다.

"그 사람은 투명 인간 같아 보였어요. 따뜻한 햇살이 내리쬐는 화창한 날씨에도 그는 조금도 즐거워 보이지 않았죠. 곧 어디론가 사라져버릴 것만 같았어요."

여자는 엄마와 함께 중앙아시아 문명이 펼쳐진 고국으로 떠나는 단체 여행 패키지에 참가했다. 그리고 남자는 이 단체 여행의 가이드로 동행했다. 남자를 처음 본 순간 여자의 심장은 두근거리기 시작했다. 가이드는 당연히 세계 역사에 해박한 지식을 가진 은퇴한 노교수일 거라고 생각했는데 이렇게 젊고 건장한 남자라니! 여행 출발 당일, 여행객들과 말을 섞지 않던 무뚝뚝한 가이드는 비행기에 타기 전 필요한 일들을 처리하느라 가방 하나를 흘리고 갔다. 마침 남자의 뒤에 앉아 있던 여자가 가방을 발견하고 열어 봤더니 여행객 전체의 비행기 환승 티켓이 들어 있었다.

'이렇게 중요한 물건을 흘리고 가다니!'

여자는 가방을 닫으며 속으로 생각했다. '언제 가방을 찾으러 오나 보자.'

그런데 태국에서 비행기를 환승할 때가 되어도 남자는 전혀 당황한 기색을 보이지 않았다. 참다 못한 여자는 태국에 도착해 비행기에서 내리자마자 가방을 들고 남자의 뒤를 쫓아갔다. 남자는 항공사 사무실에 들어가 있었다.

"저기요. 이 가방 잃어버리지 않았어요?"

여자가 가방을 건네자 남자는 표정 하나 변하지 않고 말했다.

"아, 이미 다 처리했는데요."

남자의 말이 끝나기 무섭게 항공사 직원이 새로 발급한 환승 티켓을 남자에게 건넸다.

"그때는 그 사람이 정말 얄미웠어요! 가방을 찾아서 고맙다는 인사도 없었죠!"

중앙아시아 국가들을 여행하려면 장시간 버스 이동이 불가피했다. 여행객들을 태운 버스가 끝도 없는 사막을 지나갈 때면 줄곧 침묵하던 남자는 문명 고국의 역사와 풍토 등에 대한 설명을 시작했다. 그런데 엄마와 함께 버스 두 번째 줄에 앉아 있던 여자는 남자가 설명을 시작하면 즉시 담요를 머리끝까지 뒤집어쓰고 잠을 자기 시작했다. 여자는 열흘 간의 여행 기간 내내 단 하루도 남자의 설명을 듣지 않았다.

"정말 못되지 않았어요? 몇 번이나 흔들어 깨우고 싶은 걸 꾹 참았다니까요!"

남자 역시 여자만큼이나 흥분된 목소리로 말했다.

두 사람 인연은 그때의 여행으로 시작되었다. 여자는 여행을 통해 무뚝뚝하고 침울해 보이던 이 젊은 가이드가 사실은 역사와 예술에 대한 지식이 해박한 사람이라는 것을 알게 되었다. 여행을 마친 후 두 사람은 친구가 되었고 얼마 지나지 않아 연애를 시작했다. 그리고 드디어 작년에 항상 남자를 놀리기 좋아하는 장난기 많은 그녀가 그의 아내가 되었다.

여자는 그때부터 조심성 없는 그의 뒤를 평생 쫓아다니며 그가 흘린 물건들을 찾아 주겠다고 결심했다. 남자는 그때부터 평생 여자의 전속 여행 가이드가 되어 그녀와 함께 세계 곳곳을 여행하리라 다짐했다. 그는 여전히 여행을 좋아하지만, 이제는 집에 돌아가는 것을 싫어하지 않는다. 무엇보다 이제 그에게는 평생 함께 여행할 동반자가 생겼다. 두 사람은 함께 가정을 꾸렸고 세계 어느 곳이든 자유롭게 여행할 수 있다. 예전과 다른 점은 그들에게는 함께 돌아갈 집이 있다는 것이다.

그 순간이 오면 마법처럼 요정 할머니가 나타나 쥐를 마부로, 호박을 마차로 변신시켜 주고 예쁜 옷과 유리 구두를 선물해 줄 것이다. 그 순간은 반드시 올 것이다. 그러니 당신은 언제나 사랑을 시작할 마음의 준비를 하고 있어야 한다.

그 순간은 반드시 올 것이다. 그러니 그날이 오기 전까지는 울거나 좌절하지 말고 혼자만의 시간을 잘 보내자.

그 순간은 반드시 올 것이니 말이다.

누구에게나 사랑이 시작되는 바로 그 순간이 있다.

괜찮아 용기를 내

우리는 모두 각자의 두려움을 안고 산다.

특히 누구나 변화를 두려워한다.

변화를 좋아하는 사람은 없다.

사람들은 대부분 익숙한 환경에서든,

낯선 환경에서든 변화가 일어나는 것을 원하지 않는다.

초가을의 시원한 바람이 불던 오후, 나는 샌디와 과거

타이핑딩太平町(역자: 과거 일본 통치 시절 타이페이 시의 한 행정 구역)이라고

불렸던 거리를 거닐었다.

사람도 북적이지 않고

바람도 불어오고 모든 것이 아주 적당해 보였다.

그런데 갑자기 까만 나비 한 마리가 나풀거리며 내 눈앞을 지나갔다.

순간 며칠 전 어디선가 읽었던 문장이 머릿속에 떠올랐다.

'애벌레가 죽음을 맞이하는 순간 사람들은

아름다운 나비의 탄생을 본다.'

나는 고개를 돌려 아름다운 친구의 얼굴을 바라보았다.

그녀의 얼굴에서는 더 이상 지난날의 불안함과

초조함은 찾아볼 수 없었다.

이번 주말이 지나면 그녀는 익숙한 도시를 떠나

고향으로 돌아 갈 것이다.

우리는 따뜻한 차를 사서 광장 한쪽에 마련된 자리에 앉았다.

"좋은 조언해 줘서 고마워."

그녀는 컵을 손에 들고 내게 감사 인사를 전했다.

나는 살며시 웃으며 말했다.

"내가 뭘 했다고. 정답은 처음부터 네 마음속에 있었는걸."

몇 달 전, 샌디는 매우 불안한 모습이었다.

그녀는 춥고 습한 타이페이를 떠나

새로운 삶을 살고 싶어 했지만 결정을 내리지 못하고 있었다.

"어떻게 하면 좋을까? 과연 내게 또 다른 가능성이 있긴 한 걸까?

게다가 난 너 같은 능력도 없는데…."

샌디는 계속 내 앞을 왔다 갔다 하며 잠시도 가만있지 못했다.

난 놀란 표정으로 친구에게 물었다.

"대체 왜 너는 가능성이 없고 나는 있다고 생각하는 거야?"

"왜냐하면 너는 변화를 두려워하지 않는 사람이니까.

넌 뭐든 무서워하지 않잖아."

"나도 무서워하는 거 많아! 깜깜한 밤도 무섭고 귀신도 무섭고

바퀴벌레도 무서워한다고."

말을 하고는 나도 모르게 웃음이 나왔다.

샌디는 걸음을 멈추고 나를 흘겨봤다.

"그런 말이 아니잖아. 넌 네가 무엇을 원하는지 잘 알잖아.

네가 무엇을 하고 싶은지 말이야."

나는 고개를 저으며 말했다.

"나도 꼭 그런 것만은 아니야."

우리는 모두 각자의 두려움을 안고 산다.

특히 누구나 변화를 두려워한다.

변화를 좋아하는 사람은 없다.

사람들은 대부분 익숙한 환경에서든,

낯선 환경에서든 변화가 일어나는 것을 원하지 않는다.

나는 친구에게 이렇게 말해 주고 싶었다.

"너는 아주 용감한 거야. 적어도 넌 변화를 원하고 있잖아.

그것만으로도 너에겐 무한한 가능성이 있어."

사실 아무 선택도 하지 않고 제자리에 머물러 있는 것도,

선택을 하고 지금 있는 자리를 떠나는 것도 전부 하나의 선택이다.

나는 변화가 긍정적인 것이라고 생각한다.

변화한다는 것은 언제나 좋은 일이다.

사람들이 변화를 두려워하는 이유는 앞으로 무슨 일이

벌어질지 예측할 수 없기 때문이다.

인생을 살다가 갈림길에 서게 되면 일단 걸음을 멈추고

설령 이정표가 있다 해도 일단은 멈춰 서서

자신에게 이렇게 물어보자.

'내가 가고 싶은 길은 어느 쪽이지?'

만약 두렵다고 첫발을 내딛지 않고 갈림길에서 다시 돌아선다면

당신은 가고 싶은 길을 영원히 찾을 수 없을 것이다.

조금은 두렵더라도 인생의 갈림길에서 고민하고 확실한

첫 걸음을 내디뎌 봐야만 자신의 선택이 옳았는지,

또 그만한 가치가 있었는지 알 수 있다.

한편으로 앞으로 살아갈 날들이 아직 많이 남았다.

잠시 쉬어 가기로 결정했다면 이것 역시 인생의 작은 변화다.

그리고 자신에게 꼭 필요한 선물이기도 하다.

다른 사람들의 시선 따위는 신경 쓰지 않아도 된다.

그들은 하이힐을 신고 당당히 걸어가는 당신이,

실제로는 엄지발가락이 휘고 물집에 시달리면서도

꾹 참고 있다는 사실을 모른다.

당신은 당신의 인생을 살고 있는 것이다.

다른 사람들의 시선을 왜 신경 쓰는가?

"그날 너랑 얘기하고 이런 결론을 내렸어…."

"어떤 결론?"

"끝이 있어야 또 다른 시작이 있다고 말이야."

"맞아. 인생에 아무런 굴곡이 없다면 인생이라고 말할 수 있을까?"

우리는 서로 마주 보고 웃었다.

CHAPTER 5
그리고 너를 사랑하고,
그것만큼 좋은 것은 없다

모두들 그와 그녀가 언젠가는 함께할 거라고 생각했다.
하지만 결말은 모두의 예상을 빗나갔다.
용기가 없어서였을까?
좋아하는 마음이 부족해서였을까?
아니면 그냥 그렇게 될 운명이었던 걸까?

타이페이 날씨는 어때?

잘 지내니?
거기 날씨는 어때?
네가 잘 지냈으면 좋겠어
그리고 꼭 행복하길 바래… 네가

누군가 당신에게 날씨를 물어온다면
그 물음 뒤에
'나는 당신이 보고싶습니다
그리고
당신을 생각하고 있습니다' 라는
마음이 들어 있다는 걸
깨달아야 합니다.
그를 잃어버리기 전에 말이죠.

그녀는 어렸을 때부터 새해가 오기 전에 반드시 하는 일이 있다. 바로 날씨 좋은 날을 골라 집 안 대청소를 하는 것이다.

하늘도 그녀를 돕는지 새해가 되기 2주 전 주말에는 춥지도 않고 날도 맑았다. 사실 그녀의 집은 별로 더럽지 않았지만 그녀는 원래 약간의 결벽증이 있는 사람이라 하루 종일 치우고 또 치워야 겨우 만족했다. 청소가 끝난 뒤 간단한 저녁을 만들어 먹고 버가못 오일을 한 방울 떨어트린 아로마 램프도 켰다. 카펫 위에 편안하게 앉아 담요를 덮고 정리해 둔 오래된 일기장들을 들춰 봤다.

그녀가 초등학교 6학년 때 반에서 1등을 한 적이 있었는데, 그때 마을 성당의 수녀님이 열쇠가 달린 일기장을 선물로 주셨다.

"일기를 쓰는 습관은 좋은 거란다. 너도 한 번 써 보렴."

수녀님은 인자한 미소를 지으며 말했다.

그렇게 해서 그녀는 일기를 쓰기 시작했다. 처음에는 일기장이 온통 누군가를 원망하는 애기들로 가득했다. '엄마가 나를 사랑하지 않는 것 같다.', '그 아이는 나랑 말하기 싫은 것 같다.' 등 남들이 알아 주지 않는 속마음들을 적었던 것이다.

또 언제부턴가는 특별한 기호로 표시된 남자들의 이야기도 써 내려가기 시작했다.

그녀는 일기장을 보면서 자기도 모르게 웃음을 터트렸다. 이제는 이 일기장 속에 표시된 기호가 어떤 남자를 가리키는지도 기억나지 않았다. 그런데 한 권, 한 권 펼쳐 보던 중 예고도 없이 그가 나타났다. 그녀의 심장을 두근거리게 했던 첫 번째 남자. 어떻게 그를 잊을 수 있을까?

그녀 자신조차 그 해답을 찾지 못했다. 그리고 이제는 더 이상 찾으려고 하지 않았다. 그녀는 자신에게 아름다운 시를 써서 고백했던 한 남자에게 이렇게 말한 적이 있다.

"우리는 여전히 서로 기다려 주고 있어."라며 마음 속에 품은 다른 사람을 얘기했디.

고백한 남자를 거절한 이유도 바로 그 사람 때문이었다. 고백한 남자는 도저히 이해할 수 없다는 듯 상처받은 눈빛으로 그녀에게 말했다.

"만약 나라면 그렇게 마음속에만 묻어 놓고 표현하지 않는 사람을 기다리지는 않겠어."

그와 그녀는 줄곧 함께할 기회를 놓쳤다. 두 사람은 서로 마음이 잘 맞았지만, 어찌 된 일인지 멀리 떨어진 두 도시에 자리 잡은 채 지내 왔다. 비록 그녀가 사는 곳으로 그가 여러 번 찾아오긴 했지만, 둘 중 누구도 용기 내어 먼저 말을 꺼내지 못했다.

그렇게 5년이라는 시간이 지났고 어느 날 그는 무거운 입으로 여자 친구가 생겼다는 소식을 전했다.

"정말 좋은 여자야."

친구들과 모인 자리에서 그는 이렇게 말했다. 그녀에게서 눈을 떼지 못한 채 말이다.

"도대체 어디가 그렇게 좋아?"

여전히 그를 단념하지 못한 그녀가 이렇게 물었다. 자신이 놓친 것이 도대체 무엇이었는지 알고 싶어 추궁하는 것처럼.

그리고 다시 몇 년의 시간이 흘렀다. 그 사이 그와 그녀는 꾸준히 연락하며 멀지도 가깝지도 않은 거리를 유지했다.

어느 해 겨울, 그녀는 그에게서 걸려 온 전화를 받았다.

"타이페이 날씨는 어때?"

"겨울에 타이페이 날씨가 좋을 리가 있어?"

"아, 그럼 아프지 않게 몸 관리 잘해야 해."

그를 걱정 끼치고 싶지 않았던 그녀는 이렇게 대답했다.

"내가 이곳에 온 지 몇 년이 지났는데… 벌써 다 적응됐지."

하지만 남쪽 지방에서만 살았던 그녀는 춥고 습한 타이페이에 쉽게 적응하지 못했다. 그녀는 여전히 쨍쨍 내리쬐는 햇볕에 바짝 말린 이불과 옷 냄새가 그리웠다. 그도 마찬가지였다.

그날 이후, 그는 거의 매일같이 그녀에게 연락했다. 그는 전화해서 가장 먼저 이렇게 물었다.

"오늘 타이페이 날씨는 어때?"

당시 그녀는 그의 질문이 그저 우습기만 했다. 우리가 이런 날씨 얘기나 할 정도로 어색한 사이였나? 왜 쓸데없이 날씨를 물어보지? 물론 그는 그녀가 아픈 곳은 없는지, 밥은 잘 챙겨 먹는지, 누가 챙겨 주는 사람은 없는지 묻는 것도 잊지 않았다.
"나는 계속 일이랑 연애하고 있지."
그녀가 쾌활하게 대답했다.
두 달 후, 어느 날 그가 수화기 너머로 얘기했다.
"나 결혼해…."
다음 날 회사에 출근해 보니 책상 위에 그가 보낸 청첩장이 그녀를 기다리고 있었다.

이틀 전 그녀는 중요한 회의에 참석하기 위해 택시를 탔다. 마침 라디오에서 이런 얘기가 흘러나오고 있었다.
"사람들은 상대에 대한 자신의 감정을 어떻게 표현해야 할지 모를 때 '날씨는 어때?' 등의 의미 없는 말을 대신하곤 합니다. 그런데 이 말 속에는 '잘 지내니?', '행복하니?', '너도 나를 좋아하니?', '내가 고백하면 너도 내 마음을 받아 주겠니?' 등 그 사람이 당신에게 묻고 싶은 진짜 질문들이 숨어 있답니다."

그리고 여자의 멘트가 끝나자 라디오에서는 아푸阿福의 노래 '잘 지내요? 날씨는 어떤가요?'가 흘러나왔다. 그녀는 택시 뒷자리에서 홀로 눈물을 흘렸다.

사람들은 차마 하지 못한 말들을 가슴속에 묻어 둡니다.
건강한가요. 별일 없나요.
내 마음을 어떻게 전할까요.
사람들은 알 길이 없어요. 이해할 수도 없죠.
잘 지내나요. 날씨는 어떤가요.
그저 이 말만 반복할 뿐이니까요.

그녀는 이제야 그의 마음을 이해했다. 그리고 귓가에 그가 진짜 하고 싶었던 말이 들려왔다.
잘 지내니? 타이페이 날씨는 어때?
네가 건강하게 잘 지냈으면 좋겠어. 그리고 꼭 행복하길 바라….

말로 표현하지 못한
그리움이 글로 만들어졌다.
분명, 말이 아닌 행동으로 먼저 전했을 텐데
나는 바보다,

난 참 오래도 바보로 있었네

2

연말연시가 되자 새해 인사를 전하는 문자 메시지가 빗발쳤다. 요즘에는 스마트폰 기능까지 발달하면서 최근 몇 년간 받은 문자 메시지는 마치 시합이라도 하듯 점점 예술의 경지에 이르고 있다.

새해 첫날 그녀는 독특한 새해 인사 메시지를 받았다. 다른 메시지들은 대부분 새해 인사를 전하는 화려한 사진이나 그림들이 첨부되어 있었는데 이번 메시지는 '근하신년'이라는 네 글자를 이용해 하늘로 날아오르는 것 같은 용을 그린 것이었다.

"정말 대단하다!"

그녀는 감탄하며 조금 전까지 같이 있었던 남자 친구에게 문자 메시지를 전송했다.

몇 분 후, 남자 친구로부터 답장이 왔다. 집에 잘 들어갔다는 내용과 함께 이런 말이 덧붙여 있었다.

'나도 네가 보고 싶어'

"갑자기 무슨 소리지?"

여자는 남자의 문자를 보고 고개를 갸우뚱했지만, 다시 묻지는 않았다.

다음 날, 언제나 습하고 추운 북부 대만 지역에 오랜만에 따듯한 햇살이 내리쬐어 두 사람은 차를 타고 교외 나들이에 나섰다.

"어제 왜 뜬금없이 '보고 싶어'라는 문자를 보낸 거야? 혹시 다른 사람한테 보내려다 잘못 보낸 거 아니야?"

남자는 정지 신호에 차를 멈추고 차분히 자신의 휴대폰을 꺼내 그녀에게 보여 주며 말했다.

"여기 세 번째 줄을 봐."

휴대폰을 건네받은 그녀는 어제 자신이 보낸 용 모양의 길고 긴 문자 메시지를 자세히 살펴봤다. 그런데 수많은 '근하신년'이라는 단어들 사이에 '보고 싶어'라는 네 글자가 살포시 숨어 있는 게 아닌가!

"이걸 어떻게 발견했어? 난 몇 번을 봐도 몰랐는데."

그녀가 감탄하며 말했다. 남자가 안경을 올리는 시늉을 하며 말했다.

"내가 좀 세심하잖아!"

"맞아. 자기가 좀 세심하지."

그녀는 달콤한 미소를 지어 보이며 말했다. 그런데 그녀가 이내 큰 한숨을 내쉬었다.

"망했어. 어제 우리 사장님께도 보냈는데."

"아마 그 문장은 발견하지 못하셨을 거야. 보통 사람들은 찾기 힘들다니까. 그나저나 그 문자를 보낸 사람은 누구야?"

그녀에게 문자를 보낸 사람은 누구였을까?

그는 평소 연락을 잘 안 하다 이렇게 명절 때나 그녀의 생일 때 축하 메시지를 보내는 대학 동창이었다.

"그 친구가 너 좋아하는 거 아냐?

남자가 물었다.

'그가 나를 좋아한다고? 설마!' 여자는 속으로 생각했다.

이틀 뒤, 대학 친구들과 식사 약속이 있었다. 학창 시절 친구들이 모이면 지난 추억 얘기가 나오기 마련이다. 이런저런 얘기를 하다 그녀는 자신에게 문자를 보낸 그 남자가 생각나 근황을 물었다.

"보험 회사에서 꽤 높은 직급까지 올라가서 엄청 바쁘다고 들었어. 결혼은 일찍 했는데 2년 전에 이혼했다고 하더라."

샤오훼이가 그의 근황을 자세히 알고 있었다.

"넌 그 아이에 대해서 어떻게 그렇게 잘 알아?"

"아, 아훼이가 걔랑 친하잖아. 연락하고 지내는 것 같더라고."

샤오훼이와 아훼이는 대학교 때 캠퍼스 커플로 만나 졸업하자마자 바로 결혼해 지금까지 행복하게 잘살고 있다.

"그런데 왜 갑자기 그 아이에 대해서 묻는 거야?"

샤오훼이가 물었다.

그녀는 그에게 받은 문자 메시지 얘기를 하며 휴대폰을 꺼내 메시지를 직접 보여 줬다. 그러자 친구들이 술렁이기 시작했다.

"불쌍한 샤오탕…."

샤오훼이가 고개를 저으며 한숨을 내쉬었다. 다른 친구들도 뭔가 알고 있는 눈치였다.

샤오훼이가 그녀에게 말했다.

"샤오탕이 대학교 1학년 때부터 너 좋아했어."

그녀가 믿을 수 없다는 표정으로 샤오훼이를 쳐다봤다.

"다른 남학생들한테 '그녀는 내가 찜했으니까 아무도 건들지 말라고' 얘기하고 다닐 정도였으니까."

"그게 사실이야? 그런데 어떻게 난 아무것도 몰랐지?"

샤오훼이가 한숨을 쉬며 말했다.

"대학교 4년 내내 너한테 고백할 용기가 없었던 거야."

말로 표현하지 못한 그리움은 종종 문자가 되어 아무도 알아채지 못하는 시기에 상대에게 전달된다.

그가 이번에는 용기를 낸 걸까? 무엇 때문에 그런 결심을 하게 된 걸까? 그는 이 문자를 보내면서 그녀가 숨겨진 고백을 발견하기를 원했을까? 아니면 발견하지 못하기를 원했을까?

당신은 그의 문자 속에 숨겨진 고백을 찾았는가?

난 참 오래도 바보로 있었네

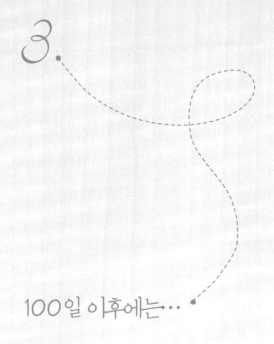

3.

100일 이후에는…

어떤 쪽이 나를 더 비참하게 만드는지 알 수 없었다.
아무 생명도 없는 이곳을 질투하는 나인지,
아니면 나랑 헤어지는 건 아쉽지 않느냐고
차마 물어보지 못하는 나인지.

"100일….."

그는 내가 세 시간이나 걸려 사 온 파이를 한 입 베어 물고는 말했다. 표정은 어딘가 어두워 보였다.

나는 고개를 돌려 그를 바라보았다. 앞으로 내려온 앞머리가 그의 긴 속눈썹을 덮고 있었다. 순간 손을 뻗어 머리를 쓸어 넘겨주고 싶은 충동에 사로잡혔지만 두근거리는 가슴을 달래고 그에게 물었다.

"백일? 우리가 만난 지 백일이 되었다는 거야?"

그렇지 않다는 건 내가 더 잘 알고 있었다.

오늘은 우리가 처음 만난 지 192일 되는 날이다. 내가 용기 내어 그에게 말을 건 지 158일, 우리가 처음으로 함께 여행을 간 지 137일 되는 날이다. 34일 전 그는 내게 좋은 친구 사이로 남았으면 좋겠다고 말했다.

그가 고개를 저으며 말했다.

"아니, 100일 후면 여기를 떠난다고."

이곳은 우리가 처음 알게 된 곳이자 그가 떠나기 아쉬워하는 곳이다. 물론 이곳을 떠나기 싫은 이유가 나 때문은 아닐 것이다.

100일 이후에는…

"나보다 이곳이 더 그리울 것 같아?"

나도 모르게 이렇게 물으려다가 꾹 참았다.

어느 쪽이 나를 더 비참하게 만드는지 알 수가 없었다. 아무 생명도 없는 이곳을 질투하는 나인지, 아니면 나랑 헤어지는 건 아쉽지 않으냐고 차마 물어보지 못하는 나인지.

"내게 주는 졸업 선물로 한국으로 배낭여행을 떠나려고."

그의 얼굴에 미소가 번지기 시작했다. 그리고 이내 아이같이 천진난만한 웃음을 지어 보였다. 내가 가장 좋아하는 표정이었다.

"정말 좋겠다."

나는 애써 무심한 듯 대답했다. 그리고 물었다.

"파이 맛 괜찮아?"

그가 고개를 끄덕이며 말했다.

"네가 매번 문자를 보내서 내가 여기 있는지 확인할 때마다 나는 확신하지! '오늘도 맛있는 걸 먹겠구나' 하고 말야. 넌 정말 좋은 친구야."

그는 말을 마치고 내 어깨를 가볍게 움켜쥐었다.

이란宜蘭(역자: 대만 북동부 지역의 지명)에서 유명하다는 우설병(역자: 밀가루 반죽 사이에 흑설탕을 넣고 얇게 구운 과자, 소의 혀 모양 같다고 해서 우설병이라 이름을 붙였다)부터 목장의 치즈, 타이중台中 지역의 태양병(역자: 대만식 페스트리)까지 지금까지 그가 좋아할 만한 것이라면 어디든 찾아가 사 오곤 했다.

100일 후에는 어디에서 그를 찾을 수 있을까?
100일 후에도 그는 내 마음속에 있을 것이다.
하지만 그는 어디 있을까?
몇 번의 100일이 더 지나야 그에 대한
마음을 접을 수 있을까?

아무리 먼 곳이라도 상관없었다. 그와 함께 나눌 수 있다고 생각하면 힘이 솟았으니까.

그는 늘 우리가 친구여서 좋다고 말했다. 그리고 사실 내가 자기를 좋아하면 어쩌나 걱정했다고 했다. 내 마음을 받아 줄 수 없기에…. 그리고 우리가 앞으로 어떻게 될지 모르겠지만 계속 연락하며 지내자고 말했다. 그가 했던 말들을 떠올리니 나도 모르게 눈물이 고였다. 나는 그에게 눈물을 들키지 않으려고 고개를 숙였다.

"한국에 가면 네가 좋아하는 브라우니 꼭 사다 줄게. 걱정 마."

그는 영원히 나를 사랑하겠다고 말하는 것 같은 결연한 말투로 미소를 지으며 말했다.

"걱정 안 해."

나는 억지로 웃음을 지으며 대답했다.

그가 한국에서 브라우니를 사 오는 것을 깜박할까 봐 걱정하는 것이 아니다. 내게 중요한 것은 그저 그가 돌아왔을 때 적어도 한 번은 만날 수 있으리라는 그 약속이다.

이기적인 나는 그가 앞으로 어떻게 살아갈지, 대학원에 무사히 합격할 수 있을지 같은 문제는 조금도 걱정하지 않는다. 단지 나 자신을 걱정할 뿐이다.

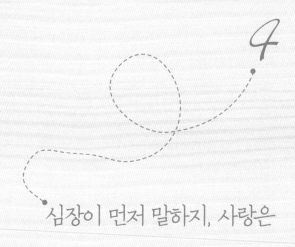

심장이 먼저 말하지, 사랑은

'너는 결국 도망치거나 숨지 않았구나.
진정한 사랑이라면 아무리 도망치려고 해도,
숨으려고 해도 그럴 수 없는 것이지.'

우리 주변에서 다른 사람의 감정에 가장 많이 개입하는 사람은 점쟁이가 아닐까 싶다.

사람들이 점쟁이의 말을 믿는 이유는 그들이 꽤 설득력 있는 증거를 갖고 말하기 때문이다. 사주팔자든, 천간지지天干地支(역자: 육십갑자의 윗 단위와 아랫 단위를 이루는 요소를 합한 것으로 우리가 흔히 '띠'라고 부르는 '간지'는 천간지지를 줄여 부르는 말이다)든 모두 중국 고대 사람들의 지혜가 쌓여 만들어진 것이다. 5000년 역사에 10억이 넘는 인구의 통계학 이론을 더했으니 이렇게 얻어진 결론은 그 자체로 엄청난 설득력을 지닌다. 게다가 점쟁이의 조리 있는 설명까지 더해지면 듣는 이의 눈이 휘둥그레질 수밖에 없다.

경험이 많은 한의사들 역시 사람의 운명을 점칠 수 있는 능력을 갖추고 있다. 그들은 사람의 맥을 짚어 그 사람의 성격이 조급한지, 느긋한지를 알아낼 수 있고 그들의 신체 상황을 통해 부부간의 관계, 감정, 집안의 화목한 정도와 행복 지수까지도 알 수 있다. 점쟁이와 한의사의 다른 점을 꼽는다면 점쟁이는 당신이 요청하기 전에는 개입할 수 없지만, 한의사는 특별한 요청 없이도 진료

중에 당신의 현 상태에 대해 자연스럽게 말한다는 것이다.

그런데 이 두 부류의 사람을 제외하고도 많은 사람들이 점쟁이의 역할을 자처하고 나설 때가 있다. 그들이 이런 행동을 하는 이유는 본인이 아는 것이 많고 사람 보는 눈이 있다고 생각하기 때문이다. 그래서 입만 열면 전혀 모르는 사람의 성격도 제멋대로 판단해버린다.

"딱 보니 그냥 즐기려는 거야. 너한테 정착하지 않을 거야."

"그런 사람이 진지한 연애를 하겠어?"

이들은 특히, 사랑을 하고 있는 사람이라면 마음이 약해져서 무슨 말을 해도 어떤 제안을 해도 모두 받아들인다는 사실을 잘 알고 있다. 그런데도 자신이 정말 중요한 정보를 주는 것인 양 너무나 쉽게 그 사람의 감정과 인생에 대해 이래라저래라 훈수를 두려 든다.

하지만 정작 이렇게 말하는 사람들 본인의 감정 상태는 어떨까? 과연 그들은 자신에게 100퍼센트 만족할까? 마음이 평온하고 행복할까? 다른 사람의 감정에 개입하고 조언해 줄 때 스스로 개인적인 감정의 영향을 받지는 않았을까?

한 친구는 얼마 전 마음에 드는 남자를 만났다. 두 사람은 대화도 잘 통하고 남자도 그녀에게 꽤 적극적인 관심을 보였다.

"어떻게 하면 좋을까?"

그녀가 고민스러운 얼굴로 내게 물었다.

두 사람이 서로에게 호감이 있는데 도대체 무엇 때문에 고민하는 걸까?

"점쟁이가 우리 둘은 잘 안 맞는대. 그래서 그 사람을 계속 만나도 될지 고민이야."

나는 서른 살도 채 되지 않은 그녀가 점쟁이에게 연애 조언을 구하러 다닌다는 사실에 적지 않게 놀랐다. 하지만 지푸라기라도 잡고 싶은 심정인 것 같아 더 이상 자세히 묻지는 않았다.

"우선 점쟁이가 한 말은 신경 쓰지 말고 네 감정을 잘 생각해 봐. 그 사람이랑 같이 있으면 좋아?"

"응, 좋아."

그녀는 조금도 망설이지 않고 고개를 끄덕이며 말했다.

"만약 점쟁이가 한 말 때문에 그를 포기한다면 후회하지 않겠어? 나중에 그때 왜 더 용기를 내지 않았나 자신을 원망하지 않을 수 있어?"

그녀는 아무 말이 없었다.

"사실 정답은 처음부터 네 마음속에 있었어. 너는 나한테 그 정답을 듣고 싶어 찾아온 거고."

나는 그녀를 바라봤다. 그녀는 의미심장한 미소를 지어 보였다.

어떤 일들은 직접 경험해 보지 않으면 알 수 없다.

그와 같이 있을 때 당신이 즐겁다면
그 즐거움은 긴 장마 후의 내리쬐는 햇살 같은 것이고
마음 속 깊은 곳에서 우러나오는 편안함과 행복일 것이다.

당신의 선택을 다른 사람에게 인정받을 필요는 없다. 그저 당신이 즐겁고 행복하다면 그 사람은 충분히 좋은 사람이다. 그 사람을 만났을 때 심장이 두근거렸고 서로의 성향을 파악할 시간도 충분히 가졌다면 이제 진지하게 연애를 해 봐도 좋지 않을까?

주위 사람들의 얘기나 점쟁이의 예언이 당신의 행복을 가로막는 방해물이 되어서는 안 된다. 행복을 좌우하는 결정적인 요소는 두 사람의 감정과 노력이어야 한다.

그녀가 어떤 결정을 내렸는지 내게 알려 주지는 않았지만 이후 페이스북에 그와 찍은 행복한 사진이 올라왔다.

심장이 먼저 말하지, 사랑은

5.

내 마음을 보지 못했겠지

사람과 사람이 헤어지는 이유는 저마다 다르다.
어떤이는 자격지심이나 극복하지 못하는 자기 연민 혹은
아주 오래전 이미 정해진 운명 때문이라고도 말한다.
나만큼 깊이 사랑하지 않아서, 나를 외롭게 만들어서, 혹은
놓여 있는 환경 처지가 달라서라고 말할지 모르지만
그 어떤 이유든 그것이 사랑을 두고 헤어지는
결정적인 이유는 되지 않는다.

결혼 적령기의 한 남성 친구가 있다. 나는 조건에서 빠지지 않는 그가 계속 결혼하지 못하는 게 안타까워 누구든 소개해 주려 했다. 그런데 그 과정에서 그에게도 적지 않은 문제가 있다는 사실을 발견했다.

그의 가장 큰 문제는 엄마가 세워 둔 배우자의 조건이었다. 나이가 3, 6, 9살 차이가 나면 안 되고, 오빠나 남동생이 있어야 하고, 채씨, 이씨, 서씨는 안 되고, 오토바이를 타면 안 되고, 또… 듣기만 해도 머리가 아파졌다. 무슨 배우자의 조건이 이렇게 복잡하단 말인가?

그는 본인도 혀를 내두를 정도라며 자신이 평생 결혼할 수 있는 날이 올지 모르겠다고 했다. 하지만 알고 보니 본인이 세워 둔 기준도 만만치 않았다. 나이는 자신보다 적어야 하고, 키는 165cm 이상이어야 하고, 몸매는 모델 같아야 하고….

그만! 더 얘기하다가는 나도 모르게 컴퓨터 모니터를 던져버릴 것 같다.

아무튼 이 까다로운 모자가 배우자를 찾는 과정에서 던진 유명한 말이 있다.

내 마음을 보지 못했겠지

당신은 대체 무슨 일이 벌어진 건지 몰라 답답하다.
자신이 무엇을 어떻게 했기에 그 남자와 가까워졌고,
또 무슨 일을 했기에 멀어진 걸까?

"확신이 없으면 시도하지도 마!"

만약 누군가가 그들이 내놓은 조건에 맞지 않는 여자를 정말 괜찮은 사람이라며 소개해 주려고 하면 그 친구는 웃으며 말한다.

"확신이 없으면 시도하지도 마."

그저께는 또 다른 친구 한 명이 한밤중에 전화를 걸어 와 자신의 연애에 대해 하소연하며 지난 이틀 동안 있었던 일을 얘기했다. 아무 일도 없이 넘어갈 수 있었던 사이를 그 남자가 복잡하게 만들었다는 것이다.

어느 날 두 사람이 다정하게 대화를 나누고 있었는데 어느새 그가 그녀의 손을 잡았다고 한다. 그녀가 풀이 죽은 목소리로 말했다.

"나는 아무런 준비도 되어 있지 않는데… 어떻게 나한테 그럴 수 있지? 내가 그렇게 아무렇게나 막 해도 되는 그런 사람으로 보여?"

그 순간 이틀 전 사무실에서 그녀와 통화할 때 내 상황에 대해 그녀가 했던 말이 생각났다.

"그 사람들이 어떻게 너한테 그럴 수 있어?"

우리는 그래도 착한 여자들인가 보다. 남자들에게 어이없는 대우를 받아도 나한테 무슨 문제가 있었는지 먼저 돌이켜 보니까 말이다.

원래는 성격이 세심하지 못한 남자가 어느 날부턴가 당신에 관한 세세한 일들은 기억하고 있다가 당신이 그 일을 하려고 할 때면 어김없이 나타난다. 그러면 여자들은 속으로 이렇게 생각한다.

'쓸데없는 생각 말자. 저 남자는 모두에게 친절한 것뿐이다'

그런데 남자가 더 적극적으로 관심을 보이기 시작한다. 그뿐만 아니라 무슨 일이 생기면 자기를 찾으라고, 언제나 옆에 있겠다고 말하기까지 한다. 이런 말을 들었을 때 당신은 조금 흔들렸지만 다시 한 번 마음을 다잡는다.

'그는 내가 불안해서 그런 것뿐이다. 우린 좋은 친구니까.'

남자는 계속해서 당신을 만날 이런저런 핑곗거리를 찾고, 만나지 않는 날에는 끊임없이 전화하고 문자 메시지를 보낸다. 그는 당신의 얘기를 진지하게 들어 주고 고민을 해결해 준다. 그리고 이 모든 것이 당신 탓이 아니라고 얘기해 주며 어떻게든 당신을 웃게 만든다.

당신은 조금씩 마음을 열며 이런 생각을 한다.

'그의 마음이 진짜일까? 정말 날 특별하게 생각하는 걸까?'

남자는 당신에 관한 일을 자신의 일정에 포함시키고 당신이 혼자 해결해야 할 일을 대신 해 주곤 한다. 그리고 웃으면서 다른 친구들에게 이렇게 말한다.

"아주 손이 많이 가는 여자야. 귀찮다, 귀찮아… 하하."

내 마음을 보지 못했겠지

당신은 그의 호탕한 웃음에 완전히 마음을 열게 된다. 그는 적극적으로 당신과의 약속을 잡고 당신의 눈을 똑바로 쳐다보고 말한다.

"우리 둘뿐이네, 가자!"

당신은 그가 용기를 냈다고 생각한다. 그래서 이제 자신도 용기를 내어 속마음을 털어놓으려 한다. 자기 자신을 잘 믿지 않던 당신은 앞으로 찾아올 행복에 젖어 하늘이 드디어 나에게 그 사람을 보내 주신 거라고 감탄한다.

하지만 어느 날 '펑!' 하는 소리와 함께 남자는 사라져버렸다. 다시 나타났을 때 그는 멀찌감치 물려나 당신을 바라볼 뿐이다. 당신 역시 갑자기 돌변한 그의 태도에 위축되어 멀리서 바라보기만 할 뿐이다. 남자는 어쩌다 한번 투박하게나마 당신에게 관심을 보이고 두 사람의 관계는 이런 식으로 겨우 유지된다.

둘의 다른 점이라면 그는 점점 멀어져 가고, 당신은 처음 그 자리에서 여전히 작은 관심에도 마음이 흔들리고 있다는 것이다.

그리고 어느 날 그 남자는 이렇게 말했다.

"나는 원래 세심한 사람이 아니라 여자 맘은 잘 모르겠어. 나한테 너는 좋은 친구일 뿐이야. 너를 여자로 생각해 본 적은 없어."

좋다. 모든 것이 오해였다고 하자. 당신이 원하던 결론은 아니었지만 마음속에 풀리지 않던 문제를 이렇게 결론짓고 나니 속이 시원하다.

"확신이 없으면 시도하지 마라!"고라 했던가? 그런데 그는 시도
하지 않았던가! At least you tried!

만약 그가 당신과의 만남을 시도했지만 더 이상 지속할 수 없는
이유가 생겼다면 그렇게 숱한 의문만 남겨 놓고 도망칠 것이 아
니라 성심성의껏 설명했어야 한다. 만약 처음부터 당신의 오해
였다면 그는 애초에 이렇게 말했어야 한다.

"나에게 넌 머리 끝부터 발끝까지 좋은 친구일 뿐이야,
만약 내가 오해할 만한 말이나 행동을 했다면
부디 이해해주길 바라."

확신이 없으면 시도하지 마라!
일단 시도했다면 제발 성심성의껏 마침표를 찍어 주길 바란다.

내 마음을 보지 못했겠지

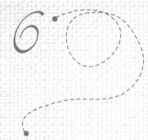

억울한 게 많은 거야 원래 사랑이란 게

예전 아직 풋풋한 어린 여자였을 때
씩씩거리며 집으로 돌아와
엄마한테 그와의 다툼을 일러바치며 투정 부리던 날
엄마는 내게 잊지 못할 사랑의 이면을 일러 주셨다.

"사랑이란 원래 더 사랑하는 쪽이 억울해 지는 거야.
참을 게 많아지는 거지. 그래서 더 사랑하는 쪽은
외로움을 더 느낄 수밖에 없어.
그러니 가급적이면 너는 더 사랑하는 사람보다
사랑받는 사람을 골랐으면 좋겠다."

많은 시간이 지난 지금 나는 엄마가 일러준 사랑 외
또 다른 사랑의 이면을 알게 되었다.
사랑이란, 어떻게 하고 싶다고 해서
마음대로 되는 것이 아니라는 것을 말이다.

사랑을 하면서 억울함을 느낀 적이 많은가?

그 이유는 대부분 상대로부터 내가 대우받지 못했기 때문이다.

그러나 대우받지 못하는 이유는 우리가 현실을 외면하거나 직시
하지 못했기 때문일 가능성이 크다.

우리는 억울하고 만족스럽지 못한 감정을 상대에 대한 원망으로
풀어내려는 듯 이렇게 말한다.

"어떻게 나한테 이럴 수 있어?"

내가 널 사랑한다는 걸 알면서 좋은 친구로 남자고?

어떻게 나한테 이럴 수 있어?

나한테 그렇게 잘해 줬으면서 다른 남자에게 나를 양보해?

어떻게 나한테 이럴 수 있어?

다른 사람을 사랑하면서 나를 계속 만나다니!

어떻게 나한테 이럴 수 있어?

대만 영화 〈여친, 남친GF&BF〉의 세 주인공이 느끼는 감정이 바로
이랬다. 이 영화에서 "어떻게 나한테 이럴 수 있어?"라는 대사는

억울한 게 많은 거야 원래 사랑이란 게

세 주인공에게 가장 가슴 아픈 순간에 등장한다.

하늘이 무너지는 것 같았던 그날의 키스.

그녀에게 마지막 인사를 하기 위해 너를 데리고 갔던 날.

오래된 장소에서 찾은 아무 내용 없는 러브 레터.

각각 다른 시간에 각각 다른 사람에게 발생한 일이지만 그들의
마음은 모두 이렇게 외치고 있었다.

"내가 이렇게 널 사랑하는데 어떻게 나한테 이럴 수 있어?"

하지만 사랑은 원래 자신이 어떻게 하고 싶다고 해서 마음대로
되는 것이 아니다.

처음에는 진지하게 만날 생각이 조금도 없었지만 만나다 보니
마음이 잘 맞아 영원한 사랑을 약속하게 되기도 하고, 최선을 다
했지만 오히려 그 사람이 멀어져버리기도 한다. 그의 내연녀라
도 되어 보겠다고 매달리지만 또 다른 여자들이 나타날 뿐이다.
이렇듯 사랑의 결과는 우리가 애초에 생각했던 것과는 완전히
다른 경우가 많다.

당신이 언제 어디서든, 가장 기쁜 순간에도 나를 기억하게 할 수
만 있다면 내가 가진 가장 추악한 모습도 기꺼이 보여 줄 것이
다. 당신은 내게 어떤 상처를 줬는지 잊어버리면 안 된다. 평생
내게 미안해하면서 나를 잊지 말아야 한다.

하지만 이별 후 우울한 감정을 당신이 얼마나 견딜 수 있을까?

당신은 견디고 견디다 어느 날 폭발하듯 이렇게 말하고야 만다.
"어떻게 나한테 이럴 수 있어?"
하지만 이 질문 뒤에 사실은 이렇게 묻고 싶었는지도 모른다.
"어떻게 나 자신한테 이럴 수 있지?"

모든 사람의 인생은 스스로 선택한 것이다. 당신의 선택이 지금의 상황을 만든 것이고 자기 자신을 진퇴양난의 국면에 빠트린 것이다.
어떻게 나 자신한테 이럴 수 있을까?
당신조차 자기 자신을 함부로 대하면서 다른 사람들은 왜 그러면 안 되는 걸까?
과연 내가 지금 괴로운 이유가 다른 사람 때문일까?
아니면 사랑의 현실을 직시하지 못하고 매달리는 나 때문일까?
어떻게 자신을 죽음의 문턱으로 몰아넣고 살길을 내어 주지 않을 수 있을까?
어떻게 자기 자신에게 그럴 수 있을까?

억울한 게 많은 거야 원래 사랑이란 게

#가까운 사람이 상처를 더 많이 준다

당신에게 가장 큰 상처를 주는 사람은 당신과 가장 가까운 이들이다.

항상 밝고 쾌활했던 친구 하나가 오랜만에 만난 자리에서

웬일인지 말이 없고 시무룩하게 앉아 있었다.

평소와 다른 모습에 모두들 그 친구를 걱정했다.

그런데 친구는 그 이유를 자세히 이야기하지 않고

어색한 웃음만 지으며 걱정하지 말라고 우리를 안심시켰다.

며칠 뒤 그 친구는 페이스북에 자신의 이야기를 털어놓았다.

'어느 날 한 친구가 나를 몹시 싫어한다는 사실을 알게 되었다.

내가 얼마나 싫었으면 내가 하는 일을 방해하려고 온갖 방법을

다 썼단다. 그래서 난 어렵게 얻은 기회를 몇 번이나 놓쳤고…'

그 친구는 누군가 자신을 이토록 싫어했다는 사실에

큰 충격과 상처를 받았다.

당신에게 가장 큰 상처를 주는 사람은 누구일까?

흔히 우리와 적대적인 관계에 있는 사람일 거라고 생각한다.

하지만 의외로 당신에게 가장 큰 상처를 주는 사람은 당신과

가장 가까운 이들이다.

가까운 사람들끼리는 아무 거리낌 없이 행동하거나

깊이 생각하지 않고 말을 내뱉는 경우가 많기 때문이다.

서로 말할 기회가 많다고 해서 누군가에게 꼭

깊은 상처를 주게 되는 것은 아니다.

단 한마디 말로도 누군가는 가슴에 못 박히는 상처를 입기도 한다.

그런데 정작 이렇게 생각 없이 말을 내뱉는 사람들은 자신이

누군가에게 그토록 큰 상처를 주었다는 사실을 알지 못한다.

우리는 가까운 사람들 앞에서는 자신을 애써 방어하지 않는다.

평소 세상에 맞서기 위해 두르고 다니던 갑옷을 한쪽에

잠시 내려놓고 편안하게, 아무런 대비 없이 그들을 마주한다.

그렇게 마음을 놓는 순간,

믿었던 그 사람이 당신의 마음을 공격해 온다.

아무런 방비를 하지 않았던 당신은 아주 가벼운 타격에도

완전히 쓰러져 다시 일어나지 못한다.

왜 친구라는 존재가 이렇게 못된 짓을 하는 걸까?

이유는 간단하다. 당신과의 거리가 너무 가깝기 때문이다.

그의 눈에 비친 당신은 그저 평범한 사람에 불과하다.

죽어라 노력하는 것 같지도 않고,

그렇다고 뛰어난 능력이 있는 것 같지도 않은데

자기보다 잘 나갈 때, 사람들은 배 아파한다.

큰 돌멩이가 수면 위에 떨어지면 물보라가 사방으로 튄다.

마찬가지로 재능이 뛰어난 사람이 나타나면

주변에 방해꾼이 많아진다. 방해꾼은 주변의 친구일 수도 있고
원수일 수도 있고 심지어 나 자신일 수도 있다.

외국에서 달을 바라보면 특별히 더 둥글고 밝은 것처럼 느껴진다.

또 먼 곳에서 온 스님이 염불을 더 잘하는 것처럼 들린다.

이처럼 적당히 거리를 두었을 때

사물은 더욱 신비롭고 신뢰감 있어 보인다.

설령 당신이 밤낮으로 열심히 노력해 얻은 당연한 결과라도

당신 옆에 늘 있던 사람은

당신이 그렇게 대단한 사람이라는 걸 인정하지 못한다.

그래서 자기도 모르게 당신 앞길을 훼방 놓고 싶어지는 것이다.

어떤 때는 나 자신조차 스스로에게 발목을 잡는

방해꾼이 되기도 한다.

또 어떤 때는 당신의 행동 하나하나가 질투심에 사로잡힌

누군가의 눈에 거슬릴 수도 있다.

물론 그는 자신의 감정을 입 밖으로 꺼내지 않을 것이다.

어쩌면 자신이 당신을 시기하고 있다는 사실조차

모르고 있을 수도 있다.

다만 그는 당신이 별로 힘들이지 않고 어려운 일을

척척 해내는 것이 어쩐지 눈꼴사납다.

그래서 당신이 분명 편법을 사용하고 있으리라 생각한다.

또 그는 당신이 가진 넓은 인맥도 눈에 거슬린다.

두 사람이 아무리 친한 친구 사이라 해도 인간이 본래 갖고 있는
비교 심리로 어쩔 수 없이 불균형과 질투심이 유발된다.
때론 당신 역시 누군가에게 상처를 주고도
그것을 인식하지 못하기도 한다.
그 누군가가 친구든 원수든 간에 말이다.
대부분의 사람들이 누군가 잘 나가는 꼴을 보면
눈에 거슬려할 뿐 그 사람이 그 자리에 올라가기까지
어떤 노력을 기울였는지는 보지 못한다.
비바람을 많이 맞고 자란 과일이 더 달다는 사실을 깨닫지 못한 채
다른 사람의 성공에 배가 아프고 그 사람을 진심으로
축복해 주지 못하는 것이다.
하지만 모든 친구가 그런 건 아니다.
그와 반대 부류의 친구들도 있고,
당신과는 겨우 몇 번 얼굴만 보았을 뿐인데
당신 자신보다 더 당신을 믿어 주는 사람도 있다.
그들은 당신조차 자기 자신에게 확신이 없을 때 '할 수 있다' 는
절대적인 믿음을 보내 주기도 한다.
어떤 일에 확신이 없어 자신감과 용기가 필요할 때,
무조건 당신 편에 서서 응원해 주는 그런 친구 말이다.
지금 당신 곁에 이런 친구가 있는가?
만약 있다면 평생 그 친구를 놓쳐서는 안 된다.

CHAPTER 6

따갑게 짜릿하게 다가오는

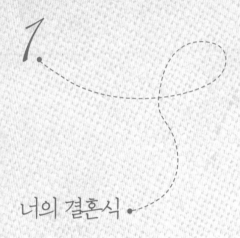

1.

너의 결혼식

나도 네 결혼 소식에 기뻤다.
하지만 마냥 기뻐하기에는 어쩐지 마음 한구석이 불편했다.

세 시간 후면 너의 결혼식이 시작된다. 만약 지금 나가면 시간 맞춰 도착할 수 있다. 너의 결혼식이 열리는 지방으로 떠나는 기차가 15분 뒤에 출발한다. 그 기차를 타면 제시간에 도착해 너를 깜짝 놀라게 해 줄 수 있다.

너는 분명 날 보고 눈물을 흘릴 것이다. 나는 가만히 네 눈물을 닦아준 뒤 면사포를 씌워 주고 입구에서 기다리고 있는 네 오빠에게 인사를 건네겠지. 내가 행복을 빌어 주며 마지막으로 널 안아 주면 넌 그를 향해 걸어갈 것이다.

하지만 나는 그렇게 할 수 없다.

회사 일 때문에 결혼식에 가지 못할 수도 있다고 미리 말해 두었으니 내가 나타나지 않아도 너는 원망하지 않을 것이다. 너 또한 내가 다니는 직장에는 갑작스럽게 처리할 일이 많다는 것을 이해하고 있으니까.

그런데 오늘 예정되어 있었던 일이 갑자기 취소되었다. 그리고 어젯밤 아홉 시 경 그 사실을 통보받았다. 그때부터 나는 결혼식에 가야 할지 말아야 할지 고민하기 시작했다.

너의 결혼식

나보다 세 살이나 어린 네가 처음 결혼 얘기를 꺼냈을 때 너무 빨리 하는 게 아닌가 생각했었다. 네가 지금 느끼는 감정이 결혼을 생각할 만큼 깊은 것 같지도 않았고, 28살이라는 나이에는 혼자만의 시간을 더 즐겨도 되지 않을까 생각했기 때문이다.

"언니 그 사람이 있잖아….."

반년 전 어느 날, 우리는 사주 가던 작은 술집에서 술을 마시고 있었다. 너는 세상에서 가장 행복한 표정으로 말했다.

"그 사람이 드디어 청혼했어!"

너는 반지를 낀 왼손을 흔들어 보였다. 다이아몬드에서 퍼져 나오는 영롱한 빛이 내 눈을 찔렀다. 갑자기 술맛이 떨어졌다. 언제나 내 마음을 설레게 했던 바텐더도 갑자기 눈에 거슬리고, 그렇게 좋아하던 감자튀김도 맛이 없어졌다. 나는 더 이상 술잔을 채우지 않았고 술에 취했으니 집에 좀 데려다달라고 바텐더에게 주사를 부리지도 않았다. 감자튀김은 원래 있던 자리에서 차갑게 식어 갔다.

너는 끊임없이 그에 대한 이야기를 늘어놓았다.

그가 너를 기쁘게 하기 위해 꿈같은 결혼식을 준비 중이다.

그는 너의 꿈을 이뤄 주기 위해 신혼여행을 그리스로 예약해 뒀다.

그는 네게 부담을 주지 않기 위해 결혼 후 분가를 약속했다.

나도 네 결혼 소식에 기뻤다.

하지만 마냥 기뻐하기에는 마음 한구석이 어쩐지 불편했다.

얼마 전까지만 해도 우리는 함께 술을 마시며 남자들을 욕하고 비오는 거리에서 빈 술병을 기울이며 함께 끌어안고 울었다.

얼마 전까지만 해도 나는 네 임신 여부를 확인하기 위해 산부인과에 함께 가 주었다. 너의 차가운 손을 잡아 주며 만약 아이를 낳게 되면 함께 키워 주겠노라 약속했다.

얼마 전까지만 해도 우리는 함께 그런 맹세를 했었다.

나이가 들면 바닷가 근처에 큰 집을 사서 함께 살자고.

너는 매일 휠체어를 탄 날 데리고 산책하러 나가고, 내가 여전히 기력이 남아 있으면 술 취한 네 등을 두드려 주리라.

그런데 지금 너는 나만 남겨 둔 채 행복을 찾아 떠나버렸다. 나는 네게 배신을 당한 것이다.

나는 벌써 서른을 훌쩍 넘었으니 그동안 수많은 결혼식을 다녀왔다. 그중에는 친척의 결혼식도 있었고 친구들의 결혼식도 있었고 심지어 고객의 결혼식도 있었다. 그런데 내게 가장 좋은 친구인 네 결혼식에 어떻게 가지 않을 수 있단 말인가? 게다가 우리 사이에는 "'이제 그만 고르고 시집가!'", "'너는 언제 결혼해?'" 등의 불편한 대화도 오가지 않을 텐데 말이다. 사실 이런 말을 듣는다고 기분 나쁘거나 화가 나지는 않는다. 나는 결혼이 하고 싶지 않은 것일까? 아니다. 단지 나의 그날이 아직 오지 않은 것뿐이라고 믿는다.

이제 네가 결혼을 한다. 나의 그날은 앞으로 얼마나 더 기다려야 올

너의 결혼식

친구야 너는 이제 너의 반쪽을 찾은 듯 보이는 구나
그런데 나는 왜 너처럼 마냥 기쁠 수만은 없는 걸까?

지 알 수가 없다. 나는 네게 버림받아 외롭게 혼자 남겨졌다.

네 결혼식장에 간다 해도 기쁘게 웃어 주지 못할 것 같아 겁이 난다.

나는 분명 결혼식을 보며 펑펑 울게 될 것이다. 물론 네 결혼식에 감

동을 받았기 때문은 아닐 것이다.

나는 마치 시상식 후보에는 올랐지만 수상자로 호명되지 않은 가수

나 연기자들처럼 객석에 앉아 어색하게 웃을 뿐, 진심으로 기뻐해

주지 못할 것 같다. 이런 나를 너는 이해해 줄까?

사랑하는 친구야, 솔직히 나는 결혼식에 가고 싶지 않구나.

정말 못난 친구지?

2.

지금 사랑하라

시간은 흘러
젊음도 백발의 주름으로 뒤덮일 날이 오겠지.
어쩌면 사는 게 너무 바빠서
사랑일랑 대단하지 않은 날도 올 거야.
그러니 당신
사랑을 미뤄 두지 마요.
나와 나누는 추억을 그리고 지금 이 시간 모두

남편은 모니터상에 나타난 아주 작은 그림자를 가리키며 환하게 웃었다. 하지만 그녀는 웃기는커녕 고개를 돌려 모니터에서 완전히 시선을 떼어버렸다.

그날은 정기적으로 산전 초음파 검사를 하는 날이었다. 의사는 태아가 안정적으로 잘 크고 있다고 말했다. 그런데도 그녀는 마치 진찰대에 누워 있는 사람이 자신이 아닌 것처럼 무표정하게 의사의 말을 들었다. 남편이 검사 내내 그녀의 차가운 손을 꼭 잡고 있었는데도 그녀는 여전히 춥게 느껴졌다.

의사와 남편이 이런저런 얘기를 나누는 동안 그녀는 고개를 들어 도대체 어디서 이렇게 차가운 바람이 불어오는지 찾으려고 노력했다. 하지만 모두 헛수고였다.

'왜 이렇게 추운 거지?'

그녀의 머릿속에는 그저 이 생각뿐이었다. 그때 남편이 다시 한 번 환하게 웃으며 말했다.

"들었어? 의사 선생님이 이번에 우리 아기는 아주 안정적으로 크고 있대."

"응… 그런데 아직 두 달밖에 되지 않았잖아."

그녀의 냉담한 대답에 남편과 의사는 서로를 의아하게 쳐다볼 뿐이었다.

"선생님, 유산될 가능성은 없는 건가요? 예전에 한 번 유산된 적이 있어서요…."

"걱정 마세요. 저희가 최선을 다해 도와 드릴 겁니다."

남편은 의사의 대답에 만족하며 더욱 힘껏 그녀의 손을 잡았다. 그녀는 천장을 바라보며 말없이 고개를 끄덕였다.

2년 전 부부에게 아이가 생겼다. 임신 사실을 확인하자마자 두 사람은 기쁨에 젖어 이것저것 아기 용품을 사기 시작했다. 하지만 기쁨은 오래가지 않았다. 오늘같이 정기 검사를 받은 지 일주일 후 갑자기 아이가 유산되었다.

그녀는 자신이 너무나 원망스러웠고 아이를 잃은 슬픔 속에서 쉽게 헤어 나오지 못했다. 그런 그녀가 마음을 추스를 수 있도록 곁을 지켜 준 사람은 바로 남편이었다.

이번 임신은 전혀 생각하지 못한 일이었고 그녀는 아직 마음의 준비가 되어 있지 않았다. 그러니 차마 기뻐할 수가 없었다. 이번에는 아무 일도 없을 거라고 아이에게 아무 문제도 없을 거라고 누가 장담할 수 있단 말인가? 그녀는 기대하지 않으면 실망하지도 않을 거라고 너무 기뻐하지 말라고 스스로를 타일렀다.

집에 돌아온 그녀는 샤워를 하고 일찍 잠자리에 들었다. 남편은 한 시간이 훨씬 지나서야 침실에 들어와 그녀가 흐느끼는 소리를 들었다. 그녀가 몸을 웅크린 채 초음파 사진을 들고 어둠 속에서 혼자 울고 있었던 것이다.

"왜 울고 있어?"
남편은 그녀를 등 뒤에서 따뜻하게 안아 줬다.
"나는 좋은 엄마가 될 수 없어… 내 몸에 있는 아이조차 지켜 주지 못했는데…."
그녀는 울음을 그칠 줄 몰랐다.
"사실 나는 우리 두 사람으로도 충분하다고 생각해."
남편이 그녀의 귀에 대고 나지막이 속삭였다.
"아이는 없어도 돼. 당신한테는 내가 있잖아. 내가 당신의 영원한 가족이 되어 줄게."
그녀는 몸을 돌려 남편의 품에 안겨 큰 소리로 울었다. 남편은 그녀의 등을 토닥거리며 달래 주었다. 그녀 스스로도 이렇게 어리광 부리는 자신이 너무나 이기적이라는 사실을 알고 있다. 지난 2년간 그녀를 돌보느라 남편의 머리는 하얗게 세어버렸다. 그녀는 흐느끼며 남편의 흰 머리를 쓰다듬었다. 남편이 말을 계속 이어 나갔다.

"만약 우리에게 허락된 아이라면 애쓰지 않아도 우리 곁으로 올 거야. 그렇지 않은 아이라면 억지로 붙잡지 말자. 우리 모두 고통스러워질 테니까."

그녀가 점차 안정을 찾아 갔다. 그가 그녀의 배를 부드럽게 만지며 말했다.

"괜한 걱정하지 말고 맛있는 것 많이 먹고 기분 좋게 잘 지내야 우리 아이도 건강하게 자라지."

그녀가 고개를 끄덕였다. 그리고 초음파 사진을 보며 말했다.

"우리 아기 코가 당신을 닮은 것 같아."

"아직 이렇게 작은데 뭐가 보인다는 거야?"

남편이 웃음을 터트렸다.

우리는 현재 주어진 행복을 보지 못한 채 손에 넣지 못한 불확실한 그 무언가 때문에 계속 먼 곳만 바라본다. 앞으로 일어날 일에 대해서는 그 누구도 확실히 장담할 수 없다. 따라서 우리가 할 수 있는 일은 이미 우리에게 주어진 행복을 놓치지 않게 꼭 붙들고 있는 것이다.

사랑할 수 없을지도 모르는 그 언젠가를 위해 애쓰지 말고, 사랑할 수 있는 지금 최선을 다해 사랑하라.

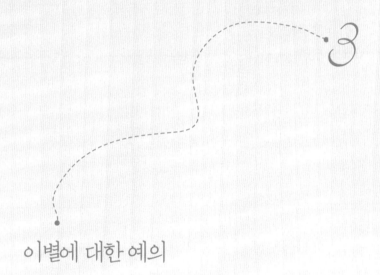

이별에 대한 예의

세상에 극복할 수 없는 아픔은 없다.
설령 지금은 너무나 고통스럽더라도 시간이 흐르고 나면
어느새 과거의 일이 되어 있을 것이다.
그러니 친구야 이별의 아픔도 재빨리 잊어야 할
숙제로 밀어내지는 말아다오.

"네가 미워지기 전에 헤어지는 편이 낫겠어."

다들 상대가 상처받지는 않을까
끔찍하게 생각해 주는 것 같다.

하지만 자세히 살펴보면 상대가 지겨워져 떠나고 싶지만
'변심'이라는 죄명은 뒤집어쓰기 싫어서
늘어놓는 황당한 변명으로밖에 들리지 않는다.

최근 주변에 커플 한 쌍이 이별을 했다. 그 이유는 이랬다.

"너를 좋아한다고 착각했었나 봐."

'뭐라고? 착각이었다고? 지난 몇 년간 우리의 관계가 너한테는 고작 오해였다고?'

만약 내가 당사자라면 마음에 이런 의문이 가득했을 것이다.

'너를 좋아한다고 착각했었나 봐'라는 말은 도대체 무슨 의미일까? 나를 좋아한다고 착각해서 사귀기로 했다는 의미일까? 그러면 3개월 후에 다시 돌아와서 이렇게 말할 가능성은 없는 걸까?

"미안해. 그때 내가 잠시 착각했었나 봐. 너랑 헤어지는 게 아니었는데…."

우리는 흔히 '감정이 사라졌다'는 이유로 이별을 선택한다. 오랫동안 만나서 혹은 계속 반복되는 단조로운 일상에 두 사람 사이의 낭만과 애정이 식은 건지도 모른다. 이런 경우 적어도 두 사람이 더 이상 함께할 수 없다는 사실을 알고 있으므로 이별이 힘들긴 해도 담담하게 받아들일 수 있다.

만약 두 사람의 이별이 불가피하다면 상대방에게 어떤 이유를 들었을 때 비교적 쉽게 받아들일 수 있을까? 예전에 누군가는 이런 시적인 표현으로 이별을 고했었다.

결국 "너는 참 좋은 사람인데 내가 많이 부족한 것 같아.", "나보다 너를 더 많이 사랑해 줄 사람을 만날 수 있을 거야." 업그레이드 버전이 아니겠는가.

어떤 친구는 이런 이유도 들어 본 적 있다고 한다.

"너를 보면 과거의 아픈 기억이 떠올라."

이런 경우 상대는 지난 사랑의 그림자를 벗어던지지 못한 채 다시 사랑에 빠졌는데 지내다 보니 고통스러웠던 옛 기억이 다시금 떠오른 것이다. 옛 사랑의 아픔을 극복하지 못하고 그것을 새로운 사랑에 전가시키는 사람은 사랑에 있어 굉장히 이기적이고 무책임한 사람이다.

그런데 이별할 때 그 이유를 아는 것이 과연 중요할까? 상대의 마음은 이미 저 멀리 떠났는데 그 이유를 안다고 상황을 바꿀 수 있는 건 아니다. 그런데도 왜 사람들은 이별의 이유를 알고 싶어할까? 이는 대부분의 사람들이 이렇게 생각하기 때문이다.

'나라면 이 상황을 바꿀 수 있을 거야.'

하지만 진짜 바꿔야 하는 것은 앞으로 다가올 새로운 사랑에 대한 태도다.

사랑을 할 때 우리는 아무 계산 없이 온전한 마음을 상대에게 내어 준다. 하지만 내 의지와는 상관없이 그 마음이 돌아왔을 때는 이미 처음의 순수하고 온전했던 모습이 아니다.

이별로 인한 고통과 상처가 모두 무의미하지는 않다. 우리는 이러한 경험으로 무언가 깨닫고 앞으로 더 행복해질 방법을 찾을 수 있다.

세상에 극복할 수 없는 아픔은 없다. 설령 지금은 너무나 고통스럽더라도 시간이 흐르고 나면 어느새 과거의 일이 되어 있을 것이다.

아무 이유도 모른 채 이별하고 싶지는 않겠지만, 이유를 안다고 해서 이별을 되돌릴 수 있는 것도 그의 마음을 잡을 수 있는 것도 아니다. 우리는 이별의 눈물을 흘린 이후에야 깨닫게 된다. 그동안 내가 준 사랑은 그 사람이 원하는 것이 아니었다는 사실을 말이다.

또한 우리는 몇 번의 이별을 경험하면서 '이별에 대한 예의'를 배우게 된다. 누군가에게 이별을 통보받는 것은, 버림받는다는 것은 어떻게 포장해도 받아들이기 쉬운 일이 아니다. 하지만 최소한 구차한 변명 따위는 늘어놓지 않는 편이 낫지 않을까? 상대의 마음을 진심으로 존중한다면 말이다.

헤어짐의 순간에 구차하게 매달리고 싶어 하는 사람이 있을까?

누구든 상대의 마음속에 아름다운 기억으로 남고 싶어 한다. 이별의 이유를 솔직하고 정확하게 말해 준다면 손을 놓는 그 순간 마음이 많이 아플지는 몰라도 최소한 이별 장면이 구질구질해 보이지는 않을 것이다. 이별을 할 때는 마음에도 없는 악담을 퍼부을 필요도, 이미 마음이 떠난 그 사람을 억지로 잡아 둘 필요도 없다. 그렇게 억지로 잡아 둬도 두 사람에게 고통스러운 시간만 길어질 뿐이다.

또 이별 후에는 괜히 그 사람의 행복을 빌어 주겠다는 등의 쓸데없는 생각보다는 차라리 내 마음을 먼저 추스르고 용기 있게 또 다른 사랑을 찾아 나서는 편이 낫다.

우리가 살면서 얼마나 많은 이별을 경험하게 될지는 아무도 모른다. 그 사람이 더 이상 당신을 사랑하지 않아서 이별한 것은 그가 나쁜 사람이라는 뜻이 아니다. 다른 누군가에게는 세상에 둘도 없는 좋은 사람일지도 모른다. 물론 당신 역시 말할 필요도 없이 좋은 사람이다. 그리고 더 근사하고 멋진 사람의 사랑을 받을 만한 가치가 있는 사람이다.

이별에 대한 예의

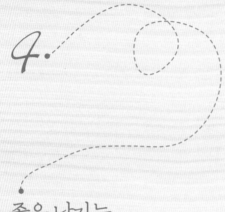

4.

좋은 남자는
하늘에서 떨어지지 않는다

바다의 특성을 잘 알고 험한 파도에 익숙한
베테랑 선장도 처음에는 항해도를 읽고
나침반 사용을 연습하는 선원에서부터 시작했다.
좋은 남자도 마찬가지다.
좋은 남자는 경험의 누적과
좋은 습관 형성으로 만들어지는 것이다.
처음부터 좋은 남자란 없다.

좋은 남자는 어느 날 하늘에서 뚝 떨어지는 것이 아니라 만들어
지는 것이다.

하지만 먼저 분명히 짚고 넘어가야 할 문제가 있다. 도대체 '좋
은 남자'란 어떤 사람을 의미할까?

잘생긴 사람? 몸이 좋은 사람? 자상한 사람? 돈 많은 사람? 착한
사람? 당신만 바라보는 사람?

아마도 일반적인 여자들이 생각하는 좋은 남자의 기준은 이러할
것이다.

하지만 당신의 기준에 따라 만들어진 완벽한 남자가 당신을 기
다리고 있을 리는 없다. 단지 당신과 함께하기 위해 자신을 변화
시킬 수 있는 남자가 있을 뿐이다.

나 역시 '강산은 바꿔도 사람의 본성은 못 바꾼다'는 말을 믿는
다. 그래서 친구들이 애인이나 배우자에 대한 불만을 토로할 때
마다 이렇게 말했다.

"나이도 먹을 만큼 먹었는데 그게 쉽게 고쳐지겠어? 그냥 받아
들여. 정 안 되겠으면 헤어지든가."

하지만 그들은 헤어지자는 얘기는 차마 꺼내지 못하고 계속 불

좋은 남자는 하늘에서 떨어지지 않는다

만을 품고 있다가 불만이 쌓이고 쌓이면 나를 찾아와 하소연하고 아무 일도 없었다는 듯 다시 그의 곁으로 돌아가곤 했다. 이런 식의 사랑은 결코 행복할 수 없다. 더욱이 두 사람이 평생 함께할 사이라면 이런 모습으로는 곤란하다.

나는 그 후에 한 남자가 번데기에서 아름다운 나비로 완벽히 변신하는 과정을 직접 눈으로 확인하고, 한 사람이 변화할 가능성을 긍정적으로 바라보게 되었다.

이 남자는 원래 집안일이라고는 손 하나 까딱하지 않는 사람이었다. 그런데 전 여자 친구와 헤어지고 2년도 채 지나지 않아 그는 완전히 가정적인 남자로 변신했다. 매주 집 안 청소와 빨래를 도맡아 처리할 뿐만 아니라 요리 학원까지 다니며 주말마다 여자 친구에게 직접 만든 요리를 선보였다. 이보다 더 완벽한 남자가 있을까? 과거의 그는 어디로 간 걸까? 도대체 무엇이 그를 이토록 바꿔 놓았단 말인가?

어느 날 그가 자신의 페이스북에 최근에 만든 요리 사진을 올렸을 때 나는 더 이상 참지 못하고 전화를 걸어 이유를 물었다.

"말하자면 모두 전 여자 친구가 길들여 놓은 습관이지 뭐."

그는 멋쩍은 듯 웃으며 말했다.

"그녀는 내가 집안일을 도와줬으면 했어."

"하지만 그때 너는 집안일 하는 걸 좋아하지 않았잖아?"

"그건 내가 어떻게 해도 그녀가 만족하지 못했기 때문이야. 내가 바닥을 쓸고 나면 자기가 다시 한 번 쓸고 빨래를 널어놓으면 가서 다시 널고… 이런 식으로 계속 비난하고 잔소리하니까 더 하기 싫어지더라고."

그가 집안일에 서툴렀던 것은 그의 탓이 아니었다. 살면서 가족들 중 누구도 그에게 집안일을 하라고 요구하지 않았기 때문이었다. 그런데 전 여자 친구는 그에게 집안일을 도와달라고 요구하면서 모든 여자가 흔히 저지르는 실수를 범했다. 바로 온전히 믿고 맡겨 두지 못한 것이다.

이렇게 해도 잘못했다 저렇게 해도 잘못했다… 여자들은 남자에게 집안일을 완전히 믿고 맡기지 못한다. 이렇게 되면 여자는 여자대로 지치게 되고 남자 역시 자신감을 잃게 된다.

사실 사람은 누구나 격려가 필요하다. 강아지들에게 악수하는 법을 가르치려면 머리를 쓰다듬어 주고 과자를 줘야 하는 것과 마찬가지다. 그를 바꾸려고 하기보다 그가 새로운 습관을 기르도록 눈감고 기다려 줘야 한다. 애초에 여자들이 남자들에게 바꾸도록 요구하는 것은 그의 본성이 아니라 습관이다. 그렇지 않다면 자신의 꽃다운 청춘을 그 남자 곁에서 낭비하고 있겠는가?

바다의 특성을 잘 알고 험한 파도에 익숙한 베테랑 선장도 처음에는 지도를 읽고 나침반 사용법을 배우는 선원에서부터 시작했다. 좋은 남자도 마찬가지다. 좋은 남자는 경험 누적과 습관 형성으로 만들어지는 것이다. 한 남자를 바꾸는 것은 결코 어려운 일이 아니다. 다만 충분한 시간이 필요할 뿐이다.

좋은 남자는 만들어지는 것이지만 당신이 그 남자의 인생에 있어 유일한 코치가 아닐 수도 있다.

만약 당신이 남자 친구의 세심함과 자상함에 행복하다고 느낀다면 먼저 두 사람을 만나게 해 준 누군가에게 감사 인사를 한 뒤, 그의 인생을 스쳐 지나간 과거의 그녀 혹은 그의 어머니에게도 감사한 마음을 가져라.

내 운명의 반쪽은 어디 있을까?

여자는 사랑 앞에서 한없이 약해진다.
때로는 마음대로 되지 않는 현실을 비관하며
신에게 이렇게 묻기도 한다.
'신이시여, 저를 영영 잊으셨나요?
왜 제게는 행복이 찾아오지 않는 걸까요?'

미혼의 여자라면 누구나 앓는 전염병이 있다. 단 이것은 공기나 타액을 통해 전염되는 병이 아니다. 이 병의 감염 경로는 아직까지 밝혀진 바가 없는데 현대 의학도 전혀 손쓸 수 없다고 한다. '사랑에 대한 비관'이라 불리는 마음의 병인데 비슷한 또래의 이십 대 여자들 사이에서 유행처럼 번진다.

이들은 자신의 미래에 대해 매우 비관적이다. 그래서 늘 이런 푸념을 늘어놓는다.

"나는 평생 제대로 된 남자를 만날 수 없을 거야."

"이제 다시는 그 누구도 사랑할 수 없을 것 같아."

이 병이 언제 어떻게 시작되었는지는 사람마다 다른데 일반적으로 남자에게 처음으로 크게 상처를 받은 순간에 발병한다. 상처의 원인은 다양하다. 남자가 바람을 피워서일 수도 있고, 성격이 괴팍해서일 수도 있고, 또 둘 다 좋은 사람이지만 감정적으로 좋지 않게 끝났을 수도 있다.

마음이 지칠 대로 지쳐버린 여자는 자신이 모든 것을 바쳤는데도 결국 끝이 났다며 괴로워한다. 그리고 이런 결론을 내린다.

운명의 반쪽이란,
원래 정해져 있던
누군가를 찾아내는 것이 아닌
내 운명의 사람으로 만들어 가는 것 아닐까?

"나는 평생 제대로 된 남자를 만날 수 없을 거야."

그런데 여자는 이런 생각으로 스스로를 학대하면서도 한편으로는 이 고통을 즐기고 있다. 여자는 단 한 번도 자신에게 소홀한 적이 없다. 내적으로나 외적으로나 더 나은 사람이 되기 위해 부단히 노력해 왔다.

문제는 여자 스스로 다시는 누군가를 사랑하지 못하도록 마음의 벽 안에 자신을 꽁꽁 가두고 무기 징역을 선고해버렸다는 것이다. 이로써 여자는 행복하지는 않았지만 안전함을 느낀다. 마음을 주지 않으면 최소한 상처는 받지 않으니까.

여자는 어느새 안전함에 익숙해져 스스로를 풀어 주지 않는다. 다시 한 번 무시무시한 연애 시장에 발을 내디딜 자신이 없는 것이다. 그러면서 친구의 소개든 선 자리든 일단 거절하지 않고 적극적으로 나간다. 이 때문에 여자 자신도 내가 지금 누군가를 만나기 위해 열심히 노력하고 있다고 착각한다.

하지만 여자는 남자들이 아무리 호감을 보여도 아무 감정도 느끼지 못한다. 훌륭한 조건의 '훈남'들에게도 말이다.

무엇이 문제일까?

문제 중 하나는 남자를 만나는 자리에 여자의 몸이 갔을지는 몰라도 마음이 완전히 따라가지 않았다는 것이다. 그리고 또 하나 중요한 문제는 스스로 너무 많은 기준을 세웠다는 데 있다.

'키는 175센티미터가 넘어야 해'

'나보다 적어도 세 살은 많아야 해'

'왜 조건도 맞지 않은 사람한테 억지로 맞춰야 하지?'

여자는 입으로는 언제든 결혼할 준비가 되어 있다고 말해 놓고 막상 남자를 만나면 이렇게 비현실적인 조건들을 늘어놓는다. 과연 여자는 그동안 소개팅이나 선 자리에서 처음 만났는데도 마음이 너무나 잘 통하는 남자를 만나지 못했던 걸까?

물론 그런 남자를 만난 적 있었다. 그런데 자리에서 일어나 보니 어라? 나랑 키가 똑같네. 탈락!

여자는 이번에도 마음속에 가위표를 그린다.

친구들과 이런 얘기를 할 때면 여자는 큰 웃음으로 자신의 초조한 속마음을 감춘다.

서른 살이 다가온다는 경보음이 울려서일까? 아니면 임신과 출산 능력에 제한을 받아서일까? 이십 대 여자들은 같은 또래의 남자들보다 마음이 더 초조하다. 반면 같은 또래의 이십 대 남자들은 여자 친구를 사귀지 못한다고 초조해하거나 불안해하지 않는다. 물론 그들도 어느 정도 고민은 하겠지만, 여자들만큼 초조해하지는 않는다.

더욱이 여자들은 사랑 앞에서는 한없이 약해진다. 이들은 마음대로 되지 않는 현실을 비관하며 신에게 이렇게 묻기도 한다.

'신이시여, 저를 영영 잊으셨나요? 왜 제게는 행복이 찾아오지 않는 걸까요?'

하지만 상황은 소리 없이 저절로 좋아지기도 한다. 파도의 물결이 오르내리듯 상황은 언제든지 변할 수 있다. 관건은 당신 역시 자신을 천천히 변화시킬 준비가 되어 있느냐는 것이다.

당신은 언젠가 마음이 잘 통하는 사람이 잘생긴 사람보다 낫다는 사실을 알게 될 것이다.

당신은 언젠가 왜소한 체격의 남자도 듬직하고 책임감 있는 사람일 수 있다는 사실을 알게 될 것이다.

그리고 언젠가 사랑하는 데 나이는 전혀 상관없다는 사실도 알게 될 것이다.

물론 스스로 변화한다고 반드시 연애에 성공한다는 보장은 없다. 하지만 상처받지 않으려고 아무것도 하지 않고 숨어만 있으면 연애를 시작할 기회조차 얻지 못할 것이다.

나이가 많다는 것이 사랑의 결격 사유가 될까?
영화 매디슨카운티의 다리가
그토록 오랫동안 전 세계 연인들에게 사랑받는 건
사그라지지 않는 불멸의 사랑을 공감해서일 거다.

사랑하는 데 나이가 무슨 상관이람

나이 차이가 많이 나는 커플, 특히 여자 나이가 많은 연상연하 커플은 언제나 듣기 싫은 어른들의 잔소리에 시달려야 한다.

"남자는 결국 어린 여자한테 가게 돼 있어. 나이 많은 여자한테 빠지는 것도 잠시라고. 짧으면 3개월, 길어 봤자 5개월이면 정신 차릴걸?"

"나이 많은 여자를 사귀면 경제적으로는 부담이 덜 될 수도 있지. 아마 운이 좋으면 평생 일 안 하고 벌어다 준 돈 쓰면서 살 수도 있을 거야."

일단 이런 이야기들이 귀에 들어오면 신경 쓰지 않으려 해도 그럴 수가 없다. 하지만 없는 데서는 나라님도 욕한다는 세상에 신경 쓴다고 뭐 별수 있나? 생각해 보면 우리도 남들에 대해 왈가왈부하기 좋아하지 않던가?

남들이 하는 이야기에 신경을 쓰는 것과 그 이야기에 정말로 마음이 흔들리는 것은 다르다. 과연 나와 전혀 상관없는 사람들이 한 말을 신경 쓸 필요가 있을까?

단 가끔은 무시하고 싶어도 무시하지 못하는 이야기도 있다. 바로 전문가들의 말이다.

"여자는 스물여덟 살 전에 출산 능력이 가장 뛰어나고 분만의 위험도 낮습니다. 배우자 간의 나이 차이는 아이를 출산하는 데 가장 중요한 요소로 남자는 자신의 나이보다 6살 어린 여자를 만나는 것이 좋고, 여자는 자신보다 4살 많은 남자를 만나는 것이 가장 좋습니다."

이런 통계 수치가 우리 감정까지 표현해 줄 수 있을까? 물론 아니다. 그런데 왜 이런 통계 결과가 나오면 나이 많은 여자들은 괜히 죄책감을 느껴야 할까? 나이 많은 여자는 당당하게 연애하지 말란 법이라도 있나? 그런 법은 없다. 하지만 그럼에도 주변 사람들의 시선과 그들의 이야기에 마음이 불편한 것은 어쩔 수 없다.

나이가 많다는 것이 과연 사랑하는 데 결격 사유가 되는 것일까? 우리는 지금까지 살면서 눈앞에 닥친 시련을 원만하게 해결하되 절대 굴복하지 말라고 배우지 않았던가?

만약 두 사람의 만남에 여자의 나이가 많다는 게 문제가 된다면 그건 남자가 애초에 이 문제를 마음에 걸려했다는 의미다. 즉, 그는 처음부터 나이 많은 여자를 배우자로 생각하지 않았고 당신은 그 남자가 세워 놓은 배우자의 조건에 부합하지 않은 것이다.

사랑하는 데 나이가 무슨 상관이랴

만약 남자가 마음속 깊은 곳에 이런 생각을 하고 있었다면
처음 만났을 때 당신의 나이를 개의치 않았을지라도
언젠가는 두 사람 사이를 갈라놓는 문제가 될 수 있다.

이것은 그 남자의 잘못도 당신의 잘못도 아니다.
당신이 남자보다 나이가 많다고 해서 미안해하거나 자격지심을
느낄 필요는 없다. 더구나 당신이 그렇게 생각한다고 해서 일
년, 아니 단 하루라도 젊어지는 것도 아니니까.
또 만약 두 사람이 헤어지게 된 이유가 당신의 나이 때문이라면
남자의 탓이라고만 할 수 없다. 솔직하지 못한 관계에 스스로를
억압해 온 당신의 탓도 있다.

생리적 나이가 많다고 모두 어른이라고 할 수 없다. 그 사람이
얼마나 성숙했는지는 정신적 나이가 결정하는 것이다. 그러니
두 사람의 관계에서도 나이 많은 사람이 반드시 더 어른스럽다
는 법은 없다. 나이가 많아도 장난기 많고 유치한 쪽이 될 수 있
다는 말이다.

확실한 것은 스스로 움츠러드는 순간 실패의 길로 들어서게 된
다는 것이다. 당신은 나이가 더 많기 때문에 그만큼 인생 경험이
더 많다. 그러니 상대가 내 마음을 알아주기만을 바보같이 기다

리지 말고 감정을 솔직하게 표현할 수 있다. 당신은 더 이상 완벽한 사랑을 꿈꾸는 천진난만한 소녀가 아니라 서로의 실수를 인정하고 보듬어 줄 수 있는 성숙한 여자다. 당신은 상대가 24시간 내내 당신 곁에 있어 주기를 바라지 않는다. 그가 곁에 없어도 자신만의 시간을 즐길 줄 안다. 당신은 연애를 해도 상대에게 의존하지 않는 훌륭한 개인이다.

그러니 지나가는 아저씨의 잔소리 정도는 한 귀로 듣고 한 귀로 흘려보내라. 사랑하는 데 당신의 나이가 무슨 상관인가?

사랑하는 데 나이가 무슨 상관이랴

사랑엔 적당한 꾀도 필요하다

안전한 기반을 만들려면 모든 일에

철저한 준비와 계획이 필요하며 기회를 선점할 줄도 알아야 한다.

우리는 흔히 꾀가 많은 사람들이 남을 해칠 것이라고 생각한다.

그래서 '꾀'라는 단어를 별로 좋아하지 않는다.

하지만 누군가의 속마음을 판단하고 생존 법칙을 터득하는 데는

적당한 꾀가 필요한 법이다.

꾀는 세상으로부터 자신을 보호하는 하나의 수단이기도 하다.

남을 해치지 않고 자신을 보호하는 데 사용하는

꾀는 나쁜 것이 아니다.

칠종칠금1 七縱七擒, 초선차전2 草船借箭 등의 꾀를 내놓은

제갈공명은 당대 최고의 책략가로 평가받았다.

반면 고대 제왕의 후궁들은 황제의 총애를 받기 위해

꾀를 써서 남을 해치기도 했다.

사실 이들 모두 고심 끝에 내놓은 방법이 아닌가?

모두 살길을 찾기 위해 내놓은 꾀인 셈이다.

인기 드라마 〈후궁견환전3 甄嬛傳〉의 결말 역시

'세상을 살아가는 데는 적당한 꾀도 필요하다'로 정리할 수 있다.

사람들은 일반적으로 여자에게 순종적이고

인내심이 강하며 기다릴 줄 알고 필요할 경우

한 발짝 물러설 줄 아는 모습을 기대한다.

그런데 이런 모습들도 사실은

여자들의 꾀에 의해 만들어진 것이다.

궁에 들어가기 전 견환도 그러한 꾀를 발휘했다.

그녀의 꾀는 궁에 들어가서도 조용히 이어졌다.

사실 견환은 황궁 안의 싸움에 휘말리지 않고

후궁으로서 조용히 늙어 가기를 원했기에

처음부터 황제의 총애를 멀리했다.

게다가 황제를 가까이하지 않기 위해 자신을 향한

온태의溫太醫의 감정을 이용했고 그렇게 반년 동안이나

황제에게서 멀리 떨어져 있었다.

견환은 궁에 들어오기 전 온태의의 청혼을 거절했지만

그와의 관계를 완전히 끊어버리지는 않았다.

그녀를 줄곧 마음에 품고 있었던

온태의는 그녀의 부탁을 기꺼이 들어주었다.

세상에 사랑하는 여자를 다른 남자의 침대로

보내 줄 사람이 어디 있겠는가!

설령 그 남자가 옹정황제라 해도 말이다.

온태의는 그녀를 사랑했기에 목이 달아날 위험도 감수했다.

그런데 반년 동안 황제를 멀리한 것이

견환의 철저한 전략이라고 생각되지는 않는가?

그녀는 후궁으로 선발된 이후 황궁 안에서 많은 사람들이

자신을 경계하고 있다는 사실을 잘 알았다.

또 일단 황제와 합방을 하고 나면

자신의 지위가 크게 올라가겠지만

일시적인 일일 뿐이라는 것도 잘 알고 있었다.

그 이후 황제의 마음을 잡아 두기 위해 이런저런 전략들을

써 봤자 황제를 질리게 할 뿐만 아니라

도리어 미움을 살 수도 있었다.

견환에 대한 황제의 총애는 남달랐고 다른 후궁들은

자신의 자리를 보전하기 위해 저마다 갖가지 계략을 펼쳤다.

그중에서도 화비華妃는 대놓고 악행을 저지르는 인물 중 하나였다.

화비가 그렇게 나쁜 행동을 일삼을 수 있었던 이유는

오라비인 연갱요 장군이 황제의 신임을 받고 있을 뿐만 아니라

그녀 역시 수년간 황제를 지극정성으로 모신

공적이 있기 때문이었다.

견환도 이러한 사실을 알고 있었기 때문에 한 번에 그녀를
무너뜨릴 수 있다고 생각하지 않았다.

견환은 화비에게 두 가지 전략을 사용했다.

첫째는 그녀를 해할 수 있는 어떤 기회도 놓치지 않는 것이었고,

둘째는 또 다른 적을 이용해 상대를 무너뜨리는 것이었다.

결국 견환은 다른 사람의 허술한 꾀를 이용해 자신의 목적을 이룬다.

그녀는 화비뿐만 아니라 다른 후궁들에게도

꾀를 적절히 이용했고 상대의 입장을 간파해

자신의 목적을 이루는 데 이용하기도 했다.

그녀는 옹정황제 앞에서도 이러한 꾀를 자유자재로 발휘했다.

겉으로는 황제의 총애를 욕심내지 않는 척하며

오히려 다른 사람을 곁에 두도록 권하고

자신은 뒤에서 조용히 눈물을 흘렸던 것이다.

옹정황제는 이런 그녀를 더욱 놓지 못했다.

봉건 시대의 황제들은 천하의 여인들을 모두

소유라고 생각했다.

자신이 총애하는 후궁들에게는 비단과 보석을 아낌없이

내주기도 했지만 그녀들 모두를 진심으로 사랑한 건 아니었다.

그래서 이런 황제의 마음을 붙잡아 놓는 것은

온전히 여인들의 몫이었다.

견환은 정사에 관여하지 않겠다고 말하면서도 적절한 때에
옹정황제의 고민을 해결해 줄 의견을 내놓았고,
후궁들 사이의 경쟁을 예의 주시했으며 장씨 형제를 몰아내고
자신의 사람인 온태의를 궁으로 불러들이기도 했다.
사람들은 처음부터 견환을 아무런 꾀가 없는 사람,
아무것도 바라지 않는 사람으로 생각했다.
그렇기 때문에 그녀는 겉으로 드러나지 않은 꾀를 이용해
상대를 쉽게 무너뜨릴 수 있었다.
게다가 그녀의 꾀는 일반 사람들은
도저히 따라갈 수 없을 만큼 고차원적이었다.
이는 타고난 영리함 덕분이기도 했다.
견환은 다른 누군가의 협박에 넘어가지 않았고
궁지에 몰릴 때까지 손 놓고 기다리지 않았다.
불리한 상황을 무조건 참지도 않았고
남에게 바보같이 속아 넘어가지도 않았다.
우리는 견환이 그랬던 것처럼 우리 자신을 불안하고
불리한 환경에 그대로 방치해서는 안 된다.
만약 내가 줄곧 어떤 어려움에 시달리고 있다면 문제는
다른 사람이 아닌 바로 나에게 있을 가능성이 크다.
안전한 기반을 만들려면 모든 일에 철저한 준비와 계획이
필요하며 기회를 선점할 줄도 알아야 한다.

견환은 진심으로 이런 소원을 빌었다.

'사랑하는 한사람과 영원히 행복하게해 주세요.'

사실 모든 사람이 같은 소원을 빌고 있지 않을까?
그 한 사람의 마음을 얻을 수 있다면 다행이지만
만약 그 마음을 붙잡아 두지 못한다면 적절한 꾀를 이용해
나 자신과 내가 소중히 여기는 모든 것들을
보호할 줄도 알아야 한다.

CHAPTER 7

다시 시작될 사랑에게 미안하지 않도록

1.

우리의 인연은 여기까지인가 봐요

우리는 서로를 만나게 될 운명이었을 뿐,
영원히 함께할 수 있는 인연은 아니었나 봐요.

깊이 잠든 그의 숨소리를 듣고 있으니 잔잔한 일상의 행복감이 몰려온다. 이렇게 깊은 밤 나는 당신에게 편지를 쓴다.

친애하는 그대에게

당신에게는 내 마음을 설레게 하는 거부할 수 없는 매력이 있었어요. 나는 그 사실을 한 번도 부정한 적 없었죠. 아마 처음에는 당신의 겸손함에 끌린 것 같아요. 당신같이 근사하고 멋진 사람이 그렇게 부끄러움 많고 내성적이라니 믿을 수가 없었죠.

우리가 점점 가까워질수록 당신을 향해 내 가슴이 뛰었던 이유가 단지 당신을 좋아해서가 아니라 어떤 만유인력과 같은 힘에 의한 것이라는 사실을 깨닫게 되었어요. 나는 점성술을 통해 우리 관계를 해석해 보았는데 당신의 태양 자리와 나의 달 자리가 맞아떨어진다는 것(역자: 점성술에서는 일반적으로 태양을 남자로, 달을 여자로 나타낸다. 태양 혹은 달의 위치는 생일에 따라 열두 별자리 중 하나로 정해진다)을 알게 되었죠.

남자의 태양 별자리와 여자의 달 별자리가 일치하는 두 사람은 서로의 생각을 잘 이해해 주고 더 많은 공감대를 형성할 수 있다고 해요.

우리의 인연은 여기까지인가 봐요

또 여자는 아무 조건 없이 남자를 사랑하고 남자는 외모의 출중함을 떠나 여자가 연인에게 기대하는 모든 요구를 만족시켜 줄 수 있다고 하네요. 다시 말해 음양의 조화가 완벽한 두 사람은 어떻게든 만나게 될 운명이라는 말이죠.

하지만 우리는 서로를 만나게 될 운명이었을 뿐, 영원히 함께할 수 있는 인연은 아니었나 봐요.

"그러니까 당신이 내 별자리를 삼켜버린 거야. 나는 달이니까 태양의 밝은 빛을 받아야 희미한 빛이라도 내비칠 수 있는 거지."

우리의 별자리 해석을 마친 후 내가 당신에게 이런 말을 했었죠. 당신에 대한 내 감정을 솔직하게 털어놓은 것도 그때가 처음이었어요. 당신은 갑작스런 내 고백에 말없이 웃기만 했어요.

전날 밤 아무리 많은 비가 와도 우리가 만나는 날에는 언제나 화창하고 맑았어요. 그때 우리는 작은 골목 안 카페에서 편안한 소파에 몸을 기대고 앉아 있었죠.

당신은 내 점성술 이야기를 듣고 있다가 웃으며 말했어요. 우리는 사실 친화수 *amicable numbers* 같은 관계라고.

"친화수?"

나는 두 눈을 굴리며 당신이 하는 말을 이해해 보려고 머리를 쥐어 짰어요. 하지만 결국은 실패했죠. 그러자 당신은 내 손을 잡고 손바

닥에 220과 284 숫자 두 개를 그렸어요. 우리가 그렇게 가까이 마주한 적은 처음이었어요. 내 두 볼은 빨개지고 심장은 빠르게 쿵쾅거렸죠. 그런데 당황한 내 모습을 보자 당신은 어쩐지 재미있다는 표정을 지었어요. 그리고 어느 순간 나도 모르게 당신의 손을 뿌리쳐버렸어요. 당신은 당황하지 않고 내 손을 다시 잡더니 설명을 계속했어요.

"친화수라는 것은 고대 그리스의 한 수학자가 발견한 숫자 두 개야. 220의 모든 약수들을 더하면 총합이 바로 284가 되는 거지."

이번에는 당신이 내 손을 놓고 테이블 위에 있는 연필을 집어 종이에 숫자를 적어 내려갔어요.

"이것 봐봐. 1, 2, 4, 5, 10, 11, 20, 22, 44, 55 이 숫자는 모두 220을 나눌 수 있는 숫자들이야. 즉 220의 약수라는 거지."

당신은 말을 하면서 숫자들에 하나씩 동그라미를 쳤어요.

"그리고 이 숫자들을 모두 더하면…."

그리고 머릿속으로 열심히 계산했죠.

"1+2+4+5+10+11+20+22+44+55는 284가 나오지."

나는 마음을 가라앉히고 당신의 수학 이야기에 집중하려고 노력했어요.

"아… 정말 그러네!"

나는 당신이 어깨를 으쓱거릴 만한 감탄사를 연발했죠.

"그런데 중요한 건 이제부터야. 284의 약수, 즉 284를 나눌 수 있는 숫자들은 *1, 2, 4, 71, 142*야. 그런데 이 숫자들의 합이 얼마인 줄 알아? 바로 *220*이야."

"그러니까 이 숫자 두 개는 서로에게 녹아있는 숫자란 말이네? 네 숫자 안에 내 모습이 있고, 내 숫자 안에 네 모습이 숨어 있는?"

당신은 나를 감격스러운 눈빛으로 바라봤어요. 그 눈은 마치 다른 누구도 자신의 생각을 나만큼 잘 알아 주지는 못할 거라고 말하는 것 같았죠.

하지만 나는 당신 안에 녹아들 수 없었어요. 그리고 당신을 내 삶에 받아들이지도 못했죠. 내 곁에 다른 사람이 있어서만은 아니에요. 당신만큼 똑똑하지도 않고 때때로 주체할 수 없이 망가지는 내 모습을 보여 주기 싫었기 때문이에요.

나 또한 당신의 약한 모습을, 그리고 다른 남자들과 마찬가지로 내 육체를 탐하는 그런 수컷의 모습을 보고 싶지 않았어요. 그러면 당신에게 가졌던 애틋한 감정과 환상이 모두 깨져버릴 테니까요.

우리의 인연은 여기까지인가 봐요.

눈물을 흘릴 필요도, 누구를 원망할 필요도 없어요.

그저 담담하게 각자의 인생을 살아가면 되죠.

결국 당신의 사랑은 새로 맞이한 당신의 신부가 독차지하게 되었네요. 이런 생각을 하면 나도 모르게 질투가 나곤 하지만 그냥 그뿐이에요.

가끔 이런 생각을 해요. 조금 더 일찍, 아니면 조금 더 늦게 그 순간을 지나쳤더라면 당신이라는 사람을 만나지 않았을 텐데… 그러면 지금 내 곁에 있는 그에 대한 마음을 의심해 볼 필요도, 당신을 만나야 할지 말아야 할지 고민할 필요도 없었을 텐데….

하지만 결국 우리는 만나게 되었고 그 누구에게도 상처 주지 않기 위해 온 힘을 다해 저항했어요.

우리의 감정은 가장 아름다웠던 처음 그 순간에 머물러 있어요.

그런 편이 훨씬 나을지도 몰라요.

나는 그것으로 만족해요.

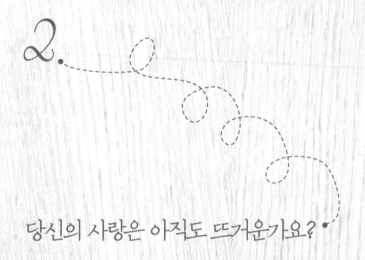

2.

당신의 사랑은 아직도 뜨거운가요?

결혼을 결정하고 평생 함께하기로 약속했을 때
그녀는 두 사람의 사랑이 언제까지나 뜨거울 줄 알았다.
지금처럼 반복적인 일상에 묻혀
무감각해질 줄은 꿈에도 몰랐다.

"마취할 때만 조금 아플 거예요. 그래도 참을 만할 겁니다."

의사가 잔뜩 긴장하고 있는 그녀를 안심시키며 말했다.

그녀는 평생 자신이 이런 일을 하게 될 줄 몰랐다. 빼어나게 예쁜 얼굴은 아니었지만, 오늘이 오기 전까지는 한 번도 얼굴에 칼을 대겠다고 생각해 본 적 없었다.

"하지만 이제 돌이킬 수 없어…."

그녀가 혼잣말을 중얼거렸다.

"네? 뭐라고요?"

의사가 물었다.

"아… 아무것도 아니에요."

그녀가 대답했다.

"그럼 긴장 풀고 잠시 쉬고 계세요. 준비하고 조금 있다가 시작할게요."

의사가 수술대 위에 누워 있는 그녀의 어깨를 가볍게 두드렸다.

머릿속이 복잡했다. 진심으로 남편의 좋은 배우자, 영원한 배우자가 될 수 있을 거라고 생각했었다. 결혼식 날 그러겠노라고 맹세했었으니까.

당신의 사랑은 아직도 뜨거운가요?

15년이 지난 지금, 그들은 여전히 서로의 좋은 짝이다. 하지만 언제부턴가 남편이 자신을 여자로 보지 않는 것 같은 느낌을 받았다. 구체적으로 표현하기는 어렵지만 미묘한 변화를 느꼈다. 언제부턴가 남편이 자신의 몸에 눈길을 주거나 가벼운 스킨십조차 하지 않는 것 같았다.

무엇보다 두 사람은 더 이상 대화를 하지 않았다. 서로 말을 하긴 했지만 대화를 하지는 않았다.

"오늘 저녁에 늦어."

"오후에 친구랑 약속 있어."

그들은 이런 식으로 자신의 행적을 보고하는 상투적인 말을 주고받을 뿐이었다.

두 사람의 관계는 언제부턴가 형식적이고, 냉담하고, 소원하게 변해 갔다. 그들은 원래 대화가 끊이지 않는 좋은 친구였다. 서로의 결정을 누구보다 지지해 주고 상대의 감정을 이해해 주며 상대가 어떤 행동을 할지 누구보다 잘 알았다.

그래서 결혼을 결정하고 평생 함께하기로 약속했을 때 그녀는 두 사람의 사랑이 언제까지나 뜨거울 줄 알았다. 지금처럼 반복적인 일상에 묻혀 무감각해질 줄은 꿈에도 몰랐다. 결국 두 사람은 그들의 사랑을 결혼이라는 무덤 속에 파묻어버렸던 것이다.

이러한 상황을 앉아서 지켜 보고 있을 수는 없었다. 자신의 결혼 생활을 원래대로 돌려놓고 싶었고, 서로 늘어 가는 뱃살과 눈가의 주름을 보며 놀리고도 싶었고, 인생의 마지막 순간에도 그가 내 곁을 지켜 주었으면 좋겠다고 생각했다. 만약 지금의 상황을 바꿀 수만 있다면 어떠한 일이라도 할 자신이 있었다.

수 많은 사람들 중에 오직 당신을 선택했다.
인생의 파트너로 함께 긴 여정을 시작했다.
그 사랑이 더 깊어질 것을 기대하면서
그러나 당신은 바쁘다.
사랑을 잊어버릴 만큼
더 이상 당신 옆에 나를 돌아보지 않을 만큼

"먼저 수술 부위에 수술용 소독 천을 좀 덮을게요. 이제 마취를 할 겁니다. 마취에서 깨어나면 아름다운 얼굴이 되어 있을 거예요."

그녀가 살짝 고개를 끄덕였지만 마음속은 여전히 혼란스러웠다.

이어서 그녀의 얼굴에 초록색 수술용 천이 놓였다.

"수술이 끝나면 우선 회복실로 이동할 거예요. 오늘 가족 중에 같이 오신 분이 계신가요?"

가족…

순간 그녀의 머릿속에 그의 얼굴이 떠올랐다. 얼굴이 바뀌어도 그가 날 계속 사랑해 줄까? 그렇다면 과연 기뻐할 수 있을까?

"죄송합니다. 이 수술 못하겠어요."

그녀는 초록색 천을 치우고 수술을 취소하고는 병원을 나섰다.

시끌벅적한 거리에는 젊은 남녀 여럿이 어디로 갈지 장소를 정하고 있었다. 하지만 그녀가 돌아갈 곳은 오직 한 곳밖에 없었다.

그때, 그녀의 휴대폰이 울렸다. 남편에게서 온 메시지였다.

'회식이 이제 끝났어. 당신이 좋아하는 냉채 족발 샀어. 조금만 기다려. 곧 갈게.'

그녀의 눈시울이 붉어졌다.

내가 너무 많은 것을 원했던 걸까? 그는 여전히 그때처럼 무뚝뚝하고, 과묵하고, 무드 없는 남자다.

'집에서 기다릴게.'

그녀는 눈물을 훔치고는 간략하게 답장을 보냈다. 그리고 빠르게 지나치는 거리 풍경을 바라보며 생각했다.

'결혼을 하고도 계속 연애하는 기분으로 살고 싶다면 함께 손잡고 영화를 보러 가는 일부터 시작해 보면 어떨까?'

그녀는 휴대폰으로 최근 개봉한 영화를 검색하기 시작했다.

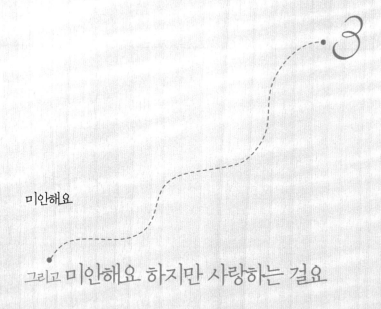

미안해요

그리고 미안해요 하지만 사랑하는 걸요

더 이상 당신 옆에 있을 수는 없을 것 같아요.
도저히 참지 못할 그리운 사람이 생겨버렸거든요.
용서를 바라지는 않을게요.
다만 나를 잊어 주길 바랄 뿐이에요.

지금 내가 처한 현실에서 도망치고 싶었던 적 있는가? 다른 사람들은 당신이 아주 행복하게 살고 있다고 생각하는데 말이다.

우리 눈에 다른 사람의 인생은 백화점 쇼윈도의 진열품처럼 화려해 보인다. 그들의 삶은 아무 어려움 없이 순탄해 보이고 너무나 달콤하고 아름다워서 감히 도달할 수 없는 꿈처럼 느껴진다. 이렇게 아무런 온기도 감정도 느낄 수 없는 아름다움을 봤을 때 가장 먼저 드는 생각은 바로 부러움이다. 아마도 우리가 갖지 못한 인생에 대한 부러움일 것이다.

우리는 늘 다른 사람들의 행복한 모습을 부러워한다.
그런데 도대체 행복이란 무엇일까?

여러 번 사랑의 아픔을 경험한 사람은 단 한 번의 연애로 결혼까지 골인한 사람을 부러워한다. 그러면서 이들이 눈물 흘리고 가슴 아파할 일도 없이 확실하게 보장된 행복을 얻었다고 생각한다. 하지만 아직 젊은 나이에 평생을 함께할 배우자를 결정하려면 얼마나 큰 용기가 필요할까? 얼마나 많이 양보해야 할까? 얼마나 많이 참아야 할까? 또 얼마나 많은 밤을 몰래 눈물로 지새워야 할까? 주위 사람들은 이런 점을 전혀 생각하지 못한다.

인생은 너무나 긴데 이렇게 젊은 시절에 만난 사람이 평생 자신만을 사랑하겠다는 약속을 정말로 지킬지 어떻게 알 수 있을까? 게다가 만약 자신이 먼저 백년해로하겠다는 약속을 깨고 다른 사람을 사랑하게 된다면 어떻게 될까?

그녀는 최근 이런 고민에 빠졌다. 엄격히 말하면 근래 갑작스럽게 일어난 일이라고는 할 수 없다. 그녀처럼 보수적인 사람에게는 사랑의 감정이 아주 천천히 스며드는 법이다. 처음에는 그녀도 그에 대한 감정을 부인했었다. 자기 자신에게도 남들에게도 그는 그저 좋은 친구일 뿐이라고 얘기했었다.

만약 평생의 반려자인 남편이 자신의 친구가 되어 줄 수 없다면, 그래서 아무도 자신의 얘기를 들어 줄 사람이 없다면⋯ 그러면 어떻게 해야 할까?

그녀는 근래 계속 이 문제를 두고 혼자 고민해 왔다. 하지만 남들 눈에 그녀는 그저 무엇 하나 부족한 게 없어 보이는 부러움의 대상이었다. 그녀는 애써 누군가를 찾으려고 하지 않았지만 자신의 온몸이 갈망하고 있다는 사실을 알고 있었다. 그리고 가장 도움이 필요했던 순간 그가 나타났다. 그는 결혼이라는 울타리 안에서 숨이 막혀 가던 그녀를 구해 냈다.

그녀는 자신이 마치 결혼 생활의 인질이라도 된 것 같은 기분이었다. 결혼이라는 방 안에 감금된 인질, 다른 사람들의 부러운 시선에 사로잡힌 인질, 자신의 허영에 사로잡힌 인질, 가족들의 체면에 사로잡힌 인질, 그리고 한때 따뜻하고 다정다감했던 남편에게 사로잡힌 인질처럼 느껴지곤 했다.

그녀의 행복은 다른 사람들이 모두 부러워하는 쇼윈도의 진열품 같이 아무런 온기도 감정도 느낄 수 없는 것이었다. 하지만 처음부터 그랬던 것은 아니다. 남편이 사업에 성공하기 전, 그는 그녀의 얘기를 귀 기울여 들어 줬고 말도 안 되는 이야기를 지껄일 때도 언제나 그녀를 바라보며 웃어 주었다. 그때는 남편의 가벼운 포옹에도 심장이 두근거렸다.

지금은 무엇이 변한 걸까?

남편은 사업에 성공했지만 그들의 사랑의 무게까지 견뎌 내지는 못했다. 그는 이제 그녀의 얘기를 들어 줄 시간이 없었고 더 이상 그녀를 침대로 끌어들이기 위해 갖은 아양을 떨지도 않았다. 예전 같았으면 그를 기다리는 회의도, 끊임없이 울리는 전화기도 모른 척했을 텐데 말이다. 예전에 그녀는 잠을 잘 때면 언제나 차가운 두 발을 그의 다리 사이에 끼고 잤다. 그래야만 잠이 잘 왔기 때문이다. 하지만 이제는 더 이상 그러지 않는다. 예전에 그는 그녀의 배를 꼬집으면서까지 억지로 웃기려고 했다. 하

때로 어떤 사람에게는 정해진 운명을
거스른 사랑이 찾아오기도 한다.

발버둥 쳐도 다가가게만 되는 그런…
아프지만 거부할 수 없는 사랑이 오기도 한다.

지만 이제 두 사람은 살을 부대낄 일도 많지 않다. 그가 일부러 그러는 것은 아니다. 단지 너무 피곤할 뿐이다.

운이 좋은 날에는 잠들기 전에 남편이 침대로 들어오는 것을 볼 수 있다. 하지만 그녀가 무슨 말이라도 꺼내려고 하면 어느새 남편의 코 고는 소리가 들려온다. 깊이 잠든 그의 옆에서 그녀는 두 눈을 깜박이며 멍하니 천장만 바라봤다.

그동안 그녀가 얼마나 많은 밤을 홀로 눈물 흘리며 보냈는지 모른다. 이것은 그녀가 원하는 인생이 아니었다. 물론 그녀가 꿈꾸던 결혼 생활은 더더욱 아니었다.

'이렇게 평생을 살아야 할까?'

그녀는 자기 자신에게 끊임없이 이런 질문을 던졌다.

하지만 그를 만난 이후 그녀는 더 이상 눈물을 흘리지도 않았고 밤에 편히 잠들 수 있게 되었다.

"나 다른 사람을 사랑하게 되었어."

그녀는 이 말을 깊이 잠든 남편 옆에서 마음속으로 수천 번도 더 외쳤다. 사실 그녀가 다른 사람을 사랑하게 되었다기보다는 사랑받는 느낌이 어떤 것인지 다시 알게 되었다고 하는 편이 낫겠다. 단지 그 상대가 남편이 아닐 뿐이다. 그녀는 애써 변명거리를 찾지 않았다. 이미 분명한 사실이었으니까.

그는 남편을 대신해 그의 배역을 최선을 다해 연기해 주었다. 대본을 들고 나긋한 목소리로 그녀가 듣고 싶어 하는 대사들을 낭독했다. 그녀는 자신이 이 남자의 어떤 면을 사랑하게 되었는지 설명하기 어려웠다. 한 가지 확실한 것은 지금 그녀에게는 그가 너무나 필요하다는 것이었다. 그는 그녀의 말에 귀를 기울여 주고 이해해 주었다.

그녀는 더 이상 남편에게 화를 내지 않게 되었다. 이제 남편은 그녀에게 반드시 필요한 존재가 아니었다. 남편의 역할을 대신해 줄 그 사람이 있었기 때문이다.

인생에는 예고편이 없다. 그러므로 모든 결정의 순간에 최선을 다해야 한다. 최선을 다했는데도 실패했다면 최소한 자기 자신에게만큼은 부끄럽지 않을 수 있으니까 말이다.

만약 당신도 지금 이런 혼란을 겪고 있다면 결과가 어찌 되었든 그동안 당신을 사랑해 주고 당신을 받아 준 지금의 남편에게 감사해야 한다. 새로운 인생을 시작하든, 남편에 대한 사랑을 회복하든 만약 당신이 최선을 다했다면 당신은 두 번째 기회를 누릴 수 있는 충분한 자격을 갖춘 것이다.

미안해요 하지만 사랑하는 걸요

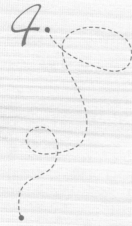

당신과 나 사이에 놓인 행복의 기준

당신은 나에게 무엇이든 해 주고 싶어 하죠.
더 많은 것을 누리게 해 주고 싶어하는 당신의 마음을 알아요.
그거 아나요?
당신이 내게 줄 수 있는 가장 큰 선물은
바로 당신이라는 걸요.
그저 나는 당신이면 되는 걸요.

"이제 어떻게 해야 당신을 기쁘게 할 수 있는지 모르겠어."
마크가 손에 들고 있던 박스 테이프를 내려놓고 소파에 털썩 주
저앉으며 말했다.

18평 남짓한 아파트에 냉랭한 기운이 맴돌았다. 집 안 곳곳에는
포장을 기다리는 물건이 놓여 있었고 대문 밖에도 내용물과 번
호가 적혀진 종이 박스가 서너 개쯤 쌓여 있었다. 이틀 뒤에 이
박스들은 주인 부부와 함께 새집으로 이사 갈 것이다.

바오얼은 그의 말을 듣고도 손에서 일을 놓지 않았고 한숨을 크
게 한 번 내쉬고는 다시 바쁘게 움직였다. 그녀는 익숙한 솜씨로
물건들을 상자 안에 넣고는 테이프로 잘 포장한 상자를 온 힘을
다해 집 밖으로 옮겼다. 도와달라는 얘기도 없이 혼자 짐을 나르
는 고집스러운 그녀의 모습에 그는 한숨을 쉬며 아내에게 다가
갔다.

"내가 할게."
그는 바오얼에게 상자를 건네받았을 때에야 비로소 그녀가 울고
있었다는 사실을 알고 깜짝 놀랐다.

당신과 나 사이에 놓인 행복의 기준

어렸을 때부터 그는 여자들이 눈물을 보이는 순간을 가장 난처해했다. 특히 자기 때문에 울게 되었을 때는 정말 어찌할 바를 몰랐다.

그는 당장 상자를 옆에 내려놓고 어지러운 집 안 어딘가에서 휴지를 찾아 그녀에게 건넸다.

"무슨 생각을 하는지 말해 줄 수 있어?"

그가 그녀의 두 손을 꼭 잡고 말했다.

마크의 두 손에서 느껴지는 온기에 바오얼은 더욱 서럽게 울기 시작했다. 그녀는 몇 번이나 말을 하려고 했지만 목이 메어 하지 못하다가 한참 후에야 더듬더듬 말을 꺼냈다.

"나… 이사… 가고 싶지… 않아…."

그는 방금 자신이 들은 얘기를 믿을 수가 없었다.

"이사 가고 싶지 않다고? 도대체 왜? 새로 이사 갈 집에 같이 갔을 때는 분명 좋아했잖아?"

마크는 아내의 말을 믿을 수가 없었고 갑자기 감정이 격해져서 자기도 모르게 목소리가 높아졌다.

"새로 이사 갈 집에는 빨래를 널 수 있는 베란다도 있고, 빌트인 주방도 있고, 당신 서재로 쓸 만한 작은 공간도 있고, 장모님이 오시면 주무시고 갈 손님방도 있고… 다 당신이 원하던 거잖아. 그런 집으로 이사 가고 싶다며!"

바오얼은 이제 울음을 그치고 그를 멍하니 바라봤다.

"이미 계약서도 썼고 계약금도 줬는데 이제 와서 이사를 가기 싫다니!"

마크는 흥분해서 좁은 공간을 계속 왔다 갔다 움직였다.

"내가 당신이 좋아할 만한 집을 구하기 위해 얼마나 애썼는지 알아? 얼마나 많은 집을 돌아다녔는지 아느냐고!"

바오얼은 그제야 한숨을 쉬며 말했다.

"알아. 당신이 얼마나 애쓰는지 알기 때문에 그동안 말을 못했던 거야."

두 사람은 잠시 침묵했다. 냉정을 찾은 마크가 다시 물었다.

"이사 가기 싫은 이유가 뭐야?"

바오얼은 몸을 일으켜 어질러 놓은 상자를 지나 대문 쪽으로 가서 마크를 바라보며 말했다.

"이 벽에 긁힌 자국은 우리가 여기로 이사 오던 날 소파를 옮기면서 남긴 흔적이야…."

그녀는 다시 주방 오른쪽을 가리키며 말했다.

"여기 테이블 앞에 벽면에는 우리가 함께 붙인 세계 지도가 있어. 우리는 여기서 같이 가고 싶은 곳을 이야기하곤 했잖아…."

그는 그녀를 따라 몸을 돌렸다.

"그리고 이 벽걸이형 텔레비전은 내가 집주인을 며칠이나 설득해 허락받은 거잖아. 당신이 벽에 못을 박고 텔레비전을 걸었을때 나는 우리 집이 완성된 것 같은 기분이 들었어…."

그녀는 말을 하면서 눈물을 글썽이다가 목이 메어 말을 잇지 못했다. 마크가 그녀에게 다가가 그녀를 품에 안으며 말했다.
"이곳을 떠나기 아쉬운 거 알아. 하지만 새로운 집에서 또 우리만의 추억을 만들어 가면 되잖아."
바오얼은 그의 품에서 고개를 가로저으며 말했다.
"새로 이사 갈 집을 사느라 당신은 이제 주말도 없이 일하고, 매일 야근하고… 얼굴 볼 시간도 없잖아. 최근에는 일주일 동안 제대로 얘기할 시간도 거의 없었어."
마크는 그녀의 눈물을 닦아 주며 가만히 얘기를 듣고 있었다.
"당신한테 큰 집이 갖고 싶다고 말한 적 없어. 더 큰 집에서 당신도 없이 혼자 외롭게 지내는 건 정말 싫어. 게다가…."
그녀는 눈물을 보인 것이 부끄러웠는지 멋쩍게 웃으며 말을 이었다.
"일요일 아침에는 당신이랑 같이 침대에 누워서 아무것도 안 하고 뒹구는 게 가장 좋단 말이야."
그는 바오얼을 행복하게 해 주려고 열심히 노력했으면서 정작현재 그녀가 가장 행복해하는 순간은 잊고 지냈던 것이다.

내 말에 까르르 웃는 당신이 좋다.
나를 보고 눈을 마주치며 속닥속닥 수다 떠는 당신이 좋다.
내게 가장 갖고 싶은 것이 무엇이냐고 묻는다면
나를 바라보는 그저 당신이라고 말하고 싶다.

"우리가 했던 약속 기억나? 만약 싸우게 되면 화내기 전에 마음 속으로 백까지 세기로 한 것 말이야."

"물론 기억하지!"

마크가 고개를 끄덕이며 그녀의 입술에 가볍게 키스했다. 바오얼이 달콤한 미소를 지으며 말했다.

"새집이 너무 커서 만약 내가 화가 난 채로 방 안에 숨어서 백까지 다 세도 당신은 내가 화난 줄도 모르고… 나한테 사과하러 찾아오지도 않을까 봐 걱정이야."

마크는 아내의 일방적인 얘기에 웃으며 말했다.

"그 말은 우리가 싸우게 되면 무조건 내 탓일 거라는 뜻이야?"

"그렇지 않을까?"

바오얼을 두 눈을 동그랗게 뜨고 당연하다는 듯 말했다.

"알았어! 걱정하지 마. 그렇게 울기를 좋아하니 당신은 아마 백까지 다 세지도 못할 거야. 셋까지 세다가 이미 울기 시작할 거고 그럼 나는 아마 바로 당신한테 사과하겠지? 방 안에 숨어서 혼자 화내고 있을 시간도 없을 거야."

"내가 언제 그렇게 많이 울었다고!"

바오얼이 해명하려고 했지만 마크가 이미 뜨거운 키스로 그녀의 입을 막아버렸다.

비 오는 날에는 시원한 빗소리를 감상할 수 있고 맑은 날에는 따뜻한 햇볕을 마음껏 느낄 수 있다. 이렇듯 그날그날마다 느낄 수 있는 행복이 존재하는 법이다. 중요한 것은 우리가 어떤 자세로 자신의 인생을 살아가느냐에 달렸다.

진정한 행복은 먼 곳만 바라보며 언젠가 찾아올지도 모르는 행복을 상상하는 것이 아니다. 진정한 행복이란 먼 곳을 향해 있던 시선을 붙잡아 와 자신이 현재 누리는 행복을 돌아보고 그것들을 진심으로 대하는 것이다.

당신과 나 사이에 놓인 행복의 기준

5

나를 사랑해?

여자들에게 있어 "사랑해."라는 말은 관계의 이정표 같은 것이다.
생뚱맞고 뜬금 없는 상황에 언제나 듣고 싶은.
내가 다른 생각에 빠져 있을 때조차 당신이 내 생각을 했다는
무언의 증거가 되기 때문이다.

이틀 전 나는 요즘 유행한다는 새로운 장난 하나를 알게 되었다.
방법은 아무 설명도 없이 휴대폰으로 상대방에게 '사랑해.'라는
세 글자의 문자 메시지를 보내고 대답을 기다리는 것이다.
실제로 누군가에게 이 문자를 보냈던 사람들이 받은 문자를 보
니 믿을 수 없다는 반응이 대부분이었다. 특히 평소 '사랑해.'라
는 말을 절대 하지 않을 것 같은 사람에게 문자를 보냈을 때 그
들은 더 민감하게 반응했다.
그들이 보내온 내용은 이런 식이었다.
'너 무슨 사고 쳤냐?'
'뭐 갖고 싶은 거 있어?'
'휴대폰 번호도 도용되나?'
'Who are you(누구세요)?'
대부분 의문형의 답변이었고 아주 소수의 사람들만이 상대방의
사랑한다는 말을 있는 그대로 받아들였다. 하지만 달콤한 말로
사랑을 고백한 사람은 거의 없었다.
여자들 역시 예외는 아니었다. 왜 사람들은 '사랑해.'라는 말을
그렇게 받아들이기 힘들어하는 것일까?

무엇 때문에 이렇게 의심이 많아졌을까? 눈앞에 사랑하는 사람의 고백을 왜 있는 그대로 받아들이지 못하는 것일까?

의심의 목소리 외에 난처하다는 반응도 많았다.

그들은 대부분 난처함을 농담으로 무마시키려고 했다. 그런데 그들이 농담하면서까지 피하고자 했던 것은 무엇일까? 바로 자신도 '사랑해.'라는 세 글자의 대답을 해야만 하는 상황이 아니있을까? 도대체 '사랑해.'라는 말에 어떤 징크스가 있기에 누구나 간절히 듣고 싶어 하지만 또 가장 듣기 두려워하는 말이 된 것일까?

이런 종류의 화제에 대해 얘기할 때면 남자들은 매우 난처해한다. 그들은 사랑한다고 말해도 뭔가 찝찝하고 말하지 않으면 인생이 더 피곤해진다고 불만을 토로했다.

여자들에게 있어서 '사랑해'라는 세 글자는 사랑의 이정표 같은 것이다. 그래서 두 사람의 사랑이 안정적인 상태에 도달했을 때에만 '사랑해.'라는 말을 할 수 있다고 믿는다. 그뿐 아니라 그 말을 미래를 함께하자는 언약과 맹세로 여긴다.

하지만 남자들은 여자의 사랑한다는 말에 사랑한다고 대답했을지라도 며칠 뒤, 아니 한 시간 뒤에라도 또다시 이런 질문을 받을 수 있다는 사실을 명심해야 한다.

"나를 사랑해?"

남자들은 이런 질문을 받을 때마다 난처해할 필요가 없다. 여자들이 자신을 사랑하느냐고 끊임없이 확인하려고 하는 것은 아이들이 엄마, 아빠를 붙잡고 "나 잘했어?"라고 끊임없이 확인하고 싶어 하는 것과 같은 심리다.

사탕을 좋아하는 어린아이가 한 번의 단맛으로 만족하지 못하는 것처럼 그녀 역시 한 번의 표현으로는 만족하지 못하고 끊임없이 사랑을 확인하고 싶어 한다. 이것은 평소에 얼마나 사랑을 많이 표현했든 상관없이 그저 심리적인 필요에 의한 것이다.

심지어 여자는 헤어짐의 순간에 이르러 이제는 아무것도 소용없다는 사실을 알면서도 이렇게 묻고 싶어 한다.

"나를 정말 사랑했니?"

그녀는 지난날 자신이 감정을 헛되이 낭비하지 않았다는 사실을 증명해 주길 원하는 것이다. 하지만 남자들은 다르다. 남자들은 만난 지 두 달도 되지 않아 당신이 그를 미치게 하는 순간에야 아무 생각 없이 '사랑해.'라는 말을 내뱉을 수 있다. 이때 그들이 외치는 '사랑해.'라는 말의 의미는 이렇다.

'너 때문에 돌아버릴 것 같아. 너를 당장 던져버릴지도 모르니까 그만하자.'

한 조사에 따르면 50퍼센트의 남자들이 아무 의미 없이 '사랑해.'라는 말을 한다고 한다. 즉 절반 이상의 남자들이 하는 '사랑해.'라는 말에는 여자들이 원하는 그런 뜻은 없다는 의미다.

하지만 이러한 결론이 모두 정확한 것은 아니다. 조사에서 언급한 '아무 의미 없이'라는 말의 뜻은 많이 생각해 보지 않았다는, 조금 전 얘기했듯이 '아무 생각 없이'라는 의미다. 아무 생각 없이 말했다고 해서 그가 당신을 사랑하지 않는다는 뜻이 아니다. 그 사람 역시 그 말을 하는 순간만큼은 당신을 사랑하고 있다고 생각한다. 단 남자들의 사랑한다는 말은 여자들보다 충농적인 경향이 크다. 하지만 그렇다고 해서 여자들의 마음이 설레지 않는 것은 아니다.

여자들은 남자들이 어떤 목적이 있을 때만 사랑한다는 말을 한다고 비난해서는 안 된다. 만약 어떤 남자가 당신에게 사랑한다고 고백하고 나서도 당신과 일정한 거리를 유지한다면 자신이 정말로 사랑받고 있는지 의심이 들지 않겠는가?

주변에 한 남성 친구가 했던 말처럼 사람마다 사랑을 표현하는 방식과 사랑을 느끼는 방식이 다르다.

"표현하지 않는다고 해서 사랑하지 않는 것이 아니고, 표현한다고 해서 진심으로 사랑한다는 것도 아니다."

물론 여자들은 '사랑해.'라는 말을 듣는 순간 그 사람이 진심으로 나를 사랑한다고 믿고 싶어 한다. 그가 두 사람의 미래를 생각하지 않고 오직 그 순간의 감정에 사로잡혀 한 말이었을지라도.

남자들에게 "사랑해"는 말은
지금 이 순간의 감정을 표현하는 도구다.
반면 여자들에게 "사랑해"는 말은
지금 이 순간과 두 사람의 미래에 대한 확신의 의미가 포함된다.

"사랑해."라는 말을 어떻게, 얼마나 많이 해야 할까? 그것은 함께 있는 두 사람이 서로의 사랑을 느낄 정도면 충분하다.

내가 사랑한다고 한 만큼
그 사람도 똑같이 사랑한다고 말해야만
두 사람의 사랑 등식이 성립하는 것은 아니다.
그는 당신을 위해 무엇이든 양보하고,
당신을 진심으로 아끼지만
매일 "사랑해"라는 말을 입에 달고 사는 당신과는 달리
그 말을 쉽게 꺼내지 못하는 것일 수도 있다.

사랑한다고 말하지 않아도 두 사람의 마음속에 있는 사랑이 균형을 이룬다면 그것으로 된 것이다.

295

6.

너에게서 내 모습이 비칠 때

"사랑할 때 가장 무서운 건 내 몸속에 이미 상대의 피가 흐르는데 나는 그 사실을 모르고 있는 거야"

사랑을 할 때 반드시 변화가 필요하다. 변화의 시기만큼 중요한 건 바로 변화의 내용이다. 많은 연인이 바로 이 '변화'에 관한 문제로 자주 싸우고 심지어 헤어지기도 한다.

"너 요즘 변했어. 우리가 처음 연애하기 시작했을 때는 항상 상냥하고 매일 맛있는 도시락도 싸 주더니….'

이것은 누군가 변한 것이다.

"내가 몇 번이나 말했는데 아직도 못 고쳤어? 냄새나는 양말을 아무 데나 벗어 놓지 말란 말이야!"

이것은 누군가 변하지 않은 것이다. 만약 두 사람 중 누군가 마음이 변해 다른 사람을 사랑하게 되었다면 그것은 정말로 관계의 끝을 의미한다. 변화는 너무 늦게 찾아올 때도 있고 아무도 모르게 나타날 때도 있다. 그리고 때로는 상대가 원하지 않는 변화가 일어나기도 한다. '강산은 바꿔도 사람의 본성은 못 바꾼다'는 말처럼 이미 스무 살, 서른 살을 훌쩍 넘겨버린 성인의 본성을 바꾸는 일이란 결코 쉽지 않다. 하지만 사랑에 관해서는 예외도 있다. 사랑의 힘은 '천지를 놀라게 하고 귀신도 울린다'고 한다. 그러니 한 사람을 변화시키는 것도 사랑의 힘이 있다면 생각만큼 어려운

　　　　　　　　너에게서 내 모습이 비칠 때

일이 아닐 수도 있다. 홍콩 영화 〈담배 연기 속에 피는 사랑 志明與春嬌〉의 후속작 〈골치 아픈 사랑 春嬌與志明〉에서는 사랑이 한 사람을 어떻게 변화시키는지 잘 보여 준다. 주인공 춘자오 春嬌는 남자 친구 즈밍 志明이 자신과의 약속 장소를 회사 고객의 접대 장소와 똑같은 곳으로 잡았다는 사실을 용서할 수 없었다. 그런데 그와 헤어지고 만난 남자 역시 그녀와 만난 자리에서 늘 회사 일을 하느라 정신없었다. 그런데 이번에 춘자오는 이렇게 말했다.

"당신이 일을 해야 한다면 어쩔 수 없죠."

이렇듯 춘자오는 남자의 일을 이해해 줄 수 있는 사람으로 변했다. 그것이 자신이 내놓을 수 있는 최선의 절충안이라는 사실도 받아들이게 되었다. 사랑은 소리 없이 자신을 변화시키기도 한다. 하지만 그 변화는 어떤 계기가 있기 전까지는 알아차리기 어렵다. 어느 날 남자가 춘자오를 사랑하게 된 이유에 대해 이야기했을 때 그녀는 눈물을 흘렸다. 남자는 춘자오가 감동을 받아 운 것이라고 생각했지만 사실은 아니었다. 춘자오가 눈물 흘린 까닭은 오직 그녀만 알았다.

"어떻게 해서든 장즈밍의 그림자에서 벗어나고 싶었는데 어느 순간 보니까 내가 또 다른 장즈밍이 되어 있었어."

나와 함께 이 영화를 봤던 친구는 이렇게 말했다.

더 이상 너를 사랑할 자신이 없어 떠나갔다. 그런데 나도 모르는 사이에 나는 또 다른 너로 변해 있었다. 지금 내 앞에 있는 이 남자는 변해버린 내 모습을 보고 사랑에 빠졌다고 한다. 정말 아이러니하다. 연인들은 어떻게 해서든 상대를 자신이 원하는 모습으로 바꾸려고 한다. 하지만 결국은 서로의 감정만 상하게 할 뿐이다. 사람과 사람의 관계에서 흔히 저지르는 실수는 상대에게는 전혀 쉽지 않은 일을 내 기준대로 너무나 쉽게 생각해버리는 것이다. 그래서 상대를 바꾸려고만 할 뿐 그 사람의 어려움은 쉽게 무시하는 경우가 많다. 두 사람의 관계에서 가장 어려운 것은 서로를 진심으로 이해하고 배려하는 것이다. 사실 사람이 그렇게 쉽게 변하지 않는 것은 아니다. 변하려면 충분한 시간이 필요할 뿐이다.

만약 당신이 남자친구의 세심함과 자상함에 행복하다고 느낀다면 먼저 두 사람을 만나게 해 준 누군가에게 감사 인사를 한 뒤, 그의 인생을 스쳐 지나간 과거의 그녀에게도 감사한 마음을 가져라. 왜냐하면 현재 당신이 사랑하는 그 사람은 과거에 그를 사랑했던 그녀가 바꿔 놓은 사람이기 때문이다. 두 사람이 헤어진 후에야 그는 지금의 모습으로 변했고 바로 그때 당신을 만나게 된 것이다.

사람이 이렇게 변할 수도 있으니 사랑의 변화는 이보다 훨씬 더 할 것이다. 한순간의 망설임이 돌이킬 수 없는 결과를 낳는 것이 바로 사랑이니까.

너에게서 내 모습이 비칠 때

혼자 산다는 것

혼자 산 지도 벌써 여러 해, 당신은 지금의 생활이 너무나 익숙하다.

그런데 문득 이렇게 계속 혼자 살다 보면

무슨 일이 일어나지는 않을까 걱정되기 시작한다.

뭔가 대단한 준비가 필요한 것 같은 생각이 든다.

어젯밤 한바탕 눈물을 쏟았다.

방 한가운데를 지나다 책상 모서리에 발가락을 부딪혔기 때문이다.

하지만 대성통곡한 그 이유가 너무 보잘것없어

다른 사람들에게는 차마 말하지 못할 것 같다.

살짝 부딪혔는데도 온몸으로 고통이 전해져

그 자리에 주저앉아버렸다.

사실 눈물이 날 정도로 발가락이 아팠던 건 아니다.

눈물이 난 이유는 갑자기 너무나 외로웠기 때문이다.

지금 내 곁에는 발가락이 아픈지 걱정해 주고,

울지 말라고 달래 줄 이가 아무도 없다.

누군가 곁에 있었다면

이게 다 당신 때문이라고 투정을 부릴 수도 있었을 텐데….

정말로 아무도 없다.

이런 생각이 머리에 스치는 순간 나도 모르게 눈물이 왈칵 쏟아졌다.

혼자 산다는게 그렇다.

병뚜껑이 열리지 않아도,

전등을 갈아끼워야 할때도,

무거운 물건을 날라야할때도 아무도 도와줄 사람이 없다.

가끔은 내가 너무 무기력하게 느껴지곤 한다.

하지만 혼자 살면 좋은 점도 있다.

TV 리모컨을 혼자 독차지할 수 있고

자고 싶은 만큼 늘어지게 잘 수도 있다.

누구에게도 구속받지 않고 자유로움도 만끽할 수 있다.

혼자 산 지도 벌써 여러 해, 지금의 생활이 너무나 익숙하다.

그러다 문득 이렇게 계속 혼자 살다

무슨 일이 일어나지 않을까 걱정되기 시작한다.

뭔가 대단한 준비가 필요한 것 같은 생각이 든다.

당신은 원래 준비성이 철저한 사람이다.

식빵이 다 떨어지기 전에 미리 사다 놓고,

욕실장 안에는 샴푸와 휴지, 로션 등 생필품들이 가득 채워져 있다.

'머리를 감으려고 들어갔는데 물이 나오지 않으면 어쩌지?'

'볼일을 다 봤는데 휴지가 없으면 어쩌지?'

당신은 "물이 안나와!", "휴지 좀 갖다 줘!"라고 소리쳐도

즉각 달려와 해결해 줄 사람이 없기 때문에

생활 속에서 일어날 수 있는 모든 가능성을 생각해 두곤 한다.

하지만 모든 상황을 예측하는 건 불가능하다.

'예상하지 못한 일이 일어나면 난 어쩌지?'

당신은 이렇게 계속 혼자 살다가 겪게 될지 모르는

급작스러운 상황이 두렵다.

만약 혼자서 늙어 가게 된다면 어떤 준비가 필요한 걸까?

노후 관련 소식이나 정보를 접할 때면 괜스레 마음이 초조해진다.

혼자 살 때를 위해 준비해야 할 목록을 작성해 본다.

주택, 보험, 간병인… 그러다 펜을 내려놓는다.

무엇을 더 해야 할지 떠오르지 않기 때문이다.

당신은 이런 자질구레한 걱정을 떨쳐버리기 위해 산책을 나선다.

그런데 길을 걷다 보니 어느 교회에서 붙여 놓은 포스터가

눈에 들어온다. 거기에는 이렇게 쓰여 있다.

내일의 일을 걱정하지 마세요.
내일은 내일의 걱정이 있으니까요.
오늘의 고민은 오늘로 끝내세요.

당신은 구원을 얻은 기분으로 안도의 한숨을 내쉰다.

그러니 지금 이 순간 혼자만의 생활을 맘껏 즐겨라.

혹시 모르지 않는가,

당장 내일 누군가를 만나게 되어

지금의 자유를 누리지 못하게 될지도.

CHAPTER 8

우린 왜 이렇게 어려운 거야?

이유라도 알았더라면

여자와 남자의 가장 큰 차이는 어떤 문제가 생겼을 때
여자들은 자기 자신을 먼저 돌아보는 반면
남자들은 지나치게 자기 자신을 믿는다는 점이다.

우리는 종종 이별의 이유를 알지 못한다.
혹은 이별의 이유를 들었지만
그 이유를 곧이곧대로 믿을 수 없을 때도 있다.

늦가을의 어느 날 오후, 보슬보슬 내리는 가랑비를 맞으며 원원과 산책을 했다. 그녀는 최근에 시작도 못 해 보고 관계가 끝나버린 사람이 있다며 얘기를 꺼냈다.

시작도 못 해 보고 끝난 관계란 연인 사이로 채 발전하지 못하고 공중분해 되어서버린 관계를 의미한다. 정식으로 교제했다고 보기 어렵기 때문에 연애라고 하기보다 관계라고 표현하는 것이 맞을 것 같다.

원원과 그 남자는 친구의 소개로 먼저 페이스북 상에서 친구가 되었다. 두 사람 모두 성숙한 어른이었기 때문에 새로운 친구를 사귀는 것에 대해서는 열린 마음을 갖고 있었다.

어느 날 남자가 소개해 준 친구를 통하지 않고 직접 만나자는 연락을 해 왔을 때 원원은 흔쾌히 응했다. 두 사람은 직접 얼굴을 보고 만난 후 서로에게 좋은 첫인상을 남겼고 남자는 그 뒤로도 연락을 계속해 왔다. 매일 문자 메시지에 전화에 페이스북 채팅방까지 한 달이라는 시간 동안 두 사람 사이에 연락이 끊어진 적이 없었다.

각자 멀리 떨어진 곳에서 회사에 다니느라 바빴기 때문에 첫 만

남 이후로는 직접 만날 기회는 없었다. 그런데 원원이 어느 주말 친구와 화둥花東 지방에 여행을 갔을 때 남자로부터 이런 메시지를 받았다고 한다.

"갑자기 네가 너무 보고 싶어. 그럴 수만 있다면 당장 네가 있는 곳으로 달려가고 싶어."
"이 정도 표현이면 나한테 확실히 호감 있다는 거 아니야?"
원원이 물었다.
"그렇지! 그런데 네 대답도 중요해. 뭐라고 그랬어?"
나는 고개를 끄덕이며 추궁했다.
"내일 타이페이로 돌아가. 시간 될 때 한 번 만나자."
그녀는 이렇게 무미건조하게 대답했다. 반가움의 표현이나 달콤한 말들은 전혀 없이 말이다.
내가 이런 사실을 지적하자 그녀가 해명했다.
"아냐. 그게 문제가 되진 않았던 것 같아. 그 남자는 그 뒤로도 굉장히 적극적으로 연락을 해 왔거든. 이상한 일은 한참 뒤에 일어났어."

지난주에 남자는 시간을 내서 원원이 있는 타이페이에 올라왔고 친구들 모임에 그녀를 데려갔다. 그런데 그 모임 이후로 그와의 연락이 완전히 끊어졌다고 한다.

이유라도 알았더라면

친구들 모임에서 도대체 무슨 일이 있었던 걸까?

그녀는 앞에 놓인 샐러드를 친구들 접시에 일일이 덜어 준 것과 자신의 주량만큼 와인을 몇 잔 마신 것밖에는 없다고 했다.

나는 그녀와 함께 무엇이 문제였는지 분석해 보려고 했지만 도무지 원인을 알 수 없었다.

그날 모임 후 남자는 한순간 증발해버렸다. 문자 메시지도, 전화도, 페이스북 채팅방에도 그의 흔적은 보이지 않았다. 마치 처음부터 존재하지 않았던 사람처럼 그렇게 종적을 감췄다.

"내가 무슨 잘못이라도 한 걸까?"

원원이 근심스러운 얼굴로 내게 물었다. 그녀의 표정을 보자 나도 모르게 한숨이 나왔다.

여자와 남자의 가장 큰 차이는 어떤 문제가 생겼을 때 여자들은 자기 자신을 먼저 돌아보는 반면 남자들은 지나치게 자기 자신을 믿는다는 점이다. 일반적으로 두 사람 사이에 문제가 생겼을 때 여자들의 첫 반응은 다들 원원과 같다.

"내가 무슨 잘못이라도 한 걸까?"

"이유를 알고 싶어?"

"당연하지. 그런데 어떻게 대놓고 물어보겠어?"

"그럴만한 가치가 있는 사람이면 물어보고."

"그렇지는 않아. 다만 뭔가 기분 나쁘고 찝찝해."

그렇다. 이런 경우에 아무렇지도 않을 사람이 어디 있겠는가! 물론 이유를 캐물어 봤자 결국은 당신을 좋아하지 않기 때문에, 당신이 아니어도 괜찮기 때문에 떠나갔다는 결론이 날 것이다. 그럼에도 당신은 도대체 어떤 지뢰를 밟았기에 그렇게 순식간에 등을 돌려버렸는지에 알고 싶을 것이다. 내가 잘못한 일이 아니라는 사실을 확인받고 싶을 것이다.

성인이 되고 어느 정도 나이를 먹으면 사람은 모두 각자의 지뢰를 안고 산다. 그런데 이 지뢰는 말하지 않으면 또 그 사람을 겪어 보지 않으면 절대 이해할 수 없다. 혹여나 다른 사람들이 예민하고 세심한 관찰력으로 당신의 모든 감정 변화와 성장 과정의 어두운 그림자를 알아차려 주리라 기대하지 말자.
자신이 지닌 지뢰는 가능하면 분명하게 표시해 주기 바란다. 어느 누군가 당신의 지뢰를 밟아 몸이 산산이 조각나버렸는데 천당 혹은 지옥에 가서까지 '내가 도대체 왜 죽었을까?'라고 생각하지 않게 말이다.
당신이 아니면 안 되기 때문이 아니다.
죽더라도 이유는 알고 죽자는 것뿐이다.

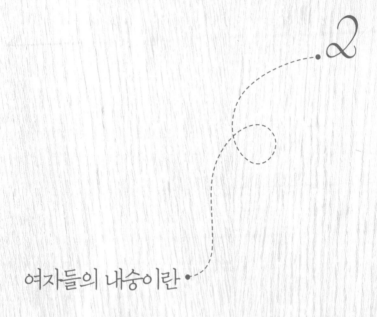

여자들의 내숭이란

'눈앞의 행복을 완전히 믿어서는 안 된다.'
그녀가 이렇게 생각하는 이유는
당신을 믿지 못해서가 아니라
스스로를 믿지 못하기 때문이다.

여자들에게는 민감한 여섯 번째 감각, 즉 육감이 있다고들 말한다. 하지만 정확히 말하면 타고나길 여자들이 남자들보다 교활한 것이다.

여자들은 정말 선천적인 육감을 갖고 있는 것 같다. 그래서 뭔가 잘못되었거나 수상한 일은 본능적으로 알아차린다. 이런 '육감'은 그녀들이 오랫동안 쌓아 온 관찰 능력이라고 볼 수 있다.

여자들이 육감으로 알아차리는 일에는 이런 것이 있다.

'남자 친구의 마음이 나를 떠난 것 같아.'

'그의 친절이 예사롭지 않다.'

특히 '그의 친절이 예사롭지 않다.'라는 것은 그녀에게 누군가 친구 이상의 감정으로 접근하고 있다는 것을 의미한다. 이런 경우 여자들은 금방 알아차린다. 그녀가 그 남자에게 관심을 두지 않고 있다 하더라도 그녀의 육감은 민감하게 반응하며 이 모든 사실을 포착한다.

그러니 만약 당신이 그녀에게 다른 의도로 친절을 베풀고 있다면 그녀가 모를 리 없다. 단 그녀가 당신에게 관심이 없다면 당신의 친절에 대해 아무것도 모르는 척할 것이다. 그래야 당신이

여자들의 내숭이란

상처받는 것에 아무런 책임을 지지 않으면서 당신의 친절은 계속 누릴 수 있기 때문이다.

당신이 더 이상 참지 못하고 그녀에게 고백한다면 그녀는 두 눈을 동그랗게 뜨고 이렇게 말할 것이다.

"뭐라고? 네가 나를 좋아하는지 꿈에도 몰랐어! 나를 그냥 좋은 친구로 생각하는 줄 알았지."

누가 그냥 친구 사이에 밥은 먹었는지, 옷은 따듯하게 입었는지 일일이 걱정하겠는가? 그렇게 사랑이 넘치면 길거리 노숙자들도 걱정하고 있겠지. 또 누가 그냥 친구 사이에 전화 한 통이면 달려오겠는가? 콜택시도 아닌데. 그리고 누가 그냥 친구 사이에 사고 싶다는 물건을 기억하고 있다가 생일날 두 손에 들고 나타나겠는가? 흑심 가득한 선수들이나 하는 일이지!

그런데 만약 '당신이 좋아하는 것을 그녀가 모르지 않는다'는 상황의 전제를 '그녀도 당신을 좋아하고 있다면'으로 바꾼다면 어떻게 될까?

그녀는 당신의 진짜 마음을 확신할 수 없어 전전긍긍할 것이다. 왜냐하면 원래 관심이 있으면 혼란스러워지기 때문이다. 하지만 그녀의 방황은 오래가지 않을 것이다. 두 사람의 감정이 어느 정도 자리 잡는다 싶으면 그녀의 '아무것도 모르는 척'은 내숭, 도도함, 억지로 진화한다. 그녀는 당신을 자신의 손바닥 위에 올려놓고는 보호 본능을 이용해 당신을 조종하기 시작할 것이다.

다샨과 메이메이는 장거리 연애 중인 커플이다. 살다 보면 집 안 곳곳에 여자 혼자서는 해결하기 힘든 일들이 생기는데 메이메이는 이러한 일들을 다샨에게 하나도 빠짐없이 얘기하곤 한다. 멀리 떨어져 있는 그로서는 늘 여자 친구가 걱정될 수밖에 없었다. 어느 날 두 사람이 화상 채팅을 하는데 메이메이가 눈물을 글썽이며 집에 바퀴벌레가 나와서 자기가 얼마나 놀랐는지 얘기했다. 메이메이를 위로하던 다샨은 얼마 후 그녀에게 인터넷 사이트 링크를 보내 주었다. 제목은 '바퀴벌레를 박멸하는 여덟 가지 방법'이었다.

그런데 메이메이는 계속해서 오늘 하루 동안 무슨 일이 있었는지 얘기할 뿐이었다. 잠시 후 다샨이 그녀의 말을 끊고 물었다.

"방금 내가 보내 준 링크 열어 봤어? 거기에 바퀴벌레의 습성에 관해서 자세히 나와 있고 천연 물질로 바퀴벌레 죽이는 약을 만드는 방법도 여러 개 있더라. 내가 보기에 두 번째 방법이 그나마 간단하고 안전한 것 같아⋯."

다샨이 설명을 계속하려는데 이번에는 메이메이가 그의 말을 끊고 웃으며 말했다.

"나는 볼 필요 없을 것 같은데."

그녀가 고개를 저었다.

"왜 필요가 없다는 거야? 이해가 잘 안 돼? 어렵지 않아. 재료도

여자들의 내숭이란

마트에서 구입할 수 있는 것들이고."

다샨이 설명을 계속하려고 했다.

그런데 그녀는 이번에도 고개를 저으며 말했다.

"자기가 아무리 설명해 줘도 잘 몰라. 대신 나한테는 좋은 방법이 하나 있지! 여덟 가지 방법이나 배우지 않아도 된다고."

다샨이 고개를 갸우뚱하며 물었다.

"그렇게 대단한 방법이 뭔데?"

메이메이가 환하게 웃으며 말했다.

"그 방법이 뭐냐 하면… 바로 자기지! 내일 기차 타고 올라와서 여덟 가지 방법인지 뭔지로 다 없애 주면 되잖아!"

그녀는 당신이 그녀의 눈물에 약하다는 사실을 알고 있다.

그녀는 당신이 그녀를 모른척하거나 혼자 감당하게 두지 못한다는 사실을 알고 있다.

그녀는 당신이 크고 작은 일들을 모두 해결해 주기를 바라고 힘든 일이 생겼을 때도 가장 큰 힘이 되어 주길 바란다.

그녀는 아무 거리낌 없이 당신에게 의존하고 당신을 누구보다 신뢰한다.

하지만 그렇다고 해서 그녀가 당신에게 자신을 완전히 내맡기는 것은 아니다. 다만 그녀는 자신이 당신을 필요로 할 때 언제든지 나서 줄 수 있는지 알고 싶은 것이다. 밖에서는 그녀가 얼마나 독립적인 사람인지는 몰라도 당신과 함께 있는 그녀는 이렇게 마음껏 떼쓰고 의존할 수 있는 당신을 필요로 한다.

당신이 그녀에게 얼마나 큰 확신을 하고 있든 여자들은 늘 이런 생각을 하고 있다.

'눈앞의 행복을 완전히 믿어서는 안 된다.'

그녀가 이렇게 생각하는 이유는 당신을 못 믿어서가 아니라 스스로를 믿지 못하기 때문이다. 그녀는 자기 자신이 당신에게 사랑받을 만한 자격이 있는 사람인지 믿지 못하기 때문에 끊임없이 사랑을 증명해 줄 것을 요구한다.

하지만 지혜로운 여자라면 적당한 선에서 그칠 줄도 안다. 남자들에게 적당히 보호 본능을 느끼도록 하면서도 너무 피곤하게 하지 않는 정도로 말이다.

남자들을 혼란스럽게 하는 여자들의 아무것도 모르는 척, 내숭, 억지, 불안감 등은 사실 여자들의 똑똑한 두뇌에서 나오는 것이다.

　　　　　　　　　　　　　　　　여자들의 내숭이란

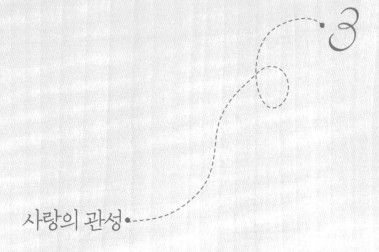

사랑의 관성

예상 밖 행동으로 나를 행복하게 해 주곤 해, 당신이.
하지만 어느 땐 예상 밖의 행동으로 나를 슬프게도 하지.
참 아이러니하지만
사랑이란, 받고 싶은 대로 주는 법이니까.
내가 당신에게 원하는 건 아마도
당신의 방식이 아닌 내가 원하는 방식일 거야.

샤오화는 일 문제로 며칠 동안 집을 비우게 되면서 키우던 고양이 세 마리를 고양이 호텔에 맡겼다.

"나나는 최근에 새로 들어온 녀석 때문에 심술이 나서 단식투쟁 중이에요."

샤오화는 작은 갈색 고양이를 쓰다듬으면서 고양이 호텔 직원인 안안에게 이렇게 말했다.

"저희가 먹이 주는 일에 신경을 많이 쓸게요. 혹시 불안하면 시간 나실 때 화상으로 고양이 상태를 확인할 수도 있어요."

안안은 샤오화를 안심시키며 고양이 세 마리가 들어갈 우리에 설치된 카메라를 가리켰다. 샤오화는 고양이들과 작별 인사를 나눈 뒤 눈물을 글썽이며 떠났다. 안안은 가게 아래층에서 올라와 고양이들에게 먹이와 물을 줬다.

새로 들어왔다는 녀석은 몸집이 작고 마른 외눈박이 고양이었다. 샤오화는 이 녀석이 못생긴 외모 때문에 결국 보호소에 버려질까 봐 동물 병원에서 보자마자 분양받기로 결심했었다.

외눈박이 고양이의 이름은 미미였다. 이 녀석은 작은 몸집에도 불구하고 마치 아무 두려움도 느끼지 못하는 양 낯을 가리지 않

사랑의 관성

았다. 처음 만나는 상대도 무서운 줄 모르고 먼저 다가가 발톱으로 힘껏 할퀴어 댈 정도였다. 이 녀석은 남의 눈에 띄는 것을 무서워하지 않을 뿐만 아니라 오히려 모두의 주목을 받기 위해 두 발의 발톱으로 주변을 용감하게 탐색하고 다녔다. 마치 다른 이들의 애정과 인내심을 시험하기라도 하는 것처럼 말이다.

세 마리의 고양이들 중 몸집이 가장 큰 검은 고양이 또또는 정반대였다. 이 녀석은 미미보다 몸집이 몇 배나 크면서 언제나 눈을 크게 뜨고 불안한 듯 주위를 살피며 경계했다. 그리고 틈만 나면 사람들의 눈에 띄지 않는 곳에 숨어버렸다. 안안은 또또가 겁이 가장 많고 온순하다는 사실을 알 수 있었다. 이 녀석은 사람을 보면 일단 구석으로 숨어들어 모습을 감춰버린다. 또또는 안안이 다가가면 쓰다듬어 달라는 표시로 몸을 길게 늘어트렸다. 안안이 고양이들이 있는 우리를 떠나 다른 층에서 일을 볼 때 유일하게 유리에 기대어 야옹거리며 우는 녀석도 또또다.

"사람이나 동물이나 사랑을 원할 때 하는 행동이 비슷하다고 생각되지 않아?"

그날 밤 잠들기 전, 안안은 남편에게 고양이 세 마리에 대해 얘기하다가 이렇게 물었다.

"어떤 면에서?"

남편은 하루 종일 피곤했을 아내의 어깨를 주물러 주고 있었다.

"사람들 역시 자신의 감정을 말로 표현하는 데는 서투르잖아. 언어로 소통할 수 없는 동물들처럼 그들의 행동을 보면 무슨 생각을 하고 있는지 알 수 있을 것 같아."

"그렇지."

남편이 고개를 끄덕였다.

"나나가 난식투쟁을 하는 이유는 주인의 사랑을 새로 들어온 미미한테 뺏길까 봐 그런 거야. 그래서 그런 행동으로 자신이 화가 나고 불안하다는 것을 표시하는 거지. 나나는 소유욕이 아주 강한 녀석이야."

"맞는 말이야."

"미미는 한 번도 사랑이라는 문제로 상처받지 않은 어린아이 같아. 뭐든 두려워하지 않고 시도하는 편이야. 마치 오직 뜨겁게 사랑할 기회가 없을까 봐 걱정하는 사람처럼 말이야."

"하하! 고양이에게 뜨거운 사랑이라…."

남편은 그녀의 비유에 웃음을 터트렸다.

"정말이라니까!"

안안이 진지한 얼굴로 말했다.

"그럼 또또는?"

"또또는…."

검은 고양이 또또의 이야기가 나오자 그녀의 목소리가 한층 부드러워졌다.

"또또는 이미 너무 많은 일을 겪어서 마음속에 근심이 가득한 것 같아. 사람들 눈에 띄지 않으려고 하면서도 사랑받기를 갈망해. 그저 다시 상처받는 것이 두려운 것뿐이야."

"며칠 돌봐 줬을 뿐인데 그 녀석의 특성을 다 파악했네?"

"맞아. 또또가 사람들이 다가오지 못하게 괜히 겁을 주고 심술을 부릴 때마다 안타까운 마음이 들어."

"그럼 우리 집 창창은?"

남편이 안안의 머리를 쓰다듬으며 물었다.

안안은 고개를 돌려 침대 밑에 웅크린 창창을 보자 얼굴에 미소가 번졌다. 창창은 나이 많은 골든 리트리버로 성격이 온순하고 사람들을 좋아한다. 말을 잘 듣고 사고도 거의 치지 않는 편이라 주인의 사랑을 듬뿍 받고 있는 녀석이다.

"창창은 혼자 지내는 것에 너무나 익숙해진 녀석이야. 만약 누군가 창창의 생활에 들어가고자 한다면 이 녀석의 생활 습관들을 모두 받아들여 줘야 하고 혼자만의 시간과 장소도 반드시 제공해 줘야 해. 다시 말해 창창은 구속받기를 싫어하는 녀석이야."

"하하! 당신은 동물 통역사 해도 되겠는 걸?"

누군가 당신을 어떻게 대해 주기를 바란다는 이런 희망 사항들을 사랑의 관성이라고 할 수 있겠다. 우리는 모두 각자의 사랑의 관성을 지니고 있다. 다만 어떤 사람들은 조금 더 세심한 관성을 갖고 있다는 차이일 뿐이다. 예를 들면 이런 것이다.

"나는 네가 오른쪽에서 내 손을 잡아 줬으면 좋겠어."

"그의 어깨가 내가 기댈 수 있는 높이에 있었으면 좋겠어."

사랑의 관성은 시간에 따라, 그리고 우리가 경험하는 일에 따라 조금씩 변하기도 한다. 늘 같은 모습은 없다.

당신은 사랑할 때 자신의 사랑의 관성이 무엇인지 알고 있는가? 혹은 상대의 사랑의 관성이 무엇인지 알고 있는가?

그런데 무엇보다 중요한 것은 당신이 생각하는 사랑의 관성이 아니라 상대가 원하는 관성에 따라 그 사람을 대해 줬는지에 관한 것이다. 사랑의 관성에는 옳고 그른 것이 없다. 단지 상대에게 어떻게 사랑받고 싶은지 각자의 방식이 있을 뿐이다.

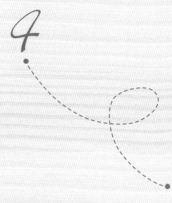

포기해야 하는 이유

사람은 사람을 결코 바꿀 수 없다.
다만 물들어 갈 수 있을 뿐.

'불가능하니까 믿는다!'

이 아이러니한 문구는 2007년 영국의 베스트셀러《예멘에서 연어 낚시Salmon Fishing In The Yemen》에 나오는 부분이다. (역자: 우리나라에서는《사막에서 연어 낚시》라는 제목으로 출판되었다)

소설과 관련해 정말 '불가능'이라는 생각이 드는 두 가지 사실이 있다.

첫째는 이 소설이 폴 토데이Paul Torday의 처녀작인데 무려 그녀의 나이 예순 살에 출판되었다는 것이고, 둘째는 바로 사막에서 연어 낚시를 하겠다는 생각 자체다.

그렇다면 왜 예멘에서의 연어 낚시가 불가능한 것일까? 왜냐하면 예멘은 중동에 있는 나라로 수온이나 수질이 연어가 서식할 수 없는 환경이기 때문이다. 연어는 주로 차가운 물에서 서식하는 물고기로 생존에 물의 수온이 가장 중요하다. 연어가 서식하기 가장 적합한 물의 온도는 5~17℃다.

그런데 어느 날, 연어 낚시를 좋아하고 돈이 많은 예멘의 부족 족장이 연어 낚시를 할 때만큼은 신분의 차별이 없다는 점을 들어 연어 낚시를 도입해 자국의 계급의식을 없애겠다는 말도 안 되는 주장을 한다.

이야기의 주인공 알프레드 존스 박사는 영국 해양청 소속의 어류학자로 매우 진지한 사람이다. 알프레드는 아내 메리와 대학을 졸업하자마자 결혼했고 어느덧 20년이라는 시간이 흘렀다. 처음에 두 사람의 사랑은 뜨거웠다. 그런데 그렇게 뜨거웠던 사랑은 먹고사는 일에 치여 점점 식어 갔다.
부부 관계도 서로의 성적 욕망을 채우기 위한 것일 뿐 낭만은 찾아보기 힘들었다. 절정의 순간이 사라지기 무섭게 메리는 그를 몸에서 밀어냈다. 과연 이들이 사랑을 나눈다고 할 수 있을까? 이러한 행위는 사랑이 부재한 동물적인 섹스에 불과하다.

하지만 존스는 이러한 생활이 딱히 나쁘다고 생각하지 않았다. 그와 메리는 지금의 평온하고 안정적인 관계에 만족하고 있고 둘 다 이성적이고 사업 정신이 강한 사람들이었기 때문이다.
존스와 메리는 결혼기념일 선물로 각각 이코노미스트 잡지와 전동 칫솔의 교체용 칫솔모를 주고받았다. 존스는 술을 마시는 것과 관련해서도 자신만의 엄격한 규칙이 있었는데 결혼식같이 경사스러운 날에도 예외는 아니었다.
그들은 이러한 관계에 한 번도 불만을 품지 않았다. 하지만 어느

포기해야 하는 이유

순간 그들에게도 변화가 찾아왔다.

20년의 시간이 흐른 뒤 그들에게는 어떤 변화가 일어났던 걸까?

20년의 시간이 흐른 뒤 그들에게 정녕 아무것도 남지 않았을까?

이러한 질문은 영화 〈카페 드 플로르Café de Flore〉에도 등장한다.

결혼한 지 3개월이 채 되지 않은 새댁 모니카는 어느 날 오후 언니와 함께 이 영화를 보다가 아연실색해서는 영화관을 나왔다.

"이 영화는 무슨 멜로 공포물 같아."

그녀가 불만 가득한 목소리로 말했다.

"20년 동안 천생연분이라고 여겼던 사랑이 오해였다고? 어떻게 그렇게 갑자기 다른 사람과 사랑에 빠질 수 있어! 나같이 이제 막 결혼한 사람들은 도대체 이런 일을 어떻게 받아들여야 해?"

20년간 서로 아무 문제없이 지냈다고 해서 그 사람이 평생 당신을 사랑하리라 생각하는 것은 큰 오산일 수 있다.

너무나 놀랐다는 그녀의 얘기를 듣고 나는 장만연의 소설 《엄연기儼然記》가 떠올랐다. 작가는 전생에서 이루지 못한 사랑이 있다면 현세에서 반드시 만나게 된다고 했다.

어느 날 문득 다른 사람과 첫눈에 사랑에 빠지게 되었다는 아내. 하지만 언제나 아내의 곁에서 사랑을 갈구하는 남자에게도 아내는 첫눈에 빠진 사랑이었다. 6년의 기다림 끝에 결국 결혼

을 포기하게 된 그는 아내의 친한 친구로부터 모든 사실을 듣게
되었다.

"그녀를 이해할 수 있겠어요?"
아내의 친구가 그에게 물었다.
남자는 괴로운 표정을 지으며 말했다.
"이해할 수 있을 것 같아요. 제가 그녀를 처음 봤을 때 그런 기분
을 느꼈으니까요…"
누군가를 사랑할 때 상대에게도 똑같이 사랑해달라고 요구할 수
있을까?
그녀가 당신을 진심으로 사랑하지 않았다고 확신할 수 있을까?
새로운 사랑을 찾아 떠난 사람들은 모두 죽을죄를 지은 나쁜 이
들일까?
그가 당신을 사랑하기 전에 이미 그녀를 사랑하고 있었던 것은
아닐까?

'불가능하니까 믿는다!'
이 말은 사실 그 일이 논리적으로 가능하고 불가능하고를 떠나
처음부터 믿으려 했다고 해석할 수 있다. 또는 다음과 같이 강한
의지를 드러내는 말로도 해석이 가능하다.
'무슨 일이 있어도 나는 믿음을 버리지 않겠어!'

포기해야 하는 이유

무엇에 대한 믿음을 버리지 않아야 할까? 그것은 모든 가능성에 대한 믿음이다.

좋은 일도 나쁜 일도 모두 일어날 수 있다고 믿는 그런 자세다.

믿음은 어떠한 고통도 받아들일 수 있게 하는 힘이 있다.

왜 그 사람은 변하려고 하지 않는 걸까?

나는 그를 위해 이렇게까지 변했는데…

왜 그 사람은 내가 떠난 뒤에야 변한 걸까?

내가 그렇게 오랜 시간 기다렸는데….

왜 내가 영원한 짝이라고 생각했던 그 사람이

20년이나 지나서 나를 떠난 것일까?

그럼 지난 20년은 우리에게 무슨 의미였을까?

그렇다면 내 영원한 반쪽은 대체 누구고, 어디 있단 말일까?

변해버린 사랑 앞에서 갈피를 못 잡고 허덕이는 이들은 단지 지푸라기라도 잡고 싶은 심정일 것이다. 그들에게는 자신을 포기시킬 수 있는 이유가 절실히 필요하다. 그래야 원망과 슬픔을 거두고 그 사람이 없는 내일로 나아갈 수 있기 때문이다.

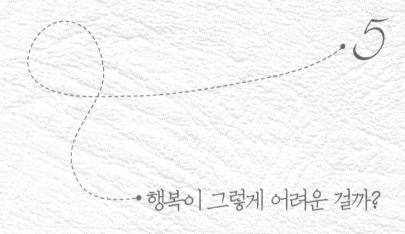

5

행복이 그렇게 어려운 걸까?

지금 우리 인생에서 가장 행복한 순간을 보내고 있는데
당신만 그걸 모르고 있는 거 알아?

행복이란 그렇게 어려운 것일까? 왜 우리는 늘 자신이 행복하기를 원할 뿐 진정으로 행복을 누리지는 못하는 걸까? 누구나 행복하기를 원한다. 과연 행복이란 이룰 수 없는 꿈일 뿐일까?

혹시 당신이 지금 인생에서 가장 행복한 순간을 보내고 있으면서도 이를 알아차리지 못하는 것은 아닐까. 그렇게 생각해 본 적은 없는가?

사람들은 현재 자신이 가진 것이 얼마나 소중하고 아름다운 것인지 깨닫지 못하고 언제나 자신의 생활에 대해 불평불만을 늘어놓는다. 그리고 엄청난 시련이 닥쳐올 때쯤 이렇게 생각한다.

'아… 그때 나는 모든 것을 가진 행복한 사람이었구나.'

왜 진작에 이런 사실을 깨닫지 못하는 것일까?

나는 갖가지 행동 지침들이 나열된 자기 계발서를 좋아하지 않는다. 그런데 얼마 전 읽었던《무조건 행복할 것: 1년 열두 달 내 인생을 긍정하는 48가지 방법》(역자:《The Happiness Project》, 저자: Gretchen Rubin)이라는 책에서 많은 조언을 얻었다. 이 책은 자기 계발서라기보다 자기암시에 관한 책이라고 해야 할 것 같다.

이 책에서는 행복해지는 방법은 의외로 간단하다고 말하고 있다. 누구나 이 사실을 잘 알고 있지만 자주 까먹는다. 그래서 주변에서 벌어지는 작은 일들이 얼마나 소중한지 끊임없이 암시해줘야 한다. 《무조건 행복할 것》의 저자가 독자들에게 전하고자 하는 뜻은 이렇다. '작은 일들을 실천함으로써 우리 생활을 바꿔 보자. 그러면 무언가 깨닫는 바가 있을 것이다.'

당신은 행복하지 않은 것이 아니라 조금 더 행복해지고 싶은 것이다. 어떤 중대한 어려움에 직면했거나 위기가 닥쳐 어쩔 수 없이 자신의 인생을 변화시켜야 하는 상황이 아니라면 더더욱 그렇다.

우리는 어느 날 갑자기 자신이 인생을 낭비하고 있는 건 아닌지 되돌아보고 반성하다가도 이내 그 사실을 잊어버리곤 한다. 그리고 다음에 다시 생각날 때를 기다렸다가 그때가되면 무엇이든 의미 있는 일을 하자고 생각한다.

작가 역시 일상생활 속 아주 평범한 사건을 계기로 자신의 인생을 되돌아보게 되었다고 한다. 비가 오는 어느 날 아침, 그녀는 만원 버스에 타고 있었는데 마침 신호등에 걸려 정차 중이었다. 그때 희미한 창밖으로 한 여자가 길을 건너는 모습이 보였다. 여자의 옷차림, 동작, 행동이 마치 자신을 보는 것 같았다고 한다. 그녀는 그 순간 자기 자신에게 이런 질문을 던졌다.

'이렇게 그저 그런 모습으로 계속 인생을 살아야 할까?'

그녀는 더 이상 그저 그런 모습으로 살고 싶지 않았기 때문에 자신을 위한 '행복 프로젝트'를 구상하기 시작했다.

이는 자신의 상황과 가치관, 관심사 등에 맞춰 설계된 프로젝트다. 프로젝트라고 해서 3개월 동안 세계 일주를 한다거나 전 재산을 털이 좋은 집을 산다는 등의 거창한 일이 아니라 그저 우리가 '언젠가 시간이 되면 꼭 한번 해 보고 싶었던 일'들을 실천하는 것이다.

언젠가 시간이 되면 꼭 한번 해 보고 싶었던 일들에는 어떤 것들이 있을까? 만약 나라면 바닷가 근처 절벽을 깎아 세운 레스토랑에서 아침을 먹으며 그리스에 있는 것 같은 감동을 느껴 보기, 파워포인트와 포토샵 마스터하기, 재미있는 전시회 보러 가기, 진융金庸의 소설집 다시 한 번 완독하기, 자유형과 배영 배우기 등을 할 것이다.

이처럼 '행복 프로젝트'는 자신이 하고 싶은 일을 나열해 놓고 1년이라는 시간 동안 한 달에 하나씩 완성해 나가는 것이다. 이렇게 들으면 식은 죽 먹기 같지만 막상 실천하려면 예상치 못한 수많은 난관에 부딪히게 될지도 모른다.

작가의 '행복 리스트'에서 가장 공감이 갔던 부분은 7월에 '죄책감 없이 돈 쓰기'였다. 그동안 왠지 모르게 돈 쓰는 일에 언제나 죄책감을 느꼈던 것 같다.

만약 돈을 씀으로써 사람들이 기뻐한다면 왜 당당하게 쓰지 못하나요?
게다가 내가 번 돈을 내가 쓰는 데 말이에요.

나는 이 부분을 읽으며 나와 주변 친구들의 소비 관념에 대해 생각해 보다가 이런 결론을 내렸다. 우리가 '필요해서' 소비를 할 때는 망설이지 않고 지갑을 열 뿐만 아니라 얼마나 큰돈을 쓰든 그럴 만한 가치가 있다고 생각한다. 반면 단지 '좋아해서' 소비를 할 때는 '언젠가 사용할지도 모르는' 그런 물건들을 사는 경향이 크다는 것이다.

그날 밤 나는 2년 전에 발리에서 사온 비누를 꺼내 썼다. 그날은 왠지 다른 날보다 더 깨끗하게 씻은 기분이었다.

그 순간 나는 나만의 '행복 프로젝트'에 반드시 넣고 싶은 항목을 생각해 냈다.

'언젠가 입거나 쓰고 싶었던 것 입기 혹은 쓰기'

지금 내 인생은 절대 불행하지 않다. 하지만 '언젠가 입거나 쓰고 싶었던 것 입기 혹은 쓰기'를 실천함으로써 더 행복해지고 싶다. 이 책은 내게 이런 깨달음을 주면서 기대하지 않았던 행복까지 선물해 줬다. 당신도 지금 당장 '행복 프로젝트'를 작성해 보는 건 어떨까? 앞으로 1년 동안 기대하지 않았던 큰 행복이 당신을 찾아올지도 모른다.

그만할래 미안한 거

그녀는 늘 누군가에게 미안하게만 생각했을 뿐
정작 가장 미안해야 할 사람이
자기 자신이라는 사실을 알지 못했다.

마지막으로 자기 자신을 자세히 들여다본 때는 언제인가?

우리는 매일 거울을 통해 자신의 모습을 보지만 주로 주의 깊게 생각하는 부분만 들여다본다. 예를 들면 아침에 일어났을 때 눈곱이 끼었는지, 머리는 흐트러지지 않았는지, 사춘기도 아닌데 코에 난 여드름을 짤 것인지 말 것인지, 웃을 때 보이는 눈주름이 더 깊어지지는 않았는지 등이다.

그런데 당신은 거울을 통해 봤던 자신의 모습을 선명하게 기억하는가?

또 수많은 사람과 찍은 단체 사진에서 자신을 단번에 찾아낼 수 있는가?

이틀 전 그녀는 길에서 대학 동창을 만났다. 그녀는 한눈에 친구를 알아봤다. 그 친구는 대학교 때 모습 그대로 하나도 변하지 않은 것 같았다. 하지만 친구는 그녀를 몇 초간 뚫어져라 쳐다보고 나서야 알아봤다. 둘은 서로의 안부를 묻고 다음에 한 번 보자는 약속을 남긴 채 헤어졌다. 그런데 그 친구가 떠나면서 이런 말을 했다.

그만할래 미안한 거

"너 많이 피곤해 보인다."

그녀는 친구의 말이 하루 종일 머릿속에 맴돌아 오후 내내 회사 일에도 집중하지 못했다. 퇴근해서 돌아와 저녁 식사를 준비하고, 아이를 재우고, 야근하고 돌아온 남편의 저녁밥을 차리면서도 머릿속에는 계속 친구의 그 말이 떠올랐다.

"너 많이 피곤해 보인다."

회사와 집안일을 모두 챙기다 보면 피곤하지 않은 사람이 어디 있겠는가? 그녀는 생각할수록 화가 났다. 아직 미혼인 그녀가 대체 뭘 알겠는가!

그녀는 화가 전혀 풀리지 않은 채 잠이 들었다. 그런데 다음 날 아침 그날따라 이상하게 더 피곤하게 느껴졌다.

매일 아침 출근 시간은 전쟁이다. 남편은 양말을 못 찾겠다고 아우성이고, 아이는 오늘도 도시락 들고 가는 것을 깜박했다.

"미안!"

"죄송합니다!"

남편의 짜증에, 유치원 선생님의 못마땅한 눈빛에 그녀는 사무실에 출근하기 전부터 벌써 몇 번이나 "미안합니다."를 외쳤다. 심지어 사람들로 붐비는 버스 안에서 이리저리 치일 때면 머리까지 숙이며 사과했다.

사무실에 도착해 자리에 앉은 그녀는 깊은 한숨을 내쉬었다. 그리고 문득 자신이 왜 항상 이렇게 피곤한지 깨달았다. 그것은 자신이 늘 죄책감을 안고 살고 있기 때문이었다.

커피를 타면서 그녀는 어제 만났던 대학교 동창을 떠올렸다. 그녀가 그 친구를 한눈에 알아볼 수 있었던 이유는 자신감 넘치는 태도 때문이 아니라 그녀의 차분함 때문이었을 것이다. 자신의 인생에 확신이 있고 자신이 무엇 때문에 바쁜지 명확하게 아는 그런 모습 말이다. 세상의 기준대로라면 결혼에 대해 적지 않은 압박을 느끼고 있을 나이인데도 그 친구는 대화 내내 누구에게도 죄책감이나 압박을 느끼지 않는 듯 아주 안정적인 모습을 보여 줬다.

남자들은 자기 자신에게 관대하고,
웬만한 일은 마음에 잘 담아 두지 않는 편이다.
이러한 점은 부정적인 감정을 마음 속에
잘 담아두는 여자들이 꼭 배워야 할 부분이다.

그날 저녁, 집에 돌아온 그녀는 거울 앞에 서서 자신의 모습을 자세히 들여다봤다. 그런데 왠지 자신의 모습이 너무나 낯설게 느껴졌다. 그녀는 늙고 살찐 자신의 모습에 깜짝 놀랐다.

그만할래 미안한 거

무엇보다 그녀의 얼굴은 더 이상 행복해 보이지 않았다. 그녀는 자신이 젊고 마르고 행복한 모습일 거라고 상상해 왔다. 하지만 최근 몇 년간 이런 자신의 모습을 떠올릴 때마다 어딘가 어색한 느낌이었다.

게다가 그녀는 알 수 없는 죄책감에 시달렸다. 이렇게 하면 누구에게 미안하고, 저렇게 하면 또 누구에게 미안하고… 이런 감정들은 쌓이고 쌓여 세상에 대한 원망으로 바뀌었다. 내가 이렇게까지 했는데, 이렇게 많이 양보했는데도 주변 사람들을 만족시키지 못했다는 생각에 세상을 원망하고 괜한 적대심을 느낄 뿐만 아니라 스스로도 행복하지 못했던 것이다.

하지만 그녀는 늘 누군가에게 미안하게만 생각했을 뿐 정작 가장 미안해야 할 사람이 자기 자신이라는 사실을 알지 못했다.

남자들은 자기 자신에게 관대한데다 웬만한 일은 마음에 담아두지 않는 편이다. 이러한 점은 부정적인 감정들을 마음속에 잘 담아 두는 여자들이 꼭 배워야 할 부분이다.

누구든 다른 사람의 인생까지 책임져 줘야 할 필요는 없다. 자신이 해야 할 일은 오직 하나다. 바로 자기 자신을 잘 돌보고 밝은 웃음을 잃지 않으며 더불어 마음과 인생에까지 밝은 기운을 불어넣는 것. 바로 그것이다.

자책하면 못 쓰는 거란다.

그게 바로 못생겨지는 거야.

못생겨지는 건 마음에서부터 시작된단다.

매일매일을 새롭게 살아가는 거야.

아침에 일어나면 새로운 결심들을 하는 거지.

너 자신에게 물어봐.

오늘 나를 험담하는 바보 같은 말들에

귀를 기울일 필요가 있을까?

삶은 네가 결정하는 거야.

누가 결정 지어 주는 건 아니야.

너는 분명 큰일을 할 거야.

- 영화 〈헬프〉 중에서 -

#당신을 사랑하지 않는 게 아니라,
나를 조금 더 사랑할 뿐이에요

우리는 혼자만의 시간을 두려워하지 않고

그 속에서 즐거움을 찾을 줄 안다.

우리는 몇 번의 짧은 연애가 실패로 끝나도

마음속으로는 언제나 영원한 사랑을 꿈꾼다.

유리창 청소를 할 때 가장 효과적인 방법은 두 사람이 함께

유리창을 닦는 것이다.

각자 유리의 한쪽 면에 서서 거울을 보듯

유리의 양면을 닦는 방식이다.

자기 쪽 얼룩을 닦으면서 상대 쪽에 있는 얼룩을 지적해 주며

주거니 받거니 유리를 닦아 간다.

그러다 아무리 지워도 지워지지 않는 얼룩이 나타나기도 한다.

당신은 분명 내 쪽에 있는 얼룩이 아니라고 확신한다.

그런데 상대가 아무리 문질러도 얼룩은 여전히 지워지지 않는다.

당신은 이제 상대 쪽으로 건너가 얼룩이 지워지는지

확인하고 싶어진다.

이제 두 가지 결과밖에 없다.

상대 쪽으로 건너가 얼룩을 지워 보니 역시 그쪽 얼룩이거나,

아무리 문질러도 지워지지 않아 다시 보니
내 쪽에 있는 얼룩인 경우다.
남녀 사이의 연애도 유리창 닦기와 비슷하다.
두 사람이 처음 연애를 시작할 때 서로의 사소한 결점이나
도저히 참기 힘든 나쁜 습관들은 지혜롭게,
서로의 마음을 다치게 하지 않는 수준에서 원만히 해결된다.
그런데 고질적인 습관이나 합의점을 찾을 수 없는
중대한 결함들은 쉽게 고치지 못한다.
하지만 상대의 사소한 결점이 계속 눈에 거슬리는 이유는
나에게 문제가 있기 때문일 수도 있다.
우리 부모님 세대만 해도 이런 상황이 벌어지면 서로 인내하고
타협하는 법을 배우거나 대화를 통해 풀어 보고자 했다.
그리고 상대가 바뀔 때까지 조용히 기다렸을 것이다.
하지만 사람은 원래 쉽게 변하지 않는다.
그러니 다른 사람을 바꾸려고 애쓰지 말고
나를 먼저 변화시켜 보는 편이 낫다.
예전에 대부분의 부부는 별문제 없이 백년해로했다.
그들 중에는 서로의 소울 메이트가 아닌 사람들도 많다.
어쩌면 그들은 상대가 바뀌기를 기다리다 지쳐 포기했거나,
묵묵히 인내하다 결국은 서로 말 한마디 하지 않는
노부부가 되었는지도 모른다.

반면 요즘 사람들은 자의식이 워낙 강하다 보니

문제에 직접 부딪혀 보거나 잘못을 인정하기도 한다.

그래도 안 되면 깨끗이 관계를 정리한다.

이제 우리 대부분은 혼자만의 시간을 두려워하지 않는다.

오히려 그 속에서 즐거움을 찾을 줄도 안다.

몇 번의 짧은 연애가 실패로 끝나도 영원한 사랑을 꿈꿀 수 있고

연예에 실패할 때마다 자신이 조금씩 성장하고 있다고,

그래서 더 큰 사랑을 받게 될 사람이라고 생각한다.

그리고 다음에 만나는 사람이 나의 영원한 짝이기를 바란다.

연인 사이에 끊임없는 인내와 양보가 필요하다는 건

누구나 아는 사실이다.

그러나 만약 상대가 인내할 가치가 없는 사람이라면

연애 기간이 얼마나 길든 짧든 다른 사람들이

어떻게 생각할지 신경 쓰지 말고 담담히 관계를 정리하는 것이 좋다.

요컨대 우리는 예전 사람들보다

우리 자신을 더 많이 사랑하는 것뿐이다.

사랑하는 이여, 당신을 사랑하지 않는 게 아니라,
나를 조금 더 사랑할 뿐입니다.
나는 그냥 이기적인 보통 사람일 뿐입니다.
어쩌면 우리 모두가 그럴지도 모르겠군요.

CHAPTER 9

그렇게 사랑이 떠나가더라도

믿음이 사라져 가는 세상 속에서도
우리는 사랑에 대한 믿음만큼은 잃지 않았다.
사랑은 서로에 대한 호감, 공통의 화제, 끊임없는 싸움,
고쳐지지 않는 습관들이 모두 모여 완성된다는 것을
알고 깨달았기 때문이다.

그렇게 사랑이 떠나가더라도.

1.

파리에 오면 영화 〈비포 선셋Before Sunset〉을 떠올리지 않을 수 없다. 그리고 기차에서의 첫 만남을 그린 1편 〈비포 선라이즈 Before Sunrise〉와 그리스로 휴가를 떠난 3편 〈비포 미드나잇Before Midnight〉도 빼놓을 수 없다.

영화가 끝나고 크레딧이 올라갈 때 관객들의 머릿속에 든 첫 생각이 '이렇게 끝이야?' 라면 이 영화에 대한 평가가 좋은 것일까? 아니면 나쁜 것일까?

Before 시리즈의 마지막 편인 〈비포 미드나잇〉을 보고 난 후 나의 반응이 그랬다.

"이렇게 끝이야?"

1편 〈비포 선라이즈〉는 젊은 청춘 남녀의 사랑에 대한 환상을 매우 충족시켜 준 영화다. 낯선 여행길에서 우연히 운명의 상대를 만나는 그런 것 말이다. 그리고 2편 〈비포 선셋〉은 계속 사랑할 이유와 용기를 안겨 주었다. 3편이 나오기까지 18년 동안 영화 속 주인공들은 영화를 보는 관객들과 더불어 사랑하고 이별하고 결혼해서 아이를 낳고 심지어 이혼도 했다. 우리 역시 지난 18년 동안 주인공들과 마찬가지로 조금씩 어른이 되었지만, 여전히 사랑에 대해서는 잘 모른다.

3편 〈비포 미드나잇〉이 개봉됐을 때 많은 사람이 결말의 궁금함을 안고 서둘러 영화를 보러 갔다. 그런데 영화를 본 후 대부분의 첫마디가 "이게 끝이야?"다. 이 영화가 자신에게 필요한 해답을 줄 것으로 기대했는지도 모른다. 그러나 주인공들 역시 우리와 똑같이 방황하고 혼란스러워할 줄이야.

점점 믿음이 사라져 가는 세상 속에서도 우리는 사랑에 대한 믿음만큼은 잃지 않았다. 하지만 그 사랑이 반드시 운명적인 사랑이어야 하는 것 또한 아니다. 운명적인 사랑은 너무 어렵다. 그 사람이 정말 내 반쪽인지 아닌지 알아차리기도 쉽지 않다.

사랑이란 수많은 '만약'의 연속이 아닐까.

만약 18년 전, 제시와 셀린느 중 한 사람이 기차 시간에 늦어 기차를 타지 못했다면. 만약 18년 전, 독일인 부부가 싸우지 않아 셀린느가 제시의 옆자리로 옮기지 않았다면. 만약 18년 전, 제시가 용기를 내어 셀린느에게 말을 걸지 않았다면. 만약 18년 전, 셀린느가 제시를 따라 기차에서 내리지 않았다면. 만약 정말로 이런 만약의 상황이 벌어졌다면 이 영화는 애초에 존재하지 않았을 것이다.

우리 마음속에 '만약에'라는 물음표가 그려지는 순간은 대개, 인생을 되돌아보는 시기에 찾아온다.

"아주 먼 미래에 굉장히 오랜 시간이 흐른 뒤에 말이야. 지금 우리의 모습을 돌아본다면 어떨까? 과연 이것이 우리가 원하는 모습일까?"

두 사람의 갈등이 깊어졌을 때 제시는 이러한 가설로 문제를 풀어 보려고 한다.

18년 후, 두 사람은 누구보다 서로에 대해 잘 알게 되지만 그만큼 상처되는 말도 서슴지 않는다. 18년 후, 두 사람은 누구보다 서로를 아끼고 공통의 화제도 많지만, 서로에게 잔소리도 많아진다. 18년 후, 그는 시간 여행자라는 말도 안 되는 설정으로 그녀를 웃게 하고 싸울 때도 먼저 화해의 손을 내민다. 심지어 그녀가 "당신을 더 이상 사랑하지 않는 것 같아."라며 절대로 해서는 안 되는 말을 했는데도 말이다.

사랑이란 원래 그런 것이 아닐까?

생각해 보면 당신이 무엇을 필요로 하는지 누구보다 잘 아는 그의 세심함과 자상함 그리고 당신의 눈에 거슬리는 그의 행동들, 고쳐지지 않는 습관들이 모두 합쳐져 그의 완전한 모습을 이루는 것 아닐까? 사랑은 패스트푸드점의 세트 메뉴처럼 돈

그렇게 사랑이 떠나가더라도

을 더 준다고 해서 프렌치프라이를 아이스크림으로 바꿀 수는 없다.

사랑은 원래 그런 것이다. 첫눈에 반해 뜨거운 사랑을 나누고, 오랜 시간 헤어졌다가 다시 만났을 때조차 오래전 아름다웠던 추억이 떠올라 다시금 사랑에 빠져든다. 그렇게 18년이 지나 이제 한집에 살지만 먹고사는 일이 바빠 낭만이라고는 눈곱만큼도 찾아볼 수 없게 된다.

몇 년 후 쯤 4편이 나오지 않을까 하는 기대는 접어 두자. 지금껏 영화와 함께 충분히 성장해 왔으니 이제는 우리 각자의 인생 배역에 충실해야 할 때다.

그러나 결국에는 깨닫게 될 것이다.
이렇게 아등바등 사는 일상도 사랑의 일부라는 것을 말이다.

두근두근 심장뛰는 소리가 내 귓가까지 들리는 것
만나러 가는 동안 내내 설레는 것
조금만 방심해도 머릿속이 그 사람 생각으로 가득 차게 되는 것
내가 고마운 사람이 되어 주고 싶은 것

연애.

2

봄, 여름, 가을, 겨울 사계절에는 각 계절에 맞는 제철 식재료가 있다. 음식을 할 때 이러한 계절 식재료를 활용해야 돈도 아낄 수 있고 맛도 좋다는 것은 누구나 아는 이치다. 문제는 사람들이 꼭 이러한 이치에서 벗어나려고 하는 데 있다.

한겨울에 갑자기 수박이 먹고 싶고 한여름에 생강을 넣은 뜨끈한 오리탕(역자: 오리 생강 핫팟Duck Ginger Hotpot: 대만에서 겨울철 즐겨 먹는 탕 요리)이 생각나는 것처럼 우리는 늘 이치에서 벗어난 행동을 하고자 하는 욕망을 지니고 있다.

현대인들은 이렇게 제멋대로인 욕망을 첨단 과학 기술로 어느 정도 만족하며 살아가고 있다. 다만 세상 만물이 정해진 시기에 순리대로 살아가는 것은 다 그만한 이유가 있어서다. 여름에 먹는 수박은 차가운 성질로 열을 식혀 주고, 겨울에 먹는 오리탕은 몸의 차가운 기운을 없애 주는 것처럼 말이다. 만약 이러한 순리를 거스르려고 하면 우리 몸에도 혼란이 찾아오고 질서가 흐트러져 결국은 병을 일으키게 될 것이다.

하지만 제멋대로 구는 사람들은 병이 날지도 모른다는 걱정 따위는 하지 않는다. 그들은 늘 고집스럽게 이렇게 생각한다.

'이번 한 번뿐인데 뭘. 이번 한 번은 내 마음대로 할 거야.'

우리는 모두 이렇게 제멋대로 굴어 본 적이 있다. 그리고 이런 행동이 '이번 한 번'으로 끝나지 않을 것이라는 걸 누구보다 잘 알고 있다.

그렇다면 연애는 어떨까? 연애 역시 인생의 계절에 맞춰 몇 살에는 그 나이에 맞는 연애를 해야 한다는 그런 이치가 존재할까?

연애를 할 때 반드시 지켜야 하는 특별한 규정은 없지만, 사람들의 머릿속에 명백히 자리 잡은 몇 가지 암묵적인 규정들이 존재한다. 그것은 대략 20대에는 어떤 사람을 만나 연애해야 하고, 30대에는 또 어떤 사람을 만나 연애해야 하는지 등에 관한 내용일 것이다.

만약 이를 지키지 않는다면 어떻게 될까?

사실 어떤 나이에 누구를 만나야 하는지와 상관없이 상처받고 고통받는 것은 모두 그 이후의 일이다. 그러니 그냥 내 멋대로 해버리면 그만인 것이다. 연애할 때의 고집은 식탐처럼 엄청나서 그 누구의 말도 믿지 않게 된다. 이번 한 번만, 내 마음대로 사랑할 것이다. 내가 지금 몇 살인지 따지기보다는 정말 괜찮은 연애를 하고 싶은 것뿐이다.

연애를 할 때까지도 이치를 따져야 할까?

주변 사람들은 늘 이렇게 말한다.

"이제 벌써 서른인데 결혼할 생각이 없는 사람이나 경제 능력이 없는 사람은 만나지 말아야 해. 그리고 앞날이 보이지 않는 복잡한 삼각관계나 유부남은 더더욱 안 돼!"

물론 주변 사람들의 이런 걱정을 다 이해하고 스스로도 중요한 부분이라고 생각하고 있다. 하지만 생각하는 것과 직접 그렇게 실천하는 것은 전혀 다른 문제다.

서른 살이 지났어도 어떻게 연애를 해야 하는지 잘 모르는 경우가 많다. 학교에서는 우리에게 어른이 되는 법을 가르쳐 주지 않았고 그 누구도 아래와 같은 사실을 분명히 알려 준 적도 없다.

'오늘부터 너는 어른이 되어야 해. 어떤 일에 대한 책임을 지는 법을 배워야 하고 누군가를 사랑하고 또 사랑받는 법도 배워야 한단다.'

하지만 어른이 돼야 하는 그날이 오면 우리는 또다시 과거의 바보 같고, 무지하며, 불안한 내 모습으로 돌아가버린다. 다만 우리가 할 수 있는 일은 이렇게 바보 같고, 무지하며, 불안한 모습으로 어른 같은 모습이 될 수 있도록 천천히 배우고 익숙해지는 것뿐이다.

연애 역시 자신의 속도로, 자신의 패턴에 맞춰 천천히 배워 가야 한다. 몇 살이 되었든, 주변 사람들이 어떤 식으로 재촉하든 자신의 마음에 귀 기울여 해답을 찾고 스스로 결정해야 한다.

당신이 열심히 참고 기다리면 언젠가 분명 운명의 짝이 나타날 거라고 아무도 장담해 주지는 못한다. 하지만 시간의 흐름이 우리에게 인내심만을 가르쳐 주는 것은 아니다. 상대의 어려움을 이해해 주고 서로의 불안한 마음을 위로해 주는 법도 배우게 한다.

언젠가 나타날 그 사람 역시 시간의 마법을 경험했다면 당신은 숨을 쉬는 것처럼 자연스럽고 시원한 물로 목을 축이는 것처럼 편안한 상대를 만나게 될 것이다.

그때의 우리는 이 사실을 알고 있을 것이다. 그러면 계속 편안하고 자연스럽게 손을 잡고 앞으로 나아가면 된다. 당신은 분명 행복할 것이다. 아무 문제도 없이.

있을 때 잘해.
후회해도 소용없단 말 잘 들어 두란 말야.
이마로 흘러내린 머리를
쓸어 넘겨 주는 사람 또 만날 수 있을 것 같아?
정말 그렇게 나 없는 시간을
견뎌 봐야 하겠다면 말리지 않겠어 하지만 !!

떠나 보면 알게 될 거야

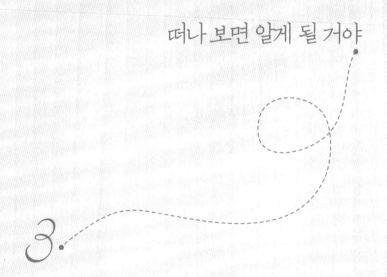

우리는 가끔 삶에서 갑작스러운 변화를 경험하곤 한다. 사는 게 너무나 바쁘다 보니 이런 변화를 무관심하게 지나쳐버리고 그런 일이 일어나도록 내버려 두는 경우도 많다.

반대로 감정이 아주 예민해져 있는 상태라면 분명 어떤 일의 징조라고 확신한다. (It's a sign!)

'드디어 때가 왔다.'

'뭔가 엄청난 결정을 필요해!'

'이건 분명 신과 우주 만물이 합세해 나에게 무엇인가 깨달음을 주려는 거야!'

캐디스는 얼마 전 오른쪽 어깨뼈와 가까운 등 쪽에 작은 혹이 만져지는 걸 느꼈다. 왼손을 뒤로 최대로 뻗어야 겨우 손가락 끝이 닿는 부위였다. 심리적인 요인 때문인지 눌렀을 때 통증이 느껴지는 것 같았다. 평소 의학 관련 프로그램을 즐겨 보다 보니, 건강했던 젊은이를 순식간에 죽음으로 몰고 간 '악성 흑색종'이라는 종양을 떠올랐다.

'나는 아직 죽고 싶지 않아!'

그녀는 당장 병원으로 달려가 수술을 받았고 혹의 양성 여부를 알아보는 검사 결과가 나오기도 전에 여행 준비를 마쳤다.

"2주 후에나 실밥을 풀 수 있어요. 그때까지 상처에 물이 닿지 않게 조심하시고요, 매일 아침저녁으로 상처 부위에 새로 드레싱 해 주는 것도 잊지 마세요. 그리고 팔을 앞으로 너무 길게 뻗지 않게 조심하세요. 무리한 운동은 당연히 안 되고요."

수술을 마치고 의사가 주의 사항을 설명했다. 그녀는 고개를 끄덕이며 열심히 듣는 척했지만 속으로는 여행 때 이 많은 약을 어떻게 다 들고 가야 할지 고민했다.

수술 이후 거동이 자유롭지 않다 보니 일상의 자질구레한 일들도 그녀에게는 굉장히 큰일이 되었다. 설상가상 해외로 여행을 떠난 첫날 밤, 왼쪽 어깨뼈 위쪽에 커다란 뾰루지가 생겼다. 오른쪽 팔을 뻗으면 상처가 벌어질 수 있기 때문에 뾰루지가 난 부분이 아무리 욱신거리고 아파도 연고를 바를 수 없었다. 세상에 이렇게 무력하고 절망적일 수 있을까?

그녀는 순백의 깨끗한 시트가 씌워진 더블 침대에서 이리저리 뒤척이며 조금은 과장된 결론을 내렸다.

'사람은 모두 외딴섬 같은 존재다.'

특히 홀로 낯선 이국땅에 있을 때는 더욱이 외딴섬이 된 것 같은

떠나 보면 알게 될 거야

기분이 들었다. 게다가 어떻게 움직여도 몸 이곳저곳이 쑤시고 아팠다. 그녀는 더욱 깊은 고독 속으로 빠져들었다.

하지만 사람은 진정한 외딴섬이 될 수 없다. 설령 외국에 있다 하더라도 매일 누군가와 대화해야 하기 때문이다.

며칠 후, 캔디스는 작은 마을을 지나다 손을 잡고 산책 중인 노부부를 보았다. 너무나 평범한 모습이었는데도 그녀는 걸음을 멈추고 넋을 잃고 바라보았다. 마침 황금색 태양이 그들의 뒷모습을 비췄다. 노부부는 손을 꼭 잡고 천천히 걸으면서 때때로 서로의 눈을 바라보고 웃으며 이야기했다. 우주가 아무리 크다 한들 이 부부에게는 서로의 모습만 보이고, 세상 어떤 문젯거리에도 손을 잡고 함께 산책하는 일이 무엇보다 중요해 보였다.

행복이란 원래 떠들썩하고 엄청난 일이 아니다. 그저 평범한 일상 속에서 최선을 다해 조금씩 느끼는 것이다.

당시 캔디스는 분명 신이 자신에게 깨달음을 주기 위해 이 노부부를 보낸 것이라고 생각했다. 나를 졸졸 따라다니는 그 남자, 하루에 수십 번도 더 사표 쓰고 싶게 만드는 직장 상사, 입만 열면 돈 얘기부터 꺼내는 엄마… 그녀는 이번 여행을 통해 이런 자신의 어려움, 풀리지 않는 고민들을 풀어 보고자 했다.

하지만 이제 그녀는 알고 있다. 인생의 문제를 풀자고 하는 여행은 그저 도피일 뿐이라는 사실을 말이다. 여행은 그저 여행일 뿐 원래 어떤 특별한 의미가 없다. 만약 여행을 하는 동안 특별한 의미가 생겼다면 그것은 여행하는 과정에서 무엇인가 보고 느꼈기 때문이다.

아마 전혀 다른 인생 경험을 가진 거친 두 사람이 여행을 간다면 같은 곳에 가더라도 느끼는 것이 다를 것이다.

우리는 흔히 힘든 일이 생기면 여행이라는 긴급 처방을 내리고 도피하려고 한다. 하지만 당신이 비행기를 타고 아무리 멀리 날아가도 해결해야 할 문제는 여전히 당신 앞에서 사라지지 않는다.

그렇게 우리는 깨닫는다. 내가 어디에 있든 문제는 언제나 내 안에 있다는 것을 말이다.

행복이란 원래 아주 평범한 일상 속에서 최선을 다해 조금씩 느끼는 것이니까.

떠나 보면 알게 될 거야

전혀 다른 인생 경험을 가진
우리 두 사람이 여행을 간다면
아마 같은 곳에 가더라도 느끼는 건 전혀 다를 거야.
하지만 같은 느낌을 갖지 못해도,
같은 생각에 빠지지 않는다 해도 실망하지는 마.

이제 이곳에 다시 오게 되면 당신은 나를,
나는 당신을 생각하게 될 테니까.

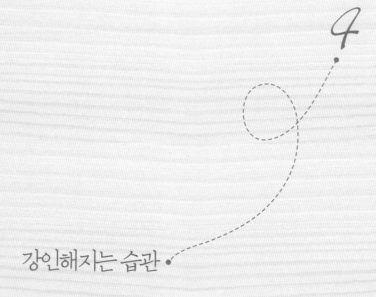

강인해지는 습관

시간이 흐르고 나면 당신은
그런 습관을 본래부터 타고났다고 믿게 된다.
지난날의 힘겨운 노력은 어느새 잊은 채 말이다.

어떤 습관을 기르려면 그 일을 꾸준히 반복하는 것이 중요하다. 그리고 무엇보다 인내와 끈기를 갖고 도중에 중단하지 않도록 스스로 끊임없이 일깨워 줘야 한다.

이렇게 반복하다 보면 언젠가는 의식하지 않아도 자기도 모르게 그 일을 하는 순간이 온다. 그때부터 그 일은 숨을 쉬는 것과 마찬가지로 우리의 자연스러운 일상이 된다. 그렇게 한 가지 습관이 길러진 것이다.

좀 더 시간이 흐르고 나면 당신은 그러한 습관을 본래부터 타고났다고 믿는다. 지난날의 힘겨운 노력은 어느새 잊은 채 말이다. 언제부턴지 모르지만 당신은 매일매일 스스로에게 강인해져야 한다는 암시를 주고 있다. 조금은 어설프고 서툴러도 되는 나이에 당신은 벌써 강해지기 위한 연습 단계로 넘어가 인생의 차가운 현실을 마주한다.

그렇게 시간이 흐르고 나면 정말 어떤 일도 자신을 쓰러트릴 수 없을 것만 같다. 또 매일 숨을 쉬는 것을 잊지 않듯이 끊임없이 강인해지는 연습을 하고 있다.

두 달 동안 유럽으로 배낭여행을 떠난 적이 있다. 베네치아에 머무른 지 3일째 되던 날, 나는 볕이 잘 드는 장소를 찾아 인근 레스토랑에서 포장해 온 라자냐와 리조또를 들고 기분 좋게 강변으로 향했다. 정박장에 도착해 한적해 보이는 나무 계단에 자리를 잡고 앉아 포장해 온 음식을 먹으며 강 위의 분주한 움직임을 감상했다. 햇살이 좋은 날이라 강위에는 곤돌라, 페리보트, 수상 택시, 개인 선박 등이 바쁘게 오가고 있었다.

그렇게 몇 시간을 멍하니 앉아 있다가 일어났는데 손바닥 몇 군데에 나무 가시가 박혀 있는 것을 발견했다. 선박을 묶는 나무니 당연히 거칠고 단단할 텐데 미처 생각하지 못한 것이다. 그저 앉아서 사진을 찍고 짚고 일어났을 뿐인데 이렇게 큰 상처가 생길 줄 몰랐다.

호텔에 돌아와 곧장 짐 가방을 뒤져 바늘이랑 손톱깎이 등 가시를 빼낼 때 사용할 만한 도구들을 몽땅 꺼냈다. 워낙 겁이 많은 지라 몇 번을 시도하면서 온몸이 땀범벅이 되고 나서야 가시가 박힌 피부를 살짝 째고 작은 나무 가시 두 개를 끄집어낼 수 있었다. 깊은 안도의 한숨을 내쉬고 샤워를 시작했다. 그런데 왼쪽 손 약지에도 가시가 박혀 있는 게 아닌가! 할 수 없이 손톱깎이를 다시 꺼내 들었다.

막상 가시가 박혔을 때는 아픈지도 모르고 하루 종일 아무렇지도 않게 다녔는데 나무 가시를 빼고 나서야 아픔을 느끼곤 나도 모르게 눈물을 흘렸다.

어쩌면 우리는 다른 사람에게 자신의 감춰 둔 상처를 꺼낼 때 치유를 받게 될지 모른다. 꽁꽁 감추고 무감각해질 때까지 시간이 지나기를 바라는 것보다 따끔하지만 속 시원한 결말을 얻을지도 모르는 일이다.

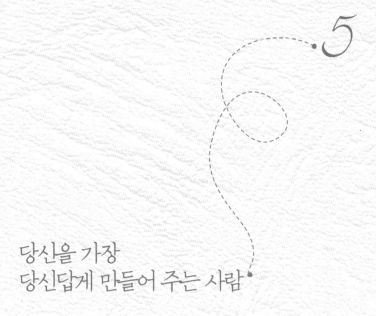

당신을 가장
당신답게 만들어 주는 사람

사실 당신을 사랑하는 사람은
당신이 가장 당신다울 때 매력을 느낀다.
그 사람 눈에는 당신의 가장 진실한 모습이 사랑스럽고 아름답다.

〈레드 더 레전드Red 2〉는 화려한 캐스팅과 엄청난 스케일을 자랑
하는 액션 영화다. 하지만 이 영화에는 남녀 간의 문제를 생각해
볼 만한 흥미로운 장면들도 담겨 있다.

영화에서 브루스 윌리스가 맡은 역은 전직 CIA 요원이다. 그는
은퇴 후 사랑하는 사람과 평범한 일상을 보내고 싶어 하지만 그
를 위협하는 사건들이 끊이지 않는다.

그는 자신이 평범한 삶을 원한다고 생각한다. 하지만 '평범한
삶'은 그의 본성과는 어울리지 않는 것이었다. 아무리 평범하게
살아 보려고 해도 일상에 적응하기란 무척 어려웠다. 그러면서
도 사랑하는 그녀와 남들처럼 행복하게 살아 보겠다는 생각에
애써 어려움을 참고 견딘다. 그는 이 모든 것이 그녀를 위한 것
이라고 생각한다. 하지만 어느 날 그녀가 이렇게 말한다.

"지금 당신의 모습은 전혀 당신답지 않아요. 나도 이제 못 견디
겠어요."

위험이 닥쳤을 때 그는 어떻게든 여자를 안전한 곳으로 피신시
키려고 한다. 그것이 그녀를 위한 길이라고 생각했다. 하지만 여

당신을 가장 당신답게 만들어 주는 사람

자가 원하는 것은 위험을 무릅쓰고라도 그의 옆에 함께 있는 것이었다.

우리가 하는 사랑은 흔히 이런 모습이다.

상대를 위한다고 한 일인데 그 사람은 전혀 원하지 않는 일일 수도 있고, 상대를 위해 자신을 변화시켰는데 그것이 그 사람을 위하는 것도 그 사람이 원하는 것도 아닌 경우가 많다.

그렇다면 무엇이 잘못된 걸까?

지금의 사랑을 영원히 지키기 위해 목숨 걸고 이것저것 해 보지만 어째서 모두 정답이 아니라고 하는 것일까? 죽도록 노력했는데 돌아오는 것은 왜 불합격 통지일 뿐일까? 이런 일이 반복되다 보면 어느 순간부터 정답을 맞히려는 시도조차 하지 않게 되고, 더 오랜 시간이 흐른 뒤에는 아예 연필을 놓고 시험지를 들춰 보지도 않게 된다.

도대체 무엇이 잘못된 걸까?

우리는 자기 자신이 얼마나 괜찮은 사람인지 깨닫기 전에는 자신의 모습에 만족하지 못한다. 그래서 그런 모습으로는 누군가를 만난다거나, 어렵게 자신을 사랑하게 된 사람 앞에 나서려고 하지 않는다.

왜 애써 자신을 바꾸려고 하는가? 왜 있는 그대로의 자신을 보여 주려고 하지 않는가? 나조차 지금 내 모습을 사랑하지 않는데 누가 나를 사랑해 줄 것이라고 기대할 수 있겠는가?

이 영화에서 상대를 있는 그대로의 모습으로 사랑할 줄 아는 사람은 폭탄 전문가 마빈 보그스 역의 존 말코비치다. 그는 총을 조준하고 있는 헬렌 미렌에게 이렇게 말한다.

"난 당신이 총을 쏠 때 발가락을 살짝 들어 올린 모습이 가장 사랑스러워. 정말 매력적이야."

헬렌 미렌은 그의 말을 듣고 싱긋 웃어 보이더니 이내 적을 향해 방아쇠를 당겨 저격을 준비한다.

그는 당신을 가장 당신답게 만들어 준다.
당신 스스로 자신이 없어 도망치려는 순간에도 말이다.
그리고 당신을 당신답게 만들어 주는 그 역시
가장 진실한 모습으로 당신을 사랑하고 있는 것이다.

그러니 우리 이제 애써 감추려고 하지도 말고, 속이려고 하지도 말고, 가장 편안한 모습으로 자신의 가장 진실한 모습으로 사랑하자!

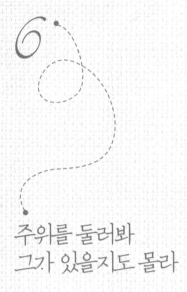

주위를 둘러봐
그가 있을지도 몰라

물론 혼자 살아도 충분히 행복할 수 있다.
하지만 둘이 함께해서 더 행복할 수 있다면,
굳이 혼자 있을 필요는 없지 않겠는가?

나는 연애 전문가가 아니다. 그런데 그동안 남녀 관계에 관한 글을 많이 써서인지 많은 친구들이 내게 자신의 연애 고민을 털어놓는다. 그중 가장 많이 하는 질문은 이것이다.

'왜 나는 연애를 못할까?'

주변 친구들을 보면 하나같이 외모도 출중하고 능력 있고 성격도 좋다. 그런데 그들에겐 공통점이 하나 있다. 바로 오랫동안 연애를 못하고 있다는 것이다. 사랑해 주는 사람이 없는 것도 아닌데 그들은 연애를 하지 못한다. 사람마다 특징과 처한 상황이 다르므로 그 원인도 굉장히 복잡하지만 한 가지 명백한 문제가 있다. 바로 '연애 상대'다.

연애를 못하는 사람은 없다. 다만 연애 상대를 못 찾았을 뿐이다. 연애 상대를 못 찾는 가장 큰 이유는 주변 사람들을 연애 상대 후보로 생각하지 않기 때문이다. 연애를 하기 위해서 가장 필요한 것은 연애 상대다. 그런데 우리는 습관처럼 우리 주변의 사람들은 그 상대로 보지 않으려는 경향이 있다.

하지만 정말 그 사람들이 연애 상대가 될 수 없을까? 그저 그 사람들에게 진정으로 마음을 열지 않은 것 아닐까? 어쩌면 무의식중에 확실한 선을 긋고 주변 사람들을 연애 상대로 고려조차 하지 않는 것일 수도 있다. 그리고 저도 모르게 '연애 따위는 필요 없어요.'라는 느낌을 풍기고 있는지도 모른다. 그런 느낌은 말로 표현하기 어려운데 여하튼 다음과 같은 두 가지 형태로 나타난다.

접근하기 어려운 형

오랫동안 연애를 하지 않은 사람은 대부분 자아가 강하고 혼자만의 생활을 즐길 줄 알며 주변 사람들 심지어 동물들까지 살뜰히 챙길 줄 안다. 어쩌면 이들은 주변에 같이 시간을 보낼 친구들이 워낙 많아서 현재의 생활에 만족할지도 모른다.

물론 당사자가 마음속으로 무슨 생각을 하고 있는지는 모르지만 어쨌든 친구들은 연애하고 싶다는 얘기를 들은 적이 없다. 문제는 현재 생활에 굉장히 만족하는 것처럼 보이는 사람에게는 감히 접근하기가 어렵다는 것이다.

남들이 쉽게 접근할 수 있도록 하라는 것은 일부러 만만하게 보이라는 뜻이 아니다. 당신이 혼자서도 잘 지내긴 하지만 누군가 곁에 있어 주기를 바란다는 사실을 주변 사람들에게 알리라는 것이다.

당신과 한 방향을 바라봅니다.
내 앞에 앉아 있던 당신이 사랑스러워
당신의 손을 잡고 한 방향을 보게 되었습니다.

설령 당신이 집 안의 수도 및 각종 전자 제품들을 혼자서 수리할 수 있다고 하더라도 어느 정도는 다른 사람의 보살핌을 필요로 하는 여지를 남겨 놓아야 한다.

누군가 자신을 필요로 한다는 느낌은 연애의 촉매 역할을 한다.

다른 사람에게 무관심한 형

오랫동안 연애를 하지 않은 사람은 대부분 새로운 친구를 사귀기보다는 친한 친구들과 어울리기를 더 좋아하고 새로운 사람을 알게 되더라도 우호적이기는 하나 일정한 거리를 유지하려고 한다. 하지만 이렇게 일정 거리를 유지하면 상대방은 당신의 진면목을 보지 못하게 된다.

요컨대 연애를 못하는 이들은 새로운 사람을 만나면 상대에게 우호적이고 친절하게 굴면서도 계속 표면적인 얘기만 나눈다. 그러면서 명백히 이런 뜻을 내비치고 있다.

"당신을 만나게 되어 기뻐요. 하지만 우리의 교류는 이 정도까지인 것 같네요."

대화는 일종의 커뮤니케이션 방식에 불과하지만 심도 있는 주제로 대화를 나눠야 서로 마음의 장벽을 허물고 사랑이 싹틀 가능성이 생긴다. 또 누군가에게 관심을 가진다는 것은 부단한 연습이 필요한 일이다.

본래 연애에 관한 정확한 이론은 존재하지 않는다. 첫눈에 반해 만난 사람들도 하룻밤 사이에 헤어질 수 있는 것이 연애다. 연애의 무게를 잘 감당해야만 함께 손을 잡고 먼 미래로 나아갈 수 있다. 또한 각자 세워 놓은 연애 상대의 기준을 허물지 않으면 평생 마음에 드는 사람을 만나지 못할 수도 있다.

물론 혼자 살아도 충분히 행복할 수 있다. 하지만 둘이 함께해서 더 행복할 수 있다면, 굳이 혼자 있을 필요는 없지 않을까?

주위를 둘러봐 그가 있을지도 몰라

영원히 아이로 남고 싶다

사랑하는 사람 앞에서는 나도 어린아이고 싶다.

몇 년 전 인생의 큰 난관에 부딪혔을 때 지칠 대로 지쳐 있던 나는 한 이성 친구에게 이런 말을 했다.

"나는 아직 어른이 되기 싫은가 봐…."

그가 공감한다는 듯 고개를 끄덕이며 말했다.

"나도 그래!"

그때 나는 새로 이사한 집을 정리하느라 한창 정신없이 바빴다. 하루는 자전거를 타고 물건을 사러 갔다 오는 길에 친구네 가게에 들러 이런저런 얘기를 나눴다. 그는 내 얘기를 듣고는 부러운 듯 자기도 독립해서 혼자 살고 싶지만, 이것저것 비용을 생각하면 엄두가 나지 않는다고 근심스러운 표정을 지으며 말했다.

"아이고, 정말 어른이 되는 게 싫다. 혼자서 부딪혀야 하는 일들이 너무 많아."

정말 그렇다. 세상에 여자든 남자든 나이 드는 것을 좋아하는 사람이 있을까? 누구든 언제까지나 아이로 남고 싶을 것이다. 하지만 세상은 그런 우리를 가만 놔두지 않는다.

영원히 아이로 남고 싶다

사회는 여자들에게 일찍 철든 모습을 기대하는 반면 남자들에겐 가수 진승陳昇(역자: 대만의 포크 가수)의 노래 가사처럼 이렇게 이야기한다.

"당신은 아나요, 남자는 영원히 보살핌이 필요한 아이라는 것을."

노래 가사는 아름답지만 현실은 그렇지 않다.

여자는 사랑하는 사람 앞에서는
마음이 약해지고 똑똑하던 머리도 바보가 된다.
남들 앞에서는 눈 하나 깜짝 안 하고 잘도 덤비던 여자가
그 사람 앞에서는 한없이 여린 어린아이가 된다.

나는 가수 진승도 좋아하고 그의 노래들도 좋아한다. 하지만 그의 노래 가사를 들먹이며 핑계를 대는 남자들은 싫다.

물론 세상의 모든 남자가 이렇게 날로 먹으려고 하는 것은 아니리라. 하지만 남자가 모두 아이라는 말은 사실이다.

그럼 여자들은 아닐까?

그가 일상의 자질구레한 일들을 최선을 다해 처리해 주는 모습을 보며 당신은 '난 정말 이런 일에는 소질이 없나 봐.'라며 고개를 가로젓는다. 그리고 그런 당신을 바라보며 환하게 웃는 그를 보고 처음으로 그의 사랑을 확신하게 되는 것이다.

사랑하는 사람 앞에서는 나도 어린아이고 싶다. 여자들이라고 모두 남자를 챙겨 주는 역할만 하라는 법은 없다. 우리도 지칠 때가 있다. 언제나 같은 자리에서 당신이 돌아오기만을 기다리지는 않는다.

그러니 남자들이여! 당신의 여자를 두고 향락의 세계로 떠날 때 반드시 그녀를 다시 한 번 돌아봐라. 그것이 그녀와의 마지막 눈맞춤일지도 모르니 말이다.

영원히 아이로 남고 싶다

당연히 행복해야만 하는 당신

서른 살이 되면 더 이상 믿지 않게 되는 일들이 많아질까?

그렇지 않다. 마치 동화 같은 일들로 몰래 기대하는 것뿐이다.

마음속에 담아 둔 이야기를 남들에게 당당하게 말하지 못하는 이유는

"아직도 그런 순진한 생각을 하는거야?"라는

비웃음을 살까 두려워서다. 산타클로스의 존재를 믿는

천진난만한 어린아이 같은 취급은 당하고 싶지 않으니까.

내일모레면 서른, 당신은 지금 이 순간이 그 어느 때보다 혼란스럽다.

더구나 수년 동안 당신 옆을 지켜 준 그가 청혼했을 때

혼란은 극에 달한다.

며칠씩 고민하는 자신을 발견하지만

애초에 결혼을 생각하지는 않았다.

그를 이 세상에 있을 오직 한사람으로 내 영혼의 짝으로는

생각하지 않았기 때문이다.

지금 이 순간 가장 두려운 것은 며칠 동안이나

이 문제로 자신이 고민하고 있다는 사실이다.

그리고 문득 서른이라는 인생의 중요한 관문이

자신을 시험에 빠트리고 있다는 사실을 깨닫는다.

당신은 그의 좋은 조건들을 나열하며 스스로를 설득해 보기도 한다.

하지만 결국 설득은 실패로 돌아간다.

서른이 되고 나면 세상은 다들 약속이나 한 것처럼

호들갑을 떨기 시작한다.

'현실을 생각해라. 이제 아무나 막 만날 때는 지났다.

선이든 소개팅이든 일단 한 번 만나 봐라.' 등이다.

하지만 당신은 자신을 너무나 잘 안다.

서로 목적이 뻔한 자리에 나가면 꼭 면접을 보는 것 같은

생각이 들어 우물쭈물하게 되는 자신을 말이다.

마치 미인 대회에 출전했는데 나만

쭈그렁 할머니인 것 같은 기분이 들기도 한다.

시간이 언제 이렇게 빨리 흘렀을까.

어느새 주변 사람들 모두 나 대신 초조해하는

그런 나이가 된 것인가.

언제나 다른 사람들보다 앞서 나갔던 당신은

이제 연애를 못한다는 이유로 결혼을 못한다는 이유로

그 사람들보다 훨씬 뒤처진 신세가 되었다.

하지만 서른 살이 제멋대로 찾아왔다 해도

정작 당신은 아무것도 변하지 않았다.

당신은 여전히 사소한 일에 버럭 화를 내고

작은 일에도 아이처럼 기뻐한다.

좋고 싫은 감정이 얼굴에 또렷이 나타나고, 특히 싫어하는 사람을

만나면 아무리 애를 써도 웃는 표정은 지을 수 없다.

하지만 서른이 되고 나니 변하는 것들도 있다.

매사에 조심스러워지고

누군가의 선의를 호감으로 받아들여서는 안 된다고

끊임없이 자신을 타이르며,

남들에게 비웃음을 사지 않으려고 노력하게 된다.

무엇보다 서른이 되면서

서둘러 결혼을 해야 할 것 같아 초조하다.

주변 친구가 하나둘 결혼해 행복한 가정을 꾸리고 있는데

정작 당신은 점점 연애 감각이 무뎌져 간다.

사람들은 당신 차례는 언제 오냐고 묻는다.

그리고 힘을 내라고 위로한다.

문제는 당신이 무엇에 힘을 내야 하는지,

어떻게 힘을 내야 하는지 모른다는 것이다.

'내가 도대체 왜 힘을 내야하는 걸까요'

서른 살의 당신은 연애가 점점 더 어려워지는 것 말고는

지금 자신의 모습이 꽤 만족스럽다.

세상에 많은 헛수고 중 가장 억울하게 만드는 예가 다이어트다.

죽어라 운동하고 배고파 쓰러질 때까지 굶어도

살은 고작 1, 2킬로그램 빠질 뿐이다.

반면 며칠이라도 해이해지면 순식간에 원상 복귀되고 만다.

하지만 적어도 다이어트는 수치로 증명되지 않던가!

그래서 어떻게 살을 빼고 어떤 노력을 기울여야 하는지

계획을 세울 수라도 있다.

그런데 연애는 어떤가?

연애에 반드시 성공한다는 보장이 있을까?

있다면 그 방법은 무엇일까?

연애는 원래 어려운 일이다.

더구나 서른이라는 분수령을 넘고 나면 안 그래도

어려운 연애가 더더욱 어려워진다.

어렸을 때는 빨리 어른이 되고 싶었다.

엄마의 빨간 립스틱을 몰래 바르고 하이힐을 신어 보며

'이렇게 예쁘게 꾸밀 수 있는 나이가 되면 내 마음대로

자유롭게 살 수 있겠지.'라고 상상했었다.

그러나 모든 일에는 대가가 있는 법이다.

서른이 되면 나이를 먹은 만큼 내 인생도 저절로

좋아질 줄 알았지만, 기대와 달리 그런 일은 벌어지지 않았다.

서른 이후에 과연 내가 새로운 사랑을 할 수 있을지도 미지수다.

서른 이후의 사랑은 진짜 어른처럼 많은 것을 고민하고
또 고민해야 한다.

남자들은 자신의 미래도 장담하지 못하는데

다른 누군가의 미래, 그리고 머지않아 찾아올 새 생명의 미래를

책임져야 한다는 부담감에 걱정하기 시작한다.

여자들은 나이를 먹을수록 떨어지는 출산 능력과

어쩌면 아이를 낳지 못할 수도 있다는 걱정에 사로잡힌다.

당신은 스스로에게 끊임없이 되뇌일 수밖에 없다.

괜찮다. 괜찮다. 괜찮다.

이렇게 큰 소리로, 자신 있게 말하고 나면

정말로 아무 일도 없을 거라고 믿게 된다.

당신은 자신이 공주라고 생각해 본 적이 없다.

그래서 백마 탄 왕자님이 나타나기를 기다리지도 않는다.

하지만 동화에서처럼 자신에게도 꼭 해피 엔딩이 있을 거라고 믿는다.

만약 해피 엔딩이 마법의 힘 덕분이라면

당신은 세상에 마법이 존재한다고 믿을 것이다.

물론 이쯤 되면 이런 생각이 들 수밖에 없다.

'남들에게는 너무나 당연하게 이뤄지는 일들이

왜 내게는 이렇게 어려운 걸까?'

연애만 했다 하면 큰 상처를 받고 헤어져 벌써 몇 년째 혼자다.

누군가를 자연스럽게 만나 적당히 연애를 하다

결혼하는 일이 왜 나한테만 그렇게 어렵단 말인가!

하지만 당신이 두려워하거나 초조해한다고 상황은

나아지지는 않는다.

당신은 스스로에게 끊임없이 되뇔 수밖에 없다.

괜찮다. 괜찮다. 괜찮다.

이렇게 큰 소리로, 자신 있게 말하고 나면

정말로 아무 일도 없을 거라고 믿게 된다.

어쩌면 지금 당신은 자신이 무엇을 원하는지 모를 수도 있다.

하지만 시간이 서서히 흐르면서

자신이 무엇을 원하지 않는지는 확실하게 알게 될 것이다.

남자를 볼 때 더 이상 나이나 키에 연연하지 않을 것이고,

스스로를 억압하지 않고 자유롭게 살게 될 것이다.

연애를 하게 되면 연인과 기쁘게 시간을 보내고,

연애를 하지 않을 때는 가족들, 친구들,

그리고 당신이 마음 편하게

만날 수 있는 사람들과 시간을 보내면

된다는 것 또한 알게 될 것이다.

이것은 누구나의 사랑

1판 1쇄 인쇄 2014년 10월 01일
1판 1쇄 발행 2014년 10월 08일

지은이 아이리
펴낸이 김병은
펴낸곳 (주)프롬북스

기획편집 서진 임주하
그림 윤지원
표지 김은혜
본문 정현옥
번역 이지수
마케팅 조윤규

등록번호 제313-2007-000021호
등록일자 2007.2.1.
주소 경기도 고양시 일산동구 장항동 정발산로 24 웨스턴돔타워 T1-706호
문의 031-926-3397
팩스 031-926-3398
전자우편 edit@frombooks.co.kr

ISBN 978-89-93734-38-6 03820
정가 14,800원